L'HOMME
PROGRAMMÉ

ŒUVRES DE ROBERT SILVERBERG
DANS PRESSES POCKET :

LA PORTE DES MONDES
LE LIVRE DES CRÂNES
LE FILS DE L'HOMME

LE LIVRE D'OR DE LA SCIENCE-FICTION :
ROBERT SILVERBERG
Anthologie réunie et présentée par Philippe Hupp

SCIENCE-FICTION
Collection dirigée par Jacques Goimard

ROBERT SILVERBERG

L'HOMME PROGRAMMÉ

Traduction de Bruno MARTIN

PRESSES POCKET

Titre original :
THE SECOND TRIP

© 1972 by Robert Silverberg
© 1976, Éditions Opta.
ISBN 2-266-01520-6

1

MEME la rue paraissait anormale sous ses pieds. Le revêtement avait quelque chose de curieusement élastique, il cédait trop. Comme si l'on avait changé la composition de l'asphalte durant ses quatre années de difficultés. Quelque chose de futuriste, le trottoir modèle 2011, souple et étrange. Mais non. Le trottoir paraissait le même. C'était *lui* qui était quelque chose de nouveau. Comme si en le transformant ils avaient du même coup changé sa démarche, le mouvement de ses genoux, l'articulation de ses hanches. Maintenant, il manquait de sûreté dans sa marche. Il ne savait plus s'il devait poser d'abord la pointe ou le talon. Chaque pas était une aventure, une découverte. Il se sentait maladroit et incertain dans son propre corps.

Mais était-ce bien *son* corps? Jusqu'où au juste allaient les gens de la Réhab quand ils reconstruisaient votre existence? Peut-être une transplantation mentale totale. Extraire la vieille matière grise, y faire passer une décharge de courant, la replâtrer dans un corps tout neuf en attente. Et coller le cerveau reconstitué de quelqu'un d'autre dans votre crâne décapé? Le vieux vin dans un flacon neuf. Non. Non. Ce n'était pas ainsi qu'ils procédaient. Voici le corps dans lequel je suis venu au monde. J'éprouve quelques difficultés de coordination, d'accord, mais il fallait s'y attendre. Et la première fois que je me retrouve dans la rue, en plus. Un mardi du mois de mai 2011. Un ciel bleu bien dégagé sur les tours de Manhattan-Nord. Eh bien, je suis un peu gauche pour commencer. Et alors ? Et après ? N'ont-ils pas dit qu'il se passerait quelque chose de cet ordre ?

Du calme. Reprends possession de toi-même. Ne te rappelles-tu plus comment tu marchais ? Tâche de te comporter naturellement.

Un pas. Un pas. Un pas. Prends le rythme. Talon-pointe, talon-pointe. Un pas. *Un pas*. C'est cela ! Une-deux, une-deux, une-deux. Ainsi marche Paul Macy. Avec fierté dans cette foutue rue. Les épaules carrées. Le ventre rentré. Trente-neuf ans. La fleur de l'âge. Fort comme un... comment dit-on, déjà ? Fort comme un bœuf. Oui. Un bœuf. Un bœuf. La chance te sourit. Un deuxième voyage, un deuxième départ. Le cauchemar est terminé ; maintenant, tu es réveillé. Un pas. Un pas. Et tes bras ? Tu les laisses se balancer ou tu mets les mains dans les poches ? T'en fais pas pour ça, marche. Laisse tes bras faire ce qu'ils veulent. Tu t'y habitueras. Tu es dans la rue, tu es libre, on t'a remis en état. Tu es en route pour reprendre ton boulot. Ta nouvelle carrière. Ta nouvelle vie. Marche. Marche.

Une-deux, une-deux.

Il ne parvenait pas à chasser l'impression que tout le monde le regardait. Et cela aussi, c'était sans doute normal, cette ombre de paranoïa. Après tout, n'avait-il pas à sa boutonnière l'insigne de la Réhab, ce petit morceau de métal jaune étincelant qui annonçait son état de personne reconstruite ? L'image des nouvelles pousses issues du vieux tronc, qui avertissait ceux qui l'avaient connu dans les jours anciens d'avoir à faire preuve de tact. Personne n'était censé l'appeler par son nom antérieur. Personne n'était censé admettre l'existence de son passé. L'insigne de la Réhab était une sorte de charité, une protection contre l'intrusion de souvenirs enfuis. Mais, naturellement, il attirait aussi l'attention. Les gens le regardaient — des inconnus, sans doute, bien qu'il ne pût en être certain — les gens le regardaient et se posaient des questions. Qui est ce type ? Qu'a-t-il bien pu faire pour être condamné à la

Réhabilitation ? Trois assassinats à la hache ? Le viol d'une fillette de neuf ans avec des ciseaux à denteler ? Il a détourné dix millions ? Il a empoisonné six vieilles dames pour hériter d'elles ? Il a dynamité la cathédrale de Chartres ? Tous ces yeux fixés sur lui, émettant des hypothèses. Imaginant ses fautes. L'insigne les avertissait qu'il était un individu spécial.

Il n'y avait pas d'endroit où échapper à ces regards. Macy se rendit en diagonale tout au bord du trottoir, et le suivit. En plein à l'intérieur du ruban de métal rouge lumineux encastré dans le revêtement, qui expédiait des impulsions magnétiques pour empêcher les automobiles d'échapper à la direction et de monter sur le trottoir. Cela n'allait pas mieux, d'ailleurs. Il s'imaginait que les conducteurs qui passaient rapidement se penchaient à la portière pour le regarder fixement. Il retraversa le trottoir en diagonale vers l'intérieur pour se trouver une nouvelle voie, tout contre les immeubles. C'est cela, Macy, rase les murs. Lève une épaule plus haute que l'autre en t'imaginant qu'elle te cache le visage. Rentre la tête dans les épaules. Jack l'Eventreur qui fait sa petite promenade. Personne ne te regarde. Tu es à New York, sais-tu ? Tu pourrais te balader avec la queue sortie de ta braguette que personne ne s'en apercevrait ! Pas ici. La ville est bourrée de Réhabs. Pourquoi une personne quelconque s'intéresserait-elle à toi et à ton passé sordide, mais effacé ? Assez de délire paranoïaque, Paul.

Paul.

Cela aussi, c'était dur à avaler. Ce nouveau nom : *je suis Paul Macy*. Un beau nom, bien compact. Qui a pu l'inventer ? Existe-t-il dans les entrailles de la terre un ordinateur qui ajuste les syllabes entre elles pour donner de nouveaux noms aux Réhabs ? *Paul Macy*. Pas mal. Ils auraient tout aussi bien pu m'appeler Dragomir Slivovitz. Izzy Levine. Leroy Rastus Williams. Mais non, je m'en tire avec Paul Macy. J'imagine que c'est pour mon boulot à l'holovision. Il faut un nom comme cela sur les réseaux. « *Bonsoir. Ici Dragomir Slivovitz qui vous communique le bulletin d'information de vingt-trois heures. Dans sa retraite de week-end à la Maison-Blanche de la Lune, le Président nous a déclaré...* » Non. Ils lui avaient fabriqué le nom qui collait le mieux pour sa nouvelle carrière. Tout ce qu'il y a de plus foutrement anglo-saxon.

Il éprouva soudain une violente envie de connaître le visage qu'il portait. Il ne se rappelait plus à quoi il ressemblait. Il s'immobilisa brusquement, se tourna vers la gauche, et aperçut son image dans un pilier brillant comme un miroir, à l'entrée d'un immeuble. Un visage courant d'Anglo-Saxon, les joues larges, les lèvres minces, le menton fort, une abondante chevelure châtain clair qu'ébouriffait le vent, des yeux bleu pâle enfoncés dans les orbites. Ni moustache ni barbe. Les traits paraissaient énergiques, l'expression un peu vacante, de bonnes proportions, mais quand même la face d'un inconnu. Il fut surpris de constater comme il avait l'air décontracté : pas de rides de tension sur le front, pas de froncement des sourcils, aucune dureté dans le regard. Macy enregistra tout cela en une fraction de seconde ; la personne qui marchait derrière lui, surprise par son arrêt soudain, lui heurta l'épaule et le flanc. Il pivota aussitôt. Une femme. Il lui prit vivement le coude, pour la soutenir. C'était davantage sa faute à elle qu'à lui ; elle n'avait qu'à regarder devant elle. Pourtant il se sentait coupable. « Je suis absolument dés... » commença-t-il.

« Nat », fit-elle. « Nat Hamlin, par le Ciel ! »

Quelqu'un lui glissait une longue et froide aiguille dans l'œil. Sous la paupière, avec une extrême délicatesse, vers le haut, contournant le globe oculaire, plus loin que le réseau complexe des ramifications nerveuses, jusque dans le cerveau. L'aiguille devait avoir une sorte de prolongement ; elle semblait s'allonger comme un télescope, se faufilant à travers les circonvolutions et les plis de la masse de tissu tendre, le transperçant du front à la calotte crânienne. Un petit brasier étincelant se déclenchait chaque fois que la pointe de l'aiguille entrait en contact. Ach so ! Nous goubons zezi, und alors nous issolons zela, und nous dranjons un beu izi, ja, ja, z'est pon ! Oh, Seigneur ! La douleur, la douleur, le feu courant au long de toutes les ramifications nerveuses, de tous les neurones, faisant vibrer toutes les synapses, la douleur ! Comme si on vous arrachait un millier de dents à la fois ! Et ils avaient affirmé que cela ne lui ferait pas le moindre mal. Ces putains de menteurs !

On lui avait appris comment se conduire en pareille circonstance. Il devait se montrer poli mais ferme. Il répondit donc d'un ton ferme et poli : « Je suis désolé, mais vous faites erreur. Je m'appelle Paul Macy. »

La femme s'était remise de leur choc involontaire. Elle recula de deux pas pour l'étudier attentivement. Elle et lui formaient à présent une petite poche isolée d'immobilité sur le trottoir encombré. Le flot des passants s'écoulait en souplesse en les contournant. Elle était grande et mince, avec de longs et raides cheveux roux, des yeux gris qui trahissaient un certain trouble, des traits fins. Un semis de taches de son en travers du nez. Des lèvres charnues. Pas de maquillage. Elle portait un manteau de demi-saison à carreaux bleus, de mauvaise qualité. Elle donnait l'impression de ne pas bien dormir depuis un certain temps. Il devina qu'elle devait approcher la trentaine. Très pâle. Attirante, malgré sa fatigue et son usure apparentes. Elle reprit. « N'essayez pas de me faire marcher. Je sais bien que vous êtes Nat Hamlin. Vous paraissez très en forme, Nat. »

Chaque fois qu'elle prononçait ce nom, il sentait les aiguilles s'agiter derrière ses yeux.

« Non, je suis Macy. Paul Macy.

— Ce petit jeu me déplaît souverainement. C'est de la cruauté, Nat. Où étiez-vous passé ? Cela fait combien de temps... cinq ans ?

— Auriez-vous s'il vous plaît l'amabilité de chercher à comprendre ? » demanda-t-il. Il porta volontairement le regard sur son insigne de la Réhab. Elle ne suivit pas le mouvement de ses yeux.

« Je comprends très bien que vous cherchez à me faire de la peine, Nat. Et ce ne serait pas la première fois.

— Je ne vous connais nullement, mademoiselle.

— Vous ne me connaissez nullement ! Vous ne me connaissez pas du tout ?

— Je ne vous connais pas du tout, c'est exact.

— Je suis Lissa Moore.

— Je suis navré.

— Dans quel voyage êtes-vous embarqué, Nat ?

— Mon second », répondit Macy.

« Votre... second... voyage ? »

Il toucha son emblème. Cette fois, elle le remarqua.

« Réhab ? » fit-elle. Elle cligna les paupières, visiblement pour s'adapter à la situation. Ses joues avaient maintenant pris de la couleur. Elle se mordillait la lèvre, éberluée.

Il approuva de la tête. « J'en sors à l'instant. Commencez-vous à comprendre, maintenant ? Je ne vous connais pas. Je ne vous ai jamais connue.

— Mon Dieu, Nat ! » dit-elle. « Nous avons passé de si bons moments, Nat.

— Paul.

— Comment pourrais-je vous appeler ainsi ?

— C'est désormais mon nom.

— Nous avons connu de si bons moments », répéta-t-elle. « Avant votre départ. Avant que je ne me démolisse. Je ne travaille plus guère à présent, vous savez. Les temps sont plutôt durs.

— J'en suis désolé », affirma-t-il, en se déplaçant gauchement d'un pied sur l'autre. « Cela n'est pas très bon pour moi de passer trop de temps avec des gens de mon premier voyage. Ni même le moindre moment en leur compagnie, d'ailleurs.

— Vous ne voulez pas que nous allions causer quelque part ?

— Je ne peux pas. Je ne dois pas.

— Peut-être une autre fois ? » insista-t-elle. « Quand vous serez un peu mieux accoutumé à votre état ?

— Je crains que non », dit-il. La voix ferme, mais

courtoise. « L'essentiel de l'opération, c'est la rupture avec le passé, et il ne faut pas que je tente de rétablir les contacts, ni que je permette à d'autres de renouer leurs relations avec moi. C'est pour moi un voyage entièrement nouveau, ne le comprenez-vous pas ?

— Je comprends », murmura-t-elle. « Mais je ne l'accepte pas. J'ai des problèmes en ce moment et vous pouvez m'aider Nat. Si seulement…

— Je suis *Paul*. Et je ne suis absolument pas en mesure d'aider qui que ce soit. Je ne peux même pas me secourir moi-même. Regardez comme ma main tremble.

— Et vous commencez aussi à transpirer. Vous avez le front moite.

— Je suis soumis à une terrible tension. J'ai été conditionné pour rester à l'écart des gens que j'ai fréquentés dans le passé.

— C'est me tuer que de me dire une chose pareille. Les *gens fréquentés dans le passé*. On dirait le couperet de la guillotine qui tombe. Vous m'aimiez. Et je vous aimais. D'amour. Toujours. D'amour. Alors quand vous dites…

— Je vous en prie !

— Je vous en prie vous-même ! » Elle tremblait, elle aussi cramponnée à sa manche. Ses yeux devenus vitreux étaient sans cesse en mouvement et clignotaient mille fois à la seconde. « Allons prendre un verre et fumer une cigarette quelque part, pour bavarder. Je comprends bien le règlement de la Réhab, mais j'ai trop besoin de vous. Je vous en prie. Je vous en prie.

— Je ne peux pas.

— *S'il vous plaît*. » Elle se pencha vers lui, lui serrant fortement le poignet droit et le meurtrissant de ses ongles. Il éprouvait une sensation surprenante au sommet du crâne. Une sorte d'intrusion. Un chatouillement. Une vague impression de chaleur. En même temps, son identité se brouillait curieusement, il se dédoublait, si bien qu'un instant il se trouva libéré de ses entraves. Paul Hamlin. Nat Macy. Du centre de son esprit jaillit une scène saisissante, en couleurs criardes :

lui-même, courbé sur une espèce de clavier, et cette fille, debout, nue à l'extrémité d'une pièce encombrée, se serrant les joues entre les mains. *Hurle,* disait-il. *Vas-y, Lissa, gueule donc. Fais-nous un bon numéro.* L'image se dissipa. Il était de nouveau dans cette rue de Manhattan-Nord, mais il éprouvait des difficultés avec sa vision ; tout était flou et se brouillait davantage de seconde en seconde. Ses jambes flageolaient. Un pincement douloureux dans la poitrine. Peut-être même une attaque cardiaque. « Je vous en prie », continuait la femme. « Ne m'abandonnez pas, Nat. Nat ! Que se passe-t-il ? Vous avez la figure si rouge !

— Le conditionnement », dit-il, haletant.

La pression diminua. La fille s'écarta de lui, portant son poing fermé à sa bouche. A mesure que grandissait la distance qui les séparait, il se sentait mieux. Il s'appuya d'une main à la paroi de l'immeuble et fit de l'autre un petit geste pour la chasser. Allez-vous-en. Loin. Hors de ma vie. Qui que vous ayez été, vous n'y avez plus place maintenant. Elle fit un signe d'acquiescement. Elle continuait à reculer. Il eut une dernière et brève image de son visage crispé, aux yeux gonflés, puis elle disparut derrière le flot des passants. En sera-t-il donc ainsi chaque fois que je rencontrerai quelqu'un des jours anciens ? Mais peut-être les autres ne se conduiront-ils pas ainsi. Ils respecteront mon insigne et passeront leur chemin en silence. Pour me donner une chance de me refaire. Ce n'est que justice. Elle n'était pas honnête. Une garce de névrosée, qui estime ses ennuis supérieurs aux miens. Aidez-moi, répétait-elle. S'il vous plaît. Je vous en prie, Nat. Comme si j'avais le moyen de venir en aide à qui que ce soit.

Vingt minutes plus tard, il arriva au bureau du réseau. Dix minutes de retard, inévitables. Il lui avait fallu un certain temps pour se remettre de cette rencontre avec la fille dans la rue. Pour que l'adrénaline soit éliminée, que sa transpiration sèche. Il était essentiel pour lui de présenter un front impassible ; bien plus important en définitive que d'arriver à l'heure exacte le premier jour. Les gens du réseau étaient sans doute avertis de se montrer indulgents pour quelque manque de ponctualité dans les premiers temps, compte tenu de tout ce qu'il avait dû supporter. Mais il lui fallait démontrer qu'il avait toutes les qualités professionnelles qu'exigeait son travail. On l'avait embauché à titre de faveur, certes, mais ce n'était pas pure charité ; on ne l'aurait pas accepté s'il n'avait pas été qualifié pour l'emploi offert. Il devait donc prouver qu'il avait toute l'aisance superficielle, le bagout facile que l'on attendait d'un commentateur de l'holovision. Un temps d'arrêt pour reprendre haleine. Un petit coup de peigne. Un ajustement de son col. Donne-toi cet air de finition parfaite, comme vaporisée en surface. Tu as subi une ou deux mauvaises secousses dans la rue, mais maintenant tu te sens beaucoup mieux. Très bien. A présent, tu peux entrer. La démarche assurée. Une-deux, une-deux.

Le hall était caverneux et sombre. Des écrans de toutes parts, une centaine de sondes installées dans les parois d'onyx, des robots en attente, sans personnalité, prêts à rouler à la rescousse si quiconque tentait une intervention gênante. Debout sous le panneau de sécurité, Macy mit un des écrans sous tension et un souriant visage féminin lui apparut. Un commencement de gorge nue et bien remplie tout au bas de l'écran, coupée par l'angle puritain adopté par l'objectif.

« J'ai rendez-vous », déclara-t-il. « Avec M. Bercovici. Je m'appelle Paul Macy.

— Bien sûr, monsieur Macy. Prenez le conduit de montée à votre droite. Trente-huitième étage. »

Il entra dans l'ouverture. Le système était déjà programmé. Il monta en flottant avec sérénité vers le ciel. En haut, encore un écran. Le visage d'une fille noire et maigre, les sourcils rasés, les pommettes luisantes, pas la moindre parcelle de chair en trop. Et le halo inévitable de splendides cheveux chatoyants. « Veuillez entrer par l'Accès Vert, je vous prie », dit-elle. Une voix de gorge, en un contralto vibrant.

« M. Fredericks vous attend dans la Galerie Neuf de la Rotonde.

— Mais c'est avec M. Bercovici que j'ai rendez-vous... »

Trop tard. L'écran s'était éteint. L'Accès Vert, une immense porte ovale de la couleur d'une feuille de rhododendron, s'ouvrait autour d'un sphincter central, comme l'obturateur à iris des anciens appareils photographiques. Vous qui entrez ici, abandonnez toute espérance ! Macy franchit rapidement le seuil, saisi de la peur que ce sphincter se referme quand il n'aurait encore qu'une jambe de chaque côté. Derrière la porte l'air était doux et un peu humide, lourd d'une chaleur de forêt tropicale, et il y flottait de mystérieux parfums. Il distingua des couloirs sombres et bas qui filaient dans une douzaine de directions. Les murs étaient roses, les angles arrondis, sans une seule arête vive, et paraissaient faits d'une substance spongieuse et souple. L'endroit tout entier évoquait une vaste matrice. Pris au piège dans les trompes de Fallope ! Macy s'efforçait de ne pas recommencer à transpirer. Il y eut un bruit de bouchon qui saute, semblable à celui que l'on fait en se mettant un doigt dans la bouche, en pressant sur la joue et en la relâchant dans un glissement rapide, et la fille noire sortit d'une fente dans le mur qui se ressouda aussitôt. Elle était elle-même enduite de plastique violet, du cou aux orteils, telle une chrysalide ; tout était couvert mais non dissimulé : son enveloppe collante révélait de façon stupéfiante les lignes de son corps osseux. Le squelette avait une superbe structure. Elle déclara : « Je suis Loftus. Je vais vous conduire auprès de M. Fredericks.

— De M. Bercovici... »

Elle n'attendit pas. Elle fonça dans le couloir, les jambes se mouvant comme des pistons, ses pieds nus frappant sourdement le sol spongieux, doum-doum-doum. Un cul sec et plat : pas de fesses du tout, autant qu'il pût juger. Simplement un à-plat, comme le derrière d'une chatte. Il était bouleversé. C'était Bercovici qui s'était entretenu avec lui au Centre de Réhab,

16

tout sourire et franchise, les cheveux blonds qui se clairsemaient, un peu joufflu. Ne vous en faites pas, monsieur Macy, je m'occuperai personnellement de vous pendant la pénible période de transition pour reprendre la vie normale. Bercovici, c'était sa bouée de sauvetage. Sans se retourner, la fille noire cria : « M. Bercovici a été transféré à notre bureau d'Addis-Abeba.

— Mais il n'y a pas dix jours que je causais avec lui, mademoiselle Loftus ! »

Elle s'arrêta. Une brève colère passa dans ses yeux. « *Loftus* suffit amplement », dit-elle. Puis son expression se radoucit. Peut-être se rappelait-elle qu'elle avait affaire à un convalescent. « Il est fréquent que les transferts aient lieu rapidement, chez nous. Mais M. Fredericks est en possession de votre dossier complet. Il est au courant de tous les problèmes. »

M. Fredericks avait un long et caverneux bureau, arrondi comme une matrice, à partir du plafond en courbe d'où pendaient des centaines de globes roses à l'apparence tendre, en forme de seins ; dans chaque téton brillait une petite lumière. C'était un homme petit et coquet, la poignée de main plutôt moite. Il adressa à Macy un sourire doux, triste et confus, comme celui que se voit accorder l'homme que l'on vient d'amputer de deux membres ou peut-être des testicules pour bloquer les métastases de quelque nouveau cancer-éclair. « Si heureux que vous soyez venu, monsieur Macy ! Puis-je vous appeler Paul ! Et vous m'appellerez Stilton. Tout se passe en famille, ici. Vous avez un avenir sensationnel dans notre organisation. » Ses yeux, qui passent sur l'insigne de Macy, s'écartent, reviennent, comme s'il lui était impossible de s'empêcher de le regarder. Le stigmate de la guérison. « Je vais vous emmener faire un tour », disait Fredericks, « que vous nouiez connaissance avec tout le monde. Les choix possibles sont immenses : tous les moyens d'information modernes du monde entier sont ici à votre disposition. Nous allons vous y entraîner doucement, vous faire passer aux nouvelles par tranches de quatre-vingt-dix secondes pour commencer, puis, quand vous aurez acquis toute l'aisance voulue, nous vous mettrons en première ligne ! »

Bonsoir, Mesdames et Messieurs, ici Pavel Nathanie-lovitch Macy qui vous parle du Kremlin à la veille de ce sommet si longtemps attendu...

Le mur de fond du bureau de Fredericks disparut, comme annihilé par une masse errante d'anti-matière, et Macy se trouva en contemplation devant un abîme immense, stupéfiant, un puits sombre de plusieurs centaines de pieds de large, et d'une profondeur peut-être infinie. De très nombreux points d'or flottaient en liberté dans cette cuve de vide. Il était si frappé de stupeur devant ce spectacle qu'il perdit quelques-unes des paroles débitées par Fredericks mais récupéra à temps pour entendre : « Vous voyez, nous avons des milliers, je dis bien des milliers, de caméras à œil flottant qui planent au-dessus de tous les points du monde où il pourrait se produire du nouveau. Leur altitude normale est de quatre-vingts à cent pieds, mais, naturellement, nous sommes en mesure de les élever ou de les abaisser à volonté. Vous pouvez les concevoir comme des observateurs passifs, complets et autopro-pulsés, présents partout, qui absorbent une gamme de renseignements audio-visuels et les enregistrent sur des tambours de visionnage dont les rubans durent vingt-quatre heures. Nous autres qui sommes ici au siège de Manhattan-Nord, pouvons puiser tous les renseigne-ments que nous souhaitons. Par exemple, si je désire savoir ce qui se passe au défilé de la Journée de la Stérilité à Trafalgar Square... » il effleura un petit bouton bleu sur un large pupitre encastré dans son bureau, et un des points lumineux monta de l'ombre à une vitesse prodigieuse pour s'immobiliser en l'air juste au-delà de l'endroit où s'était trouvé le mur du fond avant la démonstration. « Ce que nous avons ici », poursuivit-il, « c'est la réplique dépendante de la caméra qui plane en ce moment même au-dessus du défilé. J'introduis simplement une fiche... ici, et nous obtenons l'image » — Macy vit des femmes qui gesticu-

laient, agitaient des étendards et lançaient des pétards
— « et ici, et nous avons le son. » Des cris rauques, des
slogans répétés à pleine voix.

Macy n'avait jamais entendu parler de la Journée de
la Stérilité. Le monde vous devient affreusement étranger, quand vous restez quatre ans hors circuit.

« Vous voyez, si nous voulons une partie de ceci pour
le prochain bulletin, nous enregistrons images et son
sur un magnéto-vidéophone et nous les découpons pour
la publication... et pendant ce temps, l'œil planant reste
là-bas pour tout recueillir et le retransmettre à la
demande. Recueillir les nouvelles n'est plus une corvée
insupportable quand on a dix mille de ces petites putes
en train de faire le tapin pour vous un peu partout. »
Un gloussement nerveux. « Il nous arrive d'utiliser un
langage peu châtié, dans la maison. Mais on n'y fait
plus guère attention au bout d'un temps. » On n'em-
ploie pas de mots grossiers devant un homme qui porte
l'emblème de son traumatisme. Etait-ce là ce qu'il
voulait faire entendre ?

Fredericks le tenait par le bras. « Le moment est
venu de faire connaissance avec vos nouveaux collègues », dit-il. « Je tiens à ce que vous rencontriez tout
le personnel. Vous serez très heureux de travailler
parmi nous. »

Hors du bureau. Et le mur du fond se reconstitua
mystérieusement alors qu'ils sortaient, dissimulant de
nouveau le puits sombre des yeux volants. Et encore les
passages dans les trompes de Fallope. Des portes
s'ouvraient. Partout, des directeurs bien nets, bien
vêtus, qui se levaient à l'arrivée de Fredericks pour
l'accueillir, lui le nouveau venu. Quelques-uns
parlaient d'une voix exceptionnellement forte et distincte, comme s'ils avaient dans l'idée qu'un homme qui
avait connu de pareils ennuis risquait d'avoir du mal à
comprendre ce qu'ils disaient. Des filles aux longues
jambes passaient en éclair comme des promesses de
délices charnelles. Certaines d'entre elles paraissaient
un rien effrayées ; peut-être étaient-elles informées des
méfaits démoniaques de son ancienne personnalité ?

Macy savait très bien de quels crimes s'était rendu coupable le précédent utilisateur de son corps, et il en avait parfois un peu peur lui-même.

« Par ici », dit Fredericks. Une pièce brillante, une débauche de couleurs. Deux fois les dimensions du bureau de Fredericks. « J'aimerais que vous fassiez la connaissance du chef de nos bulletins d'information de jour, Paul. Un type formidable. Harold Griswold, et c'est un magnifique fils de pute. Harold, voici notre nouveau, Paul Macy. Numéro six dans le dernier bulletin. Bercovici vous a raconté l'histoire, hein ? Bon. Il va s'adapter chez nous à la perfection. »

Griswold se leva, en un mouvement lent et complexe, puis il sourit. Macy sourit aussi. Il commençait à avoir mal aux muscles de la face après tous ces sourires depuis une heure et demie. On ne sourit pas beaucoup, au Centre de Réhab. Il serra la main du rédacteur en chef des nouvelles de jour. Griswold était incroyablement grand, avec un menton proéminent, la cinquantaine environ, et visiblement il jouissait d'un grand prestige. Il rappelait un peu à Macy le portrait de George Washington. Il portait un complet-combinaison bleu, une montre à l'oreille, et un collier très travaillé en bois exotiques de diverses espèces. Son bureau ressemblait à l'annexe d'un musée, avec des œuvres d'art un peu partout :—peintures en forme, objets de cristal, longues piques, résonances programmées. Une collection d'un million de dollars. Dans le coin, à droite d'un bureau en forme de haricot, se tenait une saisissante psychosculpture, la silhouette d'une vieille femme. Macy, qui avait contemplé les objets d'art un à un, en un compliment silencieux adressé à Griswold, tituba en avant à la vue de cette dernière œuvre, toussa, et s'agrippa au bord du bureau pour se remettre. Il avait eu l'impression de recevoir un coup de matraque sur la nuque. Instantanément des mains amicales le soutinrent. « Est-ce que ça va ? Que vous arrive-t-il, mon vieux ? » Macy luttait contre l'étourdissement. Il se redressa et se dégagea des mains secourables.

« Je ne sais pas ce qui m'a frappé », marmonna-t-il,

« juste comme je regardais cette sculpture dans le coin…

— Le Hamlin ? » demanda Griswold. « Une des œuvres que je préfère. Un cadeau de ma première femme, il y a dix ans, alors qu'Hamlin était encore un inconnu…

— Si cela ne vous dérange pas… un peu d'eau froide… »

Deux gorgées. Un deuxième gobelet. Trois lampées. Tout en détournant avec soin les yeux de la silhouette de la vieille femme. Le Hamlin qui était là. Les hommes du réseau, calmes et impassibles, qui fronçaient les sourcils, puis déplissaient le front dès qu'il s'en apercevait. Tout le monde si plein de sollicitude. « Veuillez me pardonner », dit-il. « Vous savez, c'est le tout premier jour que je me retrouve dehors. La tension d'esprit, les nerfs. »

— Bien sûr, les nerfs », dit Griswold.

« La tension d'esprit. Nous comprenons très bien », dit Fredericks.

Il se força à regarder la psychosculpture. Le Hamlin dans le coin. Une œuvre d'une facture excellente. Poignante, pathétique. La tragédie du vieillissement, une impression d'héroïsme et de défi jeté au temps. Un doux bourdonnement échappait des résonateurs, jetant une nuance subtile sur l'humeur que l'œuvre devait faire naître. Le Hamlin dans le coin. Macy demanda : « Est-ce *Nathaniel* Hamlin qui a fait cela ? »

— « Exact », répondit Griswold. « Dieu seul sait la valeur que cela a pris maintenant. A cause du destin tragique d'Hamlin. Non que j'aie la moindre envie de la vendre, mais naturellement, quand un artiste meurt jeune, son travail prend une valeur astronomique en très peu de temps. »

Il ne savait donc pas. Il ne pouvait pas feindre de cette façon. Et il ne pouvait pas être stupide à ce point. Ou Bercovici ne l'avait pas informé, ou on le lui avait dit, mais il ne s'était pas donné le mal de se le rappeler. C'était intéressant. Cependant Macy était secoué par l'intensité de sa propre réaction à la vue inopinée de cette sculpture. Au Centre de Réhab, on ne lui avait pas expliqué qu'il pouvait arriver de telles choses. Il prit mentalement note de poser des questions à ce sujet lorsqu'il y retournerait, la semaine suivante, pour sa première séance de patient externe en thérapie post-thérapeutique. Et mentalement note aussi de rester le plus possible hors du bureau de Griswold.

La sculpture continuait d'exercer une influence sur lui. Il sentait un courant en profondeur, la succion d'un océan sous-cérébral dans son esprit. Des échos creux de vagues se brisant très loin en lui. Le Hamlin dans le coin. Est-ce *Nathaniel* Hamlin qui l'a fait ? A cause de son tragique destin. Seigneur ! Seigneur ! Une méchante attaque de faiblesse dans les jambes. Le front en sueur. Un paroxysme de confusion mentale. Il allait s'écrouler, se rouler par terre en hurlant, vomir sur toute la haute moquette verte de Harold Griswold. A moins que tu reprennes vite tes esprits ! Il se tourna, l'air contrit, vers Stilton Fredericks et dit d'une voix épaisse et embarrassée : « C'est plus bouleversant que je ne l'aurais cru. Vous devriez me faire sortir d'ici rapidement. »

Fredericks le prit par le bras. Une prise solide. Il s'adressa à Griswold : « Je vous expliquerai plus tard. » Il poussait vivement Macy vers la porte. Les pieds qui butaient. La tête qui oscillait sur le cou. Seigneur ! Hors du bureau, enfin !

Le moment d'angoisse intolérable passait.

« Je me sens déjà beaucoup mieux », murmura Macy.

« Voudriez-vous un calmant ?

— Non, non. Rien.

— Vous êtes certain que tout va bien ?

— Certain.

— On ne le dirait pas.

— Cela va passer. J'ai été plus secoué que je n'aurais pensé. Ecoutez, Fredericks... Stilton... je ne voudrais pas que vous me croyiez faiblard, ou malade, mais vous savez que je viens juste de sortir du Centre de Réhab, et pendant les quelque premiers jours...

— C'est parfaitement normal », l'assura Fredericks, en lui donnant une tape amicale sur l'épaule. « Nous comprenons très bien le problème. Nous devons nous attendre à ces incidents. De toute façon, c'est à moi que la faute en incombe. J'aurais dû tout vérifier moi-même avant de vous conduire chez lui. Mais il a tellement d'œuvres d'art dans son bureau…

— Evidemment. Et comment auriez-vous pu savoir ce qui allait se passer ?

— J'aurais néanmoins dû m'en occuper. Maintenant que je saisis vos difficultés, je vais visiter tout l'immeuble. Je ne m'étais tout simplement pas rendu compte que cela vous bouleversait à ce point de vous retrouver face à l'une de vos propres sculptures.

— Pas de moi », dit Macy en secouant négativement et énergiquement la tête. « Elle n'est pas de moi. »

2

DANS la journée, ce n'était pas tellement difficile. Il s'organisa une vie routinière et confortable et s'y installa. Exactement comme on lui avait conseillé d'agir, au Centre de Réhab. Les gens du Centre lui avaient trouvé un petit appartement près de la pointe nord du Vieux Manhattan, à cinq minutes des bureaux du réseau par métro omnibus, à quarante quand il s'y rendait à pied. Ne voulant pas courir le risque de s'exposer trop vite à la bousculade des heures de pointe du métro, il commença par aller à pied au travail. L'exercice lui était bénéfique et de plus il n'avait rien de mieux à faire de son temps. Mais dès le quatrième jour, il prit le métro. Il se révéla que la bousculade et les grincements des roues ne le tracassaient pas autant qu'il l'avait craint et, une fois tous les voyageurs tassés ventre contre derrière dans les voitures, il n'avait plus à se soucier que les gens le dévisagent ou fixent des yeux son insigne de la Réhab.

Pour le boulot, il s'était glissé en souplesse dans le rôle que lui avait confié le réseau en matière de diffusion. Le Centre lui avait imposé six mois de formation professionnelle, aussi était-il entré dans sa nouvelle carrière déjà habile à placer sa voix, à exprimer la sincérité, connaissant les techniques de maquillage et autres particularités du même ordre ; il ne lui fallait plus qu'assimiler les détails du fonctionnement quodiien de l'entreprise, les échelons d'autorité, le déroulement des émissions, par exemple. Chacun lui manifestait de la bonté, bien qu'au bout de quelques jours la plupart aient abandonné cette courtoisie exagérée qui le mettait en colère en lui donnant l'impression d'être un infirme. On lui montrait ce qu'il avait à faire. On couvrait ses erreurs, on répondait avec patience et bonne humeur à ses questions.

Au début, Fredericks ne lui avait pas laissé faire d'émissions réelles, seulement des essais en studio, qui ne passaient pas sur les ondes. Sa vraie part de travail avait été de lire les scripts à voix haute, pour en calculer la durée, et de surveiller le « passage » de ce que disaient les autres speakers. Mais il avait révélé de telles aptitudes lors de ses essais à blanc qu'on lui confia dès le cinquième jour des comptes rendus condensés de nouvelles pour les émissions tardives, dans la section appelée « mosaïque », ce qui signifiait qu'un certain nombre de speakers débitaient sur un rythme accéléré des informations condensées. Fredericks lui avait promis qu'au bout de quelques semaines encore on lui permettrait de se charger de commentaires développés et même de choisir ce qu'il voudrait dans les bobines d'yeux planants appropriées. Du point de vue professionnel tout allait donc pour le mieux.

Mais pour les soirées, c'était une autre histoire.

D'une part, il était solitaire. *Vous seriez très avisé d'éviter toute liaison sexuelle, au moins pour commencer,* lui avaient suggéré les thérapeutes du Centre. *Cela pourrait vous occasionner des troubles pendant les deux ou trois premières semaines d'adaptation.* Il en tenait compte. Il se refusait à ramener chez lui l'une des filles employées par le réseau, bien que nombre d'entre elles lui aient donné à entendre qu'elles étaient disponibles. *Vous n'avez qu'un mot à dire, mon joli.* Le soir, il restait seul dans son petit appartement. Il regardait beaucoup l'holovision. En tâchant de se persuader qu'il était important pour sa carrière d'étudier la façon de procéder des divers réseaux d'information. En réalité, tout ce qu'il y cherchait, c'était la compagnie des images colorées et des sons puissants ; il laissait le récepteur fonctionner même quand il ne suivait aucune émission.

Il ne sortait pas le soir. Question d'économie, se disait-il. Il était censé avoir été riche dans sa vie antérieure, ou du moins très prospère. Un artiste en vogue, ses œuvres toujours demandées, les prix augmentant chaque année, ce genre de vie. Mais ses biens avaient été confisqués par l'Etat. La plus grande partie de son argent avait payé le traitement et réglé la pension allouée à sa femme. Le peu qu'il restait avait servi à louer et meubler son appartement. Il était pratiquement indigent, tant que ne tomberaient pas les chèques de son nouveau salaire. Mais il savait que ce qui le retenait vraiment chez lui, c'était la peur. Il n'était pas encore prêt à explorer le monde nocturne de cette formidable ville. Il ne pouvait pas s'y aventurer tant que son nouveau moi était encore mal solidifié, restait malléable, au moins en surface.

De plus, il y avait les rêves.

Il n'avait pas eu de cauchemars au Centre de Réhab. Maintenant, il en faisait. Des crises traumatiques d'identité coupaient son sommeil. Il courait, hors d'haleine, dans de longs couloirs luisants, au sol gluant, poursuivi par un homme qui portait son propre visage. Il était debout au bord d'une mare de liquide visqueux gris-vert qui fumait, crevait en bulles, se soulevait, et une patte poilue et cornée montait des profondeurs pour tâtonner à sa recherche. Il marchait sur la pointe des pieds à la surface d'une mer de sables mouvants, puis il s'enfonçait et quelque chose qui se cachait au-dessous l'attrapait par les pieds. Et l'entraînait sous la surface dans un violent bruit de succion. Une horde de monstres l'attendait au-dessous. Avec leurs crocs, leurs cornes vertes, leurs yeux jaunes. Il s'éveillait souvent en hurlant. Et il restait éveillé, écoutant quelque chose qui cognait sous son crâne. Laisse-moi sortir, laisse-moi sortir, laisse-moi sortir, laisse-moi sortir ! De violentes rafales de vent lui traversaient le cerveau. Des ronflements, des reniflements énormes lui faisaient frémir la moelle. Un géant à demi endormi, agité, dément, prisonnier derrière son front. Des rots et des pets plein la tête. Et les chocs, les chocs, les chocs.

Et aussi son étrange dualité, la sensation d'être enveloppé, pris dans les fragments et les fils de son ancien moi, si bien que ce dernier, par éclairs, parvenait à l'absorber. Je suis Nat Hamlin. Marié, célèbre psychosculpteur. C'est mon visage. Et voici mes mains. Pourquoi suis-je dans ce sordide appartement que je ne connais pas ? Non. *Non*. Je suis Paul Macy. Je l'étais. Je l'étais avant. Dans un autre pays, pour ainsi dire. Les crimes sont effacés. Pourquoi me hante-t-il ? Je ne suis pas Nat Hamlin.

Mais il lui arrivait parfois, durant la nuit, de n'en être pas tellement sûr. Dès le troisième jour, Macy craignait le moment de se coucher. Il y avait toujours cet homme à son image, qui ne cessait de le hanter dès qu'il était dans le domaine des rêves. En s'éveillant, rempli de détresse, il aurait voulu téléphoner à un ami et se faire rassurer. Mais il n'avait pas d'amis. Les anciens avaient été chassés par la thérapie, et il ne s'en était pas encore acquis de nouveaux, sinon quelques personnes dont il avait fait la connaissance au Centre de Réhab, des reconstruits, comme lui-même, et il se refusait à les importuner en pleine nuit. Peut-être avaient-ils euxmêmes à lutter contre leurs propres démons. Et les gens du réseau ? Tu ne dois pas les appeler. Tu ferais éclater d'un seul coup toute ta façade de stabilité, en lâchant des paroles imprudentes sous l'influence de la panique. Pas plus qu'il ne devait demander de secours à ses médecins, les docteurs Brewster, Ianuzzi, Gomez. Vous ne dépendez plus que de vous, disaient-ils. Nous avons coupé le cordon ombilical. Et voilà. Et voilà. Tout seul. Débrouillez-vous. A un moment où à l'autre, si mauvaise que puisse être la nuit, il finirait bien par s'endormir. A un moment ou à un autre.

« Y a-t-il une chance que l'œuvre de la Réhabilitation n'ait pas été complète ? » demanda Macy. « Ce que je veux dire, c'est que j'ai parfois l'impression que Hamlin s'efforce de refaire surface. »

Un mardi de la fin mai 2011. Une semaine après avoir quitté le Centre. Sa première séance de thérapie postopératoire. Le Dr Gomez, visage rond, peau foncée, moustache noire tombante, guère de menton, les sourcils froncés et mâchonnant le bout d'un stylet d'ordinateur. Une voix doucement bourdonnante. « Pas la moindre chance que cela se produise, Macy.

— Mais, ces rêves...

— Une simple tension psychique. D'où tirez-vous l'idée qu'Hamlin continue d'exister ?

— Pendant mes cauchemars, je le sens exercer des poussées à l'intérieur de ma tête. Comme quelqu'un qui tenterait d'en sortir.

— Ne brouillez pas la situation avec vos jolies images, Macy. Vous faites quelques mauvais rêves. Tout le monde en fait. Croyez-vous que j'y échappe ? J'ai ma bonne part de karma déplorable. Sans émettre d'hypothèses fantaisistes, expliquez-moi pourquoi vous pensez que c'est Hamlin.

— L'homme qui a mon visage et qui me poursuit.

— Une métaphore pour exprimer votre propre passé qui reste flou, peut-être.

— Un sentiment de confusion. Ne pas savoir au juste qui je suis.

— Et qui êtes-vous, en réalité ?

— Paul Macy, mais...

— C'est bien ce que vous êtes. Nat Hamlin n'existe plus. Il a été extirpé de votre corps, cellule après cellule, puis supprimé. Vraiment, vous m'étonnez, Macy. Je croyais que vous vous révéleriez comme une des meilleures adaptations que j'aie jamais vues.

— J'en ai également eu l'impression », répondit Macy. « Mais depuis ma sortie, il y a eu ces... ces explosions, ces cauchemars. Je suis effrayé. Et si Hamlin était toujours là ?

— Hamlin n'existe plus qu'en tant que concept abstrait. C'était un sculpteur en renom qui a eu des difficultés avec la loi et a été éliminé. Il ne subsiste plus maintenant que par ses œuvres. Comme Mozart.

Comme Michel-Ange. Il n'est nullement dans votre tête. »

Macy reprit :

« Le premier jour où je suis allé au réseau, on m'a introduit dans le bureau d'un des chefs de service et il y avait dans le coin une grande statue de Hamlin. Je l'ai regardée, et je l'ai reconnue pour ce qu'elle était. Je m'en suis pénétré, vous comprenez, comme je me pénétrais d'un Michel-Ange, et au bout d'une seconde, j'ai éprouvé une sensation... comme si on m'avait assené un coup de massue sur la tête. J'ai failli tomber en avant. Le choc était d'une violence inouïe. Comment expliquez-vous ce phénomène, docteur ?

— Comment l'expliquez-vous, *vous-même* ?

— Comme si Hamlin était toujours à l'intérieur de moi, se dressait et hurlait : " C'est mon œuvre, c'est moi qui ai fait cela ! " Une telle vague de fierté et d'identification que je l'ai ressentie au niveau conscient comme une douleur physique.

— Mes couilles ! » fit le médecin. « Hamlin n'est plus nulle part.

— Comment pouvez-vous en être certain ? »

Gomez poussa un soupir. « Regardez », dit-il en enfonçant une fiche. Les murs de son bureau s'ornèrent soudain d'images des profils psychologiques de Macy. Gomez désigna les écrans. « Là-bas, à gauche, c'est l'image mentale de Nat Hamlin. Vous voyez ces ondes molles dénotant la tendance à la psychopathie, ces affreux et méchants zigzags ? Vous assistez aux tempêtes électriques qui se déchaînent dans la tête de cet homme ? C'est un cerveau malade. Terriblement atteint. Oui ?

» Et maintenant, regardez ceci. Nous avons commencé l'opération. Nous effaçons progressivement Nat Hamlin. Les ondes s'apaisent. Il devient de plus en plus doux. Image après image. Regardez, regardez bien. A mesure que Hamlin s'en va, nous introduisons Macy. Voyez-vous la superposition, là ? *Voilà* à quoi ressemble un esprit double. Vestiges de Hamlin, commencement de Macy. D'accord ? Deux profils électriques distincts, aucune difficulté pour les reconnaître l'un de l'autre. Et maintenant, de ce côté de la pièce, vous voyez que Hamlin est entièrement effacé. Etes-vous capable d'y découvrir une des seules formes d'ondes caractéristiques de Hamlin ? Merde alors ! Le pouvez-vous ?

» Vous ne dites plus rien, Macy. Voici votre cerveau, sur le mur. Alpha, bêta, et tout le reste. Comparez vos ondes et celles de Hamlin. Totalement différentes. Deux structures distinctes. Il est lui, vous êtes vous. La machine l'affirme. Ce n'est pas une simple question d'opinion, il s'agit de seuils de tension électrique. Une tension ne ment pas. Les ampères sont sans opinion. Les résistances ne vous emmerdent pas pour des raisons de ruse tactique. Nous traitons objectivement de faits, et, objectivement, les faits me disent que Nat Hamlin a été effacé. Ils devraient vous le dire également.

— Les rêves... la vue de cette psychosculpture...

— Eh bien, vous êtes un peu instable. Un ou deux traumastismes d'adaptation, la surprise. Mais Hamlin ? Non.

— Encore une chose. Le jour même de ma sortie, j'ai rencontré dans la rue une femme, une personne faisant partie de la vie de Hamlin. Elle ne cessait de m'appeler Nat. Elle me disait qu'elle m'aimait.

— Ne portiez-vous pas votre insigne de Réhab ?

— Bien sûr que si.

— Et cette pute idiote vous a quand même vidé toute ces ordures à la figure ?

— J'imagine qu'elle a été mentalement troublée, elle aussi. Je ne sais pas. En tout cas », poursuivit Macy, « c'était bien à moi qu'elle s'adressait. Nat par-ci, Nat par-là, sans m'accorder la moindre attention quand je lui affirmais que j'étais Paul Macy... et d'un coup, de nulle part, j'ai senti comme une... une chaleur au sommet de la tête, et pendant une demi-seconde, je n'ai plus su qui j'étais. Lequel de moi j'étais. On aurait dit que quelque chose avait farfouillé dans ma tête pour tout y mélanger. Je me rappelais même avoir exécuté une psychosculpture de cette fille. Vous comprenez ?

Elle était l'un des modèles de Hamlin, semble-t-il, et j'ai eu ce souvenir fugitif d'elle en train de tenir la pose, alors que j'étais installé devant un clavier de sculpteur...

— Conneries, fit Gomez.

— Comment ?

— Conneries ! Ce n'était pas un souvenir. Il serait impossible que vous vous rappeliez quoi que ce soit de la vie de Nat Hamlin.

— Alors, qu'est-ce que c'était ?

— Ce n'était qu'une expression de masochisme en chute libre. Un souhait d'autopunition tout à fait normal. Vous avez inventé cette image de vous-même en train de sculpter la fille parce que vous vouliez vous tromper vous-même et penser que Hamlin refaisait surface.

— Mais je ne vois pas pourquoi...

— Bouclez-la, que je vous explique le mécanisme en cause. Vous avez vécu pendant quatre ans au Centre, n'est-ce pas ? Et vous y aviez droit à une attention de tous les instants. C'était comme si vous viviez dans le ventre maternel. Tous vos besoins étaient satisfaits. Constamment. Eh bien, l'heure est venue de faire naître Paul Macy, et on vous a balancé dans le monde, où vous vous êtes retrouvé sur le cul. Peut-être pas exactement aussi violemment. On vous a d'abord trouvé du boulot, on vous a choisi un endroit où vivre, mais c'est quand même un coup terrible que de se voir rejeté. Vous sortez. Et soudain, plus de cordon ombilical pour vous nourrir. Tout d'un coup, plus de placenta dans lequel se blottir.

» Eh bien, vous voulez qu'on s'intéresse à vous. Et une façon d'attirer ces attentions auxquelles vous aspirez, c'est d'arriver ici en hurlant que votre reconstruction de personnalité est ratée, que Hamlin vous donne des coups de pied dans le crâne. Je ne veux pas dire que ce soit une façon d'agir consciente. C'est un mécanisme. Votre moi rationnel désire simplement s'adapter convenablement à la vie de l'extérieur pour continuer à vivre dans le bonheur en tant que Paul

Macy. Mais nous avons tous aussi ce côté irrationnel, qui fonctionne souvent et totalement à l'encontre des besoins et des désirs du côté rationnel.

» Imaginez que je dise à une personne que sa santé mentale dépend de la condition qu'elle n'appellera jamais sa belle-mère par son prénom. Vous me suivez ? L'homme — supposons que c'en soit un, répond : " Oui, j'ai compris. Si je le fais, ce sera vraiment ma perte. " Alors, bien sûr, chaque fois qu'il voit la vieille sorcière, il s'aperçoit qu'il a son prénom sur le bout de la langue. Il aura des rêves dans lesquels il l'appelle par son prénom. Il se l'imaginera, assis à son bureau. Parce que c'est la chose la plus foutrement destructrice qu'il puisse jamais faire, la tentation de le faire lui vient continuellement en tête, et il imagine constamment *qu'il l'a fait.*

» Mais revenons-en à vous. Le seul événement que vous ne vouliez pas voir se produire, c'est que Hamlin redevienne vivant, alors, tout naturellement, vous rêvez que vous êtes en train de fabriquer une statue de cette fille. Ce qui vous bouleverse et vous ramène près de moi, tout en sueur, pour appeler au secours. Le résultat immédiat de ce mécanisme est de vous donner de mauvais rêves et des traumatismes généralisés, avec comme conséquence secondaire de vous fournir un prétexte à me demander mon attention, dont vous avez inconsciemment envie. Vous voyez comme la partie sombre de notre esprit nous met toujours dans le merdier ? Mais ne vous tourmentez pas, Macy. Rien de tout cela n'est réel, en ce qui concerne la présence de Hamlin en vous. Oh, d'accord, il a une présence réelle dans votre psychologie, mais... et après ? » Gomez arbora un sourire de triomphe. « Vous êtes un garçon intelligent. Vous avez bien suivi ma démonstration, hein ? »

Macy demanda :

« Ne serait-il tout de même pas possible de procéder à de nouveaux électro-encéphalogrammes ? Et s'il apparaissait que j'aie une double combinaison d'ondes ?

— Vous avez vraiment envie de vous faire dorloter, pas vrai ?

— Est-il donc si difficile de procéder à ce test ?

— Cela me prendrait cinq minutes.

— Alors, pourquoi pas ?

— Parce que je ne crois pas qu'il faille céder aux imaginations et aux pleurnicheries des malades du dehors. Vous figurez-vous être ma première reconstruction ? J'en ai fabriqué cent comme vous. Je sais ce qui est possible et ce qui ne l'est pas. Si je vous dis que Hamlin est éliminé, c'est parce que je le *sais*. Je ne me comporte pas en tête de cochon obstiné.

— Très bien, je suis irrationnel », dit Macy. « Mais si j'en avais la preuve sous les yeux, un encéphalogramme ?

— Je refuse de jouer votre petit jeu. Ces imaginations ont leur origine en vous ; alors, que la guérison vienne aussi de vous. Soyez patient. Persuadez-vous que votre croyance à l'existence prolongée de Hamlin n'est rien d'autre qu'une tentative pour vous attirer notre sympathie.

— Et si mes hallucinations ne s'arrêtent pas ?

— Elles disparaîtront.

— Pourtant, si elles persistent ?

— Vous devez revenir ici mardi prochain », répondit Gomez. « Ce n'est pas moi qui vous recevrai cette fois. Ce sera le Dr Ianuzzi et, comme vous le savez, elle est un tout autre médecin que moi, très différente. Gentille, raffinée, sympathique, alors que je ne suis qu'un enfant de pute grossier et désagréable. Si toutes vos histoires continuent à vous embêter, peut-être consentira-t-elle à vous faire passer un électro-encéphalogramme. Bien que j'espère qu'elle s'y refusera, Macy. Moi, je ne peux pas. L'adjudant ne vous fait pas des bises en vous bordant dans votre lit, même si vous l'en suppliez d'un air lamentable, et c'est moi l'adjudant de notre section. Donc, revenez la semaine prochaine. »

Gomez se leva. « Je vous ai vu et écouté au bulletin de la nuit, hier. Vous ne vous en êtes pas mal tiré du tout. »

Le lendemain matin, il trouva un cube de correspondance à son adresse dans son casier du bureau. Intrigué, il inséra la cassette étincelante dans l'encoche de lecture de sa table de travail. Le visage de la fille qui lui avait parlé dans la rue la semaine précédente apparut sur l'écran. Les yeux bordés de rouge, les joues creuses. Les cheveux sales et en désordre. Elle fit un sourire un rien tordu et dit : « Je vous ai vu à l'holovision, ce qui m'a permis de savoir où envoyer ce message. Je vous en prie, Nat, ne faites pas celui qui ne me connaît pas. Je ne peux pas vous dire... »

Il avança vivement la main pour couper le courant. *Je vous en prie, Nat.* C'était intolérable pour lui. L'emploi de son vieux nom : comme des pointes de bambou enfoncées sous les ongles, des aiguilles lui fouillant en arrière des yeux. La nuit dernière, les rêves avaient été pires que jamais. Il se voyait sous l'aspect de frères siamois, l'un des corps griffant et déchirant son double. Et puis la trappe donnant dans le grenier et la chose maladroite aux entrailles pendantes qui en était sortie. C'était la fille qui avait déclenché tous ces traumatismes ; il n'avait pas eu de mauvais rêves avant cette malencontreuse et accidentelle rencontre. Il ne lui accorderait pas une nouvelle chance de le détraquer. Puisque ce salaud de Gomez refusait de s'occuper de lui et de l'aider, il en serait tout simplement réduit à se défendre lui-même contre ses tortures intimes latentes. Et par conséquent, il devenait avant tout indispensable d'éviter toute nouvelle cause possible d'angoisse.

Macy déplaça le bouton en position *effacement* et se prépara à le presser. Puis il évoqua mentalement le visage triste et usé de cette femme. Un être humain comme lui. Qui souffrait aussi. Je pourrais au moins l'écouter une fois.

Il revint à la position *audition* et elle réapparut, répétant : « Je vous ai vu à l'holovision, ce qui m'a permis de savoir où envoyer ce message. Je vous en prie, Nat, ne faites pas celui qui ne me connaît pas. Je ne peux pas vous dire tout ce que vous représentez encore pour moi, même après tout ce qui s'est passé. Je sais que vous avez subi la Réhabilitation et que les choses doivent vous paraître étranges, et que vous ne voulez plus entendre parler de ceux qui faisaient partie de votre ancienne vie. Mais vous retrouver ainsi était un tel miracle que je ne peux feindre que vous n'existiez plus. Parce que je ne peux pas continuer à vivre ainsi beaucoup plus longtemps, Nat. Je suis dans un triste état. J'ai besoin d'aide. Je suis en train de couler et il faut que quelqu'un me lance une bouée de sauvetage... »

Et cela continuait dans la même veine. Elle annonçait qu'elle l'attendrait le mercredi soir à six heures à l'angle nord-est de la 227e rue et de Broadway, en face de l'immeuble du réseau, et qu'elle y serait également les deux soirs suivants à la même heure, s'il n'était pas libre le mercredi. Ou alors, s'il préférait prendre des dispositions différentes, il pourrait l'appeler chez elle, n'importe quel jour après onze heures du matin, et elle indiquait le numéro. Avec tout mon amour. Votre entièrement dévouée, Lissa Moore.

Je ne peux pas, songeait-il. Je n'ose pas. Il effaça le cube. Le soir, il partit dix minutes en avance, par la sortie est du bâtiment, pour éviter la femme. Il fit de même le jeudi et le vendredi.

Le lundi, il reçut d'elle un deuxième cube. Il le trimbala sur lui trois heures durant, répugnant à l'effacer, ayant peur de l'écouter, pour finir par le placer dans l'encoche de lecture. Sur l'écran, son visage pâle devant un fond de velours noir. La bouche grimaçant de façon bizarre. Dans les yeux, un gonflement d'hyperthyroïdisme qu'il n'avait pas remarqué auparavant. L'éclairage du box dans lequel elle avait enregistré son message était trop vif et frappait ses joues de telle sorte que l'on croyait en voir les os. La voix, hachée, sans modulation : « Vous n'êtes pas venu. J'ai attendu, mais vous n'êtes pas venu. Très bien Nat. Ou Paul. Peut-être vous fichez-vous pas mal de moi. Peut-être devez-vous avant tout vous soucier de votre propre personne et ne pouvez-vous pas vous

encombrer de mes propres ennuis. A partir d'aujour-
d'hui, je ne vous importunerai plus. J'attendrai encore
ce soir, à six heures, au même coin, Broadway et 227e,
côté nord-est. Si vous n'y êtes pas à huit heures et
demie, je serai morte à neuf heures. C'est la vérité.
Maintenant, cela ne dépend plus que de vous. »

3

QUELQUES minutes après six heures, il était encore dans la salle centrale des nouvelles, à achever sa copie de la journée. Une colère froide et rancunière continuait de le tenailler. Que cette garce se tue donc. On ne me fera pas chanter de cette manière. Elle n'est absolument rien pour moi, sinon un tas d'emmerdements.

D'un geste vif et sec, il attira l'écran de contrôle de l'œil planant qui patrouillait au-dessus de la rue devant le bâtiment des bureaux, sans cesse à l'affût de fauteurs de troubles, de manipulateurs de bombes, de suicidés spectaculaires. D'un mouvement précis qu'il avait récemment appris, Macy fit descendre la caméra au long de la rue, jusqu'à ce qu'elle pointe sur le coin où Lissa avait annoncé qu'elle se tiendrait. Maintenant, l'objectif de précision, le vernier.

Oui, la voilà. Qui arpente un cercle très étroit. Un petit nodule de tension dans l'alimentation de la rue. Qu'elle aille au diable ! Elle peut faire ce qu'elle veut d'elle-même. Tout ce qu'elle veut.

Macy signa la feuille de sortie des bureaux et, porté par le courant glacial de sa fureur, dériva vers la cage de descente. Quarante étages. Il traversa rapidement le hall. Au-dehors. Une douce soirée de printemps. De longues files de gens qui rentraient chez eux, fatigués mais patients, s'engouffrant les uns derrière les autres dans la bouche du métro. Si facile d'éviter la fille dans cette foule. Il suffisait de se faufiler plus loin.

Toutefois, il se surprit à se diriger vers elle. Une-deux, une-deux. Il ne pouvait pas s'arrêter. Elle paraissait parler toute seule, le regard vide. Elle ne le vit pas approcher. A vingt mètres de distance, il la regarda d'un œil mauvais. Pour qui diable se prend-elle, en essayant de se servir de moi de cette façon ? Elle se joue de ma sensibilité. Oh, j'ai besoin de vous, j'ai tant besoin de vous ! Avec des sanglots de violons ! Et elle tripote mon complexe de culpabilité. Retrouvez-moi au coin de la rue ou je me jette du haut du *Pont des Palissades* ! Naturellement. En quoi cela me regarde-t-il, ma petite, que vous ayez envie de sauter du haut d'un pont ? Il n'y a rien dans tout cela dont je puisse me sentir responsable. M'estimer coupable ? Je n'ai rien fait du tout. J'arrive encore tout neuf en ce monde. Seigneur, je suis même puceau ! C'est la vérité : Paul Macy est vierge. Un foutu puceau.

Il n'était maintenant plus qu'à quelques pas d'elle, mais elle ne l'avait pas encore aperçu. Il avança pour lui toucher le bras, mais s'immobilisa tandis qu'il éprouvait sous le crâne un curieux malaise. De nouveau cette impression d'être double, ce mélange d'identités, cette désorientation. Des sonorités intérieures, comme le glas étouffé d'une cloche lointaine. Et en même temps, une brève nausée, un resserrement léger autour de la pomme d'Adam.

Puis tous ces symptômes de troubles s'évanouirent. Il lui toucha le coude. « C'est bon », dit-il d'un ton bourru. « Réveillez-vous ! Me voici. Vous me jouez un tour dégueulasse, mais je m'y laisse prendre. Et me voici.

— Nat ! » Elle le regardait, les yeux pleins à la fois de stupeur et de joie. La couleur lui montait aux joues. Ses prunelles papillotaient : elle a peur de moi, comprit-il soudain. Il eut de nouveau un spasme de ce curieux malaise, venu et reparti avant d'avoir produit des effets tangibles. « Oh, Nat, Dieu merci ! Vous êtes venu !

— Non », dit-il. « Mettons-nous bien d'accord une fois pour toutes. Je m'appelle Paul Macy. Si vous tenez à vous entretenir avec moi, c'est ce nom que vous emploierez, et vous n'aurez pas le choix. Paul Macy. Répétez !

— P… Paul.

— En entier.

— Paul Macy. Paul Macy.

— Bon. » Il sentait pointer un mal de tête : deux flèches de douleur convergeant vers le centre de son crâne. Cette fille ne lui valait décidément rien. « Nat Hamlin n'existe pas, n'existe plus, ne l'oubliez pas ! » dit-il. « Et maintenant, vous m'avez imposé rendez-vous et me voici. Qu'est-ce que vous me voulez ?

— Votre voix est si cruelle, Paul. » Elle trébucha sur le prénom.

« Simple agacement. Votre menace de suicide… quel méprisable stratagème ! J'aurais foutrement mieux fait de vous laisser aller jusqu'au bout de votre bluff.

— Ce n'était pas du bluff.

— Comme vous voudrez. Je m'y suis laissé prendre. Me voici. Que me voulez-vous ?

— Nous ne pouvons pas causer ici », observa-t-elle. « Pas au milieu de la foule. Pas dans la rue.

— Alors où cela ?

— Chez vous ? »

Il secoua la tête.

« Absolument pas.

— Eh bien, chez moi. Nous pouvons y être en un quart d'heure. Tout est dans un tel état de saleté, mais…

— Et si nous allions au restaurant ? » proposa-t-il.

Son visage s'illumina.

« Ce serait parfait. Celui que vous choisirez. Un de ceux que vous préférez, où vous vous sentirez à l'aise. »

Il s'efforça de penser à un de ses restaurants préférés.

« Je n'en connais aucun », dit-il. « Choisissez vous-même.

— Vous n'en connaissez pas ? Mais vous avez toujours mangé dehors. A peu près tous les soirs. C'était comme une obligation pour vous. Vous...

— Il s'agissait de Nat Hamlin », dit-il. « Il se peut que Nat Hamlin ait souvent mangé dehors. Puisque vous le dites. Mais pas moi. Pas encore. »

Il fouilla dans la masse de ses souvenirs. A la recherche de quelques restaurants de Manhattan. Zéro. Ils auraient tout de même pu lui donner la mémoire de quelques restaurants pendant qu'ils reconstruisaient la personnalité de Paul Macy au Centre de Réhab. Cela ne leur aurait pas coûté beaucoup plus de peine. Ils lui avaient déjà fourni un tas d'autres renseignements. Vedette de l'école secondaire au jeu de la crosse. La variole. Une mère et un père. Une jambe cassée sur les pentes de Gstaad. La lecture de Proust et de Hemingway. Une main glissée sous le maillot de polo de Jeanie Grossman. Trente-cinq années de souvenirs truqués. Mais rien sur les restaurants. Peut-être que Gomez, Ianuzzi et Brewster ne dînaient pas souvent en ville. Ou peut-être l'information sur les restaurants était-elle cachée dans un creux de son cerveau et ne l'avait-il pas encore découverte ? Il reprit : « C'est vrai. Je n'ai pas d'idée. A vous de choisir.

— Il y a un restaurant populaire à deux rues d'ici. J'y ai déjeuné souvent. Le connaissez-vous ?

— Non.

— On pourrait y aller », dit-elle.

C'était une pièce profonde et étroite avec des murs recouverts de cuivre terni et un bouquet de boucles lumineuses défectueuses tressé dans le plafond de chaume. Le service était du type cafétéria ; on prenait ce que l'on voulait dans des cases servo-mobiles ménagées le long des comptoirs. Ensuite on prenait place à de sinistres et longues tables collectives. Macy, en suivant Lissa vers le comptoir, murmura : « Comment deviner le prix de ce que l'on choisit ?

— C'est un restaurant populaire.

— Et alors ?

— Vous ne savez pas ce que cela signifie ?

— Tout cela est un peu nouveau pour moi.

— Vous vous offrez ce que vos moyens vous permettent », expliqua-t-elle. « Si vous n'avez pas du tout d'argent, vous payez la fois suivante, ou vous passez dans les cuisines pour aider à faire la vaisselle.

— Et cela fonctionne bien ?

— Pas tellement. » Elle ébaucha un triste sourire et se mit à empiler la nourriture sur son plateau. En quelques secondes, il fut plein. Cinq espèces différentes de viande synthétique, une montagne de salade et de crudités, trois petits pains et diverses autres choses. Il fut plus économe : jus de fruits, steak aux protéines, varech frit, une tasse de non-café. Au bout du comptoir se dressait le pupitre de paiement. Lissa passa devant sans lui accorder un coup d'œil. Macy hésita un instant, perdu, contemplant l'écran luisant, vert foncé. Avec maladresse il autorisa le pupitre à porter dix dollars au débit de son compte-crédit. Une fille au visage plat et gras qui attendait derrière lui eut un ricanement de mépris. Il se demanda s'il avait payé trop ou trop peu. Lissa était déjà loin dans l'allée, se dirigeant vers une table inoccupée au fond du restaurant. Il prit son plateau et se précipita à ses trousses.

Ils s'assirent face à face à la table nue et triste. « J'ai des dorées », dit-elle. « En voulez-vous une ?

— Je ne sais trop.

— Essayez toujours. » Elle prit son paquet, le rabat s'ouvrit de lui-même et une cigarette en jaillit. Il la prit. Elle en fit sauter une deuxième. Il la regarda attentivement quand elle coupa du bout de l'ongle la protubérance de l'allumeur. Il fit de même. Une profonde inspiration. Presque aussitôt il sentit l'étourdissement dans sa tête et l'accélération de son cœur. Elle lui adressa un clin d'œil en lui soufflant sa fumée dans la figure.

Ensuite elle se mit à manger, engouffrant la nourriture comme si elle n'avait rien avalé depuis des semaines. Il était fasciné par cette voracité qu'elle ne tentait nullement de dissimuler : on aurait dit un feu galopant dans une prairie desséchée. La tête penchée en avant, elle travaillait frénétiquement des mâchoires.

Bruits de mastication. Eclairs de dents blanches. Il restait immobile, tirant sur sa cigarette, essayant sans succès de piquer une languette de varech du bout de sa fourchette. Elle leva les yeux.

« Vous n'avez pas faim ? » demanda-t-elle.

« Pas autant que vous, je crois.

— Ne vous occupez pas de mon appétit. »

Elle avait les poignets sales et une couche de crasse bien visible dans le cou. Elle portait le même manteau bleu qu'à leur première rencontre. Toujours aucun maquillage. Les ongles en mauvais état. Mais ce n'était pas seulement son extérieur qui était négligé ; elle lui donnait l'impression d'une désintégration intérieure qui le terrifiait. De toute évidence, elle avait été belle, peut-être même extraordinairement belle. Des traces de sa beauté subsistaient. Mais elle avait l'air parcheminé, ravagé, comme si les fièvres de son âme avaient dévoré sa matière. Les yeux, grands et injectés de sang, ne restaient jamais immobiles. Toujours un papillotement d'oiseau, dans tous les sens. Les joues plus creuses qu'il ne l'aurait fallu. Cinq kilos de mieux ne lui feraient pas de mal, songeait-il. Et un bain. Il écrasa son mégot et coupa un morceau de son steak. Comme du papier mâché. Il s'étouffa dessus.

Lissa déclara : « Mon Dieu, ça va mieux ! Enfin quelque chose dans l'estomac !

— Pourquoi aviez-vous si faim ?

— J'ai toujours faim. Je me consume.

— Seriez-vous malade ? »

Elle haussa les épaules. « Qui sait ? » Son regard se posa un instant sur lui. « Je m'efforce de penser à vous en tant que Paul Macy. Ce n'est pas facile, quand je me trouve ainsi assise en face de Nat Hamlin.

— Nat Hamlin n'existe pas.

— Vous ne vous souvenez vraiment pas de moi ?

— Zéro », fit-il.

« Merde ! Mais qu'est-ce qu'ils ont bien pu vous *faire* au centre de Réhab ?

— Ils ont bourré Nat Hamlin de produits qui effacent les souvenirs, jusqu'à ce qu'il ne subsiste absolu-

42

ment rien de sa personnalité. Ce qui a laissé une sorte de zombie, vous comprenez ? Un corps sain, mais vide. La société n'aime pas gaspiller un seul corps bon et sain. Alors ils m'ont installé dans la tête du zombie.

— Installé ? Qu'entendez-vous par là ?

— Ils m'ont créé de toutes pièces une identité. » Il ferma un instant les yeux. Son col le serrait un peu. Une sensation d'étouffement. Il n'était pas censé expliquer quoi que ce soit du processus. Et le monde était censé accepter tout cela comme naturel. « Ils m'ont construit un passé, un ensemble d'événements parmi lesquels je puisse me mouvoir comme s'ils avaient vraiment eu lieu. Par exemple, j'ai grandi dans l'Idaho, plus exactement à Idaho Falls, et j'ai été emmené à Seattle à l'âge de douze ans. Mon père était ingénieur de la propulsion et ma mère maîtresse d'école. Ils sont morts tous les deux, à présent. Ni frères. Ni sœurs. J'ai collectionné les timbres d'Afrique, j'ai beaucoup pêché et chassé. Je suis allé à l'université de Los Angeles, classe 93, où j'ai obtenu un diplôme en philosophie des moyens de communication. Deux ans de service national, en poste en Bolivie et en Equateur, à faire des commentaires pour le Canal démocratique populaire. Puis divers boulots de télé et d'holovision en Europe et aux Etats-Unis, et maintenant ici même, à New York. Et ainsi de suite.

— Mon Dieu ! » fit-elle. « Et tout cela est faux ?

— A peu près. Cela ne correspond à la biographie de Nat Hamlin que dans la seule mesure indispensable. Comme l'âge. Ou encore, si Hamlin s'est cassé la jambe à vingt-six ans et que l'os en garde la marque, eh bien, à moi, ils m'ont attribué un accident de ski pendant la même année.

— Qu'arriverait-il si j'allais consulter les archives de l'université de Los Angeles à la recherche d'un Paul Macy, classe 93 ?

— Vous l'y trouveriez. Avec un astérisque de la Réhab indiquant qu'il s'agit là d'une inscription pour la forme portant sur une identité établie rétrospectivement. De même si vous alliez voir le registre des naissances d'Idaho Falls. Leur travail est très consciencieux et complet.

— Seigneur ! » reprit Lissa, en frissonnant. « Ce que c'est inquiétant ! Vous êtes vraiment une personne entièrement nouvelle.

— Je ne sais pas si je suis une personne entière, mais nouvelle, c'est certain.

— Ainsi vous n'avez pas la moindre idée de ce que je suis ?

— Vous avez posé pour Nat Hamlin, n'est-ce pas ? » Elle parut étonnée.

« Comment se fait-il que vous le sachiez ? Je n'ai jamais rien dit de…

— Le jour où vous m'avez interpellé dans la rue », dit-il, « pendant que nous causions, j'ai eu une image brève comme un éclair de vous, nue dans une sorte d'atelier, et je me voyais penché sur une machine compliquée avec un clavier et je vous demandais de hurler. Comme un psychosculpteur qui cherche un effet émotif. Cela a duré au plus une demi-seconde, puis tout a disparu. » Il s'humecta les lèvres. « C'était comme si un morceau de l'esprit effacé de Nat Hamlin refaisait surface dans le mien.

— Ou un morceau de mon esprit pénétrant dans le vôtre », dit-elle.

« Pardon ?

— Cela arrive. Je n'en ai pas constamment la maîtrise. » Un gloussement aigu. « D'où que cela vous soit venu, c'était la vérité. J'ai été l'un des modèles de Nat Hamlin. De janvier à août 06, quand il travaillait à son *Antigone 21*. Celle que lui a achetée le Metropolitan Museum. Sa dernière œuvre avant sa dépression nerveuse. Vous êtes au courant de sa dépression ?

— Un peu. Mais n'en parlez pas. » Il se sentait une barre de feu en travers du front. Le seul fait de rester près de quelqu'un appartenant à son ancienne existence lui était douloureux, surtout si longtemps. « M'offririez-vous encore une cigarette ? »

Elle la lui présenta et reprit : « J'étais aussi sa maîtresse, pendant toute l'année 05 et la majeure partie

44

de 06. Il m'avait dit qu'il divorcerait pour m'épouser. Comme Rembrandt. Comme Renoir. Tombant amoureux de leur modèle. Mais au lieu de cela, il a perdu la tête. Il s'est mis à faire toutes ces choses insensées. »

Macy, se sentant soudain vulnérable, s'efforça de la faire taire en levant la main, mais le flot de paroles continua de couler. « La dernière fois que je l'ai vu, c'était le jour des Grâces 2006. Dans son atelier. Nous nous sommes querellés et il m'a jetée au bas de l'escalier. » Elle fit la grimace. Dans l'esprit de Macy, une vision déchirante : une chute sans fin, la fille qui tombait, tombait, jupe remontée en haut des cuisses, jambes battant frénétiquement l'air, mains cherchant à se raccrocher, le cri qui s'éloignait, un brusque tournoiement et l'impact. Un bruit de casse. « Six semaines à l'hôpital avec une fracture de la ceinture pelvienne. Quand j'en suis sortie, on le pourchassait, du Connecticut au Kansas. Et alors...

— *Assez !* » cria-t-il. Des têtes se retournèrent.

Elle s'écarta de lui. « Je suis désolée », dit-elle en se repliant sur elle-même, tassée, tremblante. Il avait les joues rouges de honte et de confusion. Au bout d'un temps, elle lui demanda à voix basse : « Cela vous fait-il très mal quand je parle de lui ? »

Un signe affirmatif. Le silence.

« Vous avez demandé à me rencontrer parce que vous aviez des ennuis », commença-t-il.

« Oui.

— Vous seriez-vous vraiment suicidée si je n'étais pas venu ?

— Oui.

— Pourquoi ?

— Je suis toute seule. Je n'ai absolument personne. Et je suis en train de devenir folle.

— Qu'en savez-vous ?

— J'entends des voix. Les esprits d'autres personnes pénètrent dans le mien. Et le mien entre dans le leur. La perception extra-sensorielle.

— La PES ? » fit-il. « C'est en quelque sorte... de la télépathie ?

45

— Oui, de la télépathie. La PES, c'est cela.

— Je ne croyais pas que cela existait vraiment. »

Un rire amer.

« Vous parlez ! Vous avez, devant vous, le modèle réel.

— Etes-vous capable de lire dans les pensées ? » demanda-t-il, se sentant dans la brume et l'irréel.

« Pas de lire à proprement parler. Simplement un contact, d'esprit à esprit. Je n'en ai pas le contrôle conscient. Des choses viennent et s'en vont à la dérive. Des voix qui bourdonnent dans mon cerveau, un mot, une phrase, une image. Et cela depuis l'âge de dix à douze ans. Mais cela n'a fait qu'empirer depuis. C'est pire, bien pire. » Elle tremblait de nouveau. « Les deux dernières années. Un enfer. L'enfer absolu.

— Comment cela ?

— Une bonne partie du temps, je ne sais plus qui je suis. Il m'arrive d'être cinq ou six personnes à la fois. Ce bruit continu dans ma tête. Les vibrations. Les voix. Comme des parasites à la radio, et seuls quelques mots se détachent sur le fond de parasites. Je suis le récepteur d'une quantité d'émotions fantastiques qui me font peur. J'ignore si c'est mon imagination qui travaille ou non. Tenez ! Il y a, à deux tables de distance, un homme qui a envie de me violer. Il souhaiterait oser. Dans sa tête, il me voit nue et ensanglantée, écartelée, poignets et chevilles attachés aux meubles. Et à ma gauche, quelqu'un d'autre, une femme... elle m'envoie une odeur de merde. Elle me voit sous l'aspect d'un étron gigantesque assis ici. Je ne sais pas pourquoi. Et puis, vous...

— Non », coupa-t-il. « Ne me le dites pas.

— Ce n'est pas tellement méchant. Vous me trouvez sale et vous avez envie de m'emmener chez vous pour me faire prendre un bain. Et me baiser après. C'est bien. Je sais que je suis sale. Et moi aussi, j'aimerais coucher avec vous. Mais je ne peux pas supporter toutes ces conversations qui se croisent dans ma tête. Je suis grande ouverte, Nat, grande ouverte à toute pensée qui se présente, et...

46

— Paul.

— Comment ?

— Je dis appelez-moi Paul. C'est important pour moi.

— Mais vous êtes…

— Paul Macy.

— Pourtant, à l'instant même, vous vous manifestiez à moi avec les pensées de Nat Hamlin. Cela venait de loin au-dessous.

— Non. Il n'y a plus de Hamlin », déclara-t-il. « Je suis Paul Macy. » Une sensation de mal de mer. Les boucles lumineuses ondulaient et sifflaient au-dessus de lui. Il se surprit à poser sa main sur celle de Lissa. Des peaux rugueuses sur les lunules des ongles, sous le bout de ses doigts. Il s'enquit : « Si vous souffrez à ce point, pourquoi ne vous faites-vous pas traiter ? Il existe peut-être un moyen de supprimer la PES. Est-ce de cela que vous avez besoin, d'une cure ? Je pourrais vous présenter le Dr Ianuzzi. C'est une femme très compréhensive, elle pourrait vous faire placer dans un hôpital psychiatrique spécialisé et…

— Et on me ferait subir un traitement de choc », dit-elle. « On disloquerait ma mémoire avec des drogues, comme si j'étais une criminelle. Ils me lessiveraient la moitié du cerveau en essayant de me guérir. Il ne resterait plus rien de *moi*. J'ai peur de la thérapie. Je n'y suis jamais passée. Je ne veux pas y passer.

— Alors que désirez-vous faire ?

— Je ne sais pas.

— Eh bien, que suis-je censé faire pour vous ?

— Je l'ignore également, Paul. J'ai la tête complètement perdue, alors il ne faut pas me poser de questions rationnelles. » Elle avait un éclat insolite dans les yeux. Malade, malade, malade. « Ce que vous devriez faire, en réalité », reprit-elle, « c'est vous en aller loin de moi, immédiatement, comme vous le vouliez dès la première minute où vous m'avez vue. Seulement, ne partez pas. Mon Dieu, je vous en prie, ne partez pas. Aidez-moi. Venez à mon secours.

— De quelle manière ?

— Restez un tout petit peu avec moi. Je suis toute seule. Je me suis totalement coupée du monde. Ecoutez, voulez-vous savoir la situation dans laquelle je me trouve ? Je n'ai pas de travail. Je n'ai plus d'amis. Je regarde dans le miroir et j'y vois mon propre squelette. Je reste chez moi et j'attends que les voix s'en aillent, et elles se mettent à hurler, à hurler à m'en faire éclater le crâne. Je vis des chèques que me verse l'assistance. Puis un jour, je sors me promener, je marche, marche, marche, en remontant toute la ville et je me heurte à un type dans la rue et il se retourne, et c'est Nat Hamlin, le seul homme que j'aie jamais sincèrement aimé ; seulement il n'est plus Nat Hamlin, c'est Paul Macy, il me l'affirme et... » Elle reprit haleine. « Très bien. Vous ne me connaissez pas du tout et je ne peux pas non plus dire que je vous connaisse. Mais je connais votre corps. Jusqu'au moindre détail. C'est un objet qui m'est familier, un repère, quelque chose à quoi me raccrocher. Laissez-moi jeter l'ancre. Laissez-moi me cramponner. Je suis en train de couler, Paul. Je me noie, et peut-être pourrez-vous me soutenir, au nom de la place que je tenais dans la vie de celui que vous avez été. Peut-être. Peut-être un certain temps. Vous ne me le devez pas, vous n'avez aucune dette envers moi, vous pourriez vous lever immédiatement et sortir d'ici et vous en auriez tout à fait le droit. Mais n'en faites rien. Parce que j'ai besoin de vous. »

Inondé de sueur, engourdi, les poings serrés l'un contre l'autre sous la table, il sentait monter en lui une formidable vague de pitié. Il avait envie de dire : « Oui, bien sûr, n'importe quoi pour vous venir en aide. Rentrez avec moi, vous prendrez un bain, on fumera quelques dorées et on parlera de tout, de votre télépathie, de cette illusion. Non pas que je vous aie jamais connue. Non pas que tout ce qu'il a pu se produire entre vous et Nat Hamlin vous confère le moindre droit sur moi. Mais seulement parce que vous êtes un être humain qui souffre et que vous m'avez demandé mon aide. Et comment vous le refuser ? Oui, oui, je vous servirai d'ancre. »

Mais, au contraire, il répondit : « Vous m'en demandez beaucoup. Je ne suis pas non plus le plus stable des hommes. Et les médecins m'ont ordonné de me tenir à l'écart des gens, hors de la vie de Nat Hamlin. Vous pourriez me causer de graves ennuis. Et moi à vous. Je crois sincèrement que pour nous deux les risques sont plus grands que les avantages.

— Cela signifie-t-il que vous ne voulez pas vous en mêler ?

— J'en ai peur.

— Navrée de vous avoir fait perdre tout ce temps », dit-elle. La voix morte. Sans changer d'expression. Peut-être en se refusant à croire qu'il était sincère.

« Ça n'a pas été du temps perdu. Je regrette seulement de ne pas être en position de vous faire quelque bien. Mais tout Réhab reste à l'extrême bord de l'écroulement, lui-même, du moins au début. Il lui faut s'édifier toute une vie nouvelle. Alors si on demande à un être dans cet état de se charger d'un fardeau supplémentaire... » C'est bon, Macy. Cesse de fournir des explications. Sors d'ici avant qu'elle se mette à pleurer et toi à l'écouter encore. Debout. Tu ne lui dois rien. Tu as tes propres difficultés et elles n'ont rien de mineur. Il se lève à présent. La fille l'observe, sidérée, sans y croire. Il lui adresse un triste sourire, sachant très bien que n'importe quelle espèce de sourire est hors de mise lorsque l'on condamne quelqu'un à mort. Il pivote. S'éloigne d'elle, dans l'allée du restaurant populaire, le long du comptoir, de la choucroute, des pâtés d'algues. Encore dix pas et tu es dehors.

Un cri, du fond de la salle.

« Non ! Reviens ! Paul ! Paul ! *Nat !* »

Les appels franchissaient l'espace qui les séparait comme une volée de flèches. Cinq flèches en pleine cible. La dernière était mortelle, entrant par le dos pour ressortir par la poitrine. Il chancela. Saint Sébastien trébuchant dans un couloir de restaurant. Dans son cerveau en feu, il se passait quelque chose de très étrange, comme si une sphère se coupait en deux hémisphères dont chacun s'animait d'une vie personnelle. Et puis une voix, qui parlait tout à fait distinctement, d'un point situé au-dessus de son oreille gauche, et qui questionnait : « Comment oses-tu la laisser tomber de cette manière, espèce de brute orgueilleuse ? »

Il s'affala durement sur le sol, le coude gauche en premier. Une explosion de douleur à lui faire perdre connaissance. Et, dans ce cône rouge de souffrance, une impossible netteté de perception.

Qui a dit cela ? demanda-t-il, déjà presque privé de conscience. Et tandis qu'il sombrait, la réponse lui parvint :

« Moi. Nat Hamlin. Ton frère jumeau Nat. »

4

IL s'était remis au travail dans son atelier après une inaction de trop longue durée. Tout le matériel de sculpture était recouvert d'une fine couche de poussière. Peut-être les délicats mécanismes intérieurs étaient-ils détraqués, ou du moins manquaient-ils de la précision nécessaire. S'efforcer de dresser l'armature d'un homme et aboutir à un chimpanzé, ou à quelque chose d'approchant ! Il procéda à une vérification minutieuse de tous les calibrages : fait surprenant, tout était en ordre. Rien que de la poussière. C'était plutôt normal après tant d'années. Miracle que tout l'équipement n'ait pas été bousillé par des vandales. Des putains de vandales qui galopaient dans tout le patelin. Des ostrogoths. Il effleura des doigts le clavier-maître. Il pensait que ce serait son chef-d'œuvre, cette fois, une composition de groupe, l'équivalent contemporain des *Bourgeois de Calais*. Mais plus fragmenté, chargé d'intensité, rempli de valeurs multiples. Il lui donnerait un titre sans prétention, par exemple *La Condition humaine*.

Un sacré mal de crâne pour rassembler tous les modèles en même temps. Mais les interactions de groupe ont de l'importance. Merde ! C'est même le seul objectif du travail ! Pour le moment, ils sont tous plantés là. La grosse dame du cirque, quatre cents kilos de graisse tremblotante. Presque une demi-tonne de rigolade. Le gosse de la coopérative des étudiants, celui au crâne tondu. Gomez, le médecin des cerveaux, pour ajouter ce petit rien d'hostilité. La môme enceinte du super-super-marché. Allez, dépoile-toi, petite, fais voir la grosse bosse de ton bide. Avec ton nombril pointé en avant comme un bouton de porte. Et le vice-président de la banque, très-très convenable, tu le feras un peu s'animer quand ils seront prêts à commencer. Et aussi la vieille reproduction en plâtre datant de tes années de beaux-arts, l'Apollon du Belvédère, amputé de sa bite. Un vrai tour de force technique que d'essayer de fabriquer une psychosculpture à partir d'une masse de plâtre. En y créant artificiellement les réactions souhaitées : une épreuve de maîtrise, vraiment. Un chat, en plus, celui d'en bas, qui n'a qu'un œil, le pelage gris et blanc, avec peut-être une douzaine de griffes à chaque patte, croirait-on à voir son air.

Et enfin Lissa. Ma bien-aimée. Mets-toi près du banquier, ma douce. Tourne-toi un peu à gauche. Le banquier lève la main. Il a envie de t'empaumer le nichon, mais il n'ose pas, et il reste là, suspendu par la tension entre son désir et sa retenue. Il faudrait que tes tétons bandent un peu pour que ce soit bien ; tu devrais être en chaleur, dans une certaine mesure. Attends, je vais les mettre moi-même en forme. Une petite caresse ou deux, oui ! Regarde comme les pointes se redressent.

Parfait ! Parfait ! En place, tout le monde. Interactions de groupe. Choisissez ! Je veux que chacun de vous projette l'émotion dont nous avons discuté, et ne projette que cette émotion, à l'état le plus pur possible. Et qu'il la *vive* réellement ! Ne vous dites pas « je pose pour un artiste », dites-vous « je suis ceci ou cela et c'est ma vie, c'est mon âme, que j'irradie en gros morceaux pour qu'il puisse les saisir avec sa mécanique et en faire un chef-d'œuvre. Prêts ? Prêts ? Hé, bande de mollassons, pourquoi ne gardez-vous pas la pose ? Qui vous a permis de vous dissoudre ? Donnez-moi de la foutue *stabilité* pour une fois ! Ne bougez plus ! Ne bougez plus ! Ne bougez plus.

Il courait aussi vite qu'il le pouvait, et ses efforts le tuaient. Un bandeau de métal brûlant autour de la poitrine. Ses yeux sur le point de sauter hors de leurs orbites. En sortant du restaurant, il avait viré à gauche sur Broadway, descendant la sombre rue à longues foulées, pensant d'abord qu'il allait s'échapper. Mais il entendit soudain les pas, absolument simultanés aux siens, clop pour clop, sans cesse, et il comprit alors qu'il n'échapperait pas. Ne regarde pas en arrière. Il y a peut-être quelque chose qui te rattrape.

Nat Hamlin courant en souplesse derrière lui, portant le même corps que lui, seulement de quatre années plus jeune. Il criait des obscénités tout en courant. Qu'il était mal embouché ! On croirait que les artistes sont des êtres fins, des esthètes, plus raffinés que les autres, et pourtant cette anthologie de la saloperie me poursuit en courant. En criant. Hé, toi, Macy, espèce de con de suceur de bites, ralentis ! On a pas mal de choses à se dire, espèce de trou du cul !

Et c'est vrai. La première chose à discuter, c'est de savoir lequel de nous deux doit mourir, lequel doit vivre. Et je connais d'avance ton avis *sur ce point*, Nat. Alors je continue à courir jusqu'à ce que je m'écroule. Peut-être que tu lâcheras le premier, bien que tu sois plus jeune. Avec tes drogues, tes cigarettes de haschich et tes putes qui t'ont usé, alors que j'ai mené une vie saine au Centre depuis des années.

Plus loin. Toujours plus loin. Presque au pont, maintenant. Les tours étincelantes de Manhattan devant moi. Hamlin qui continue à vociférer des ordures. N'est-ce pas un des yeux planeurs du réseau, là-haut ? Mais oui ! Il nous suit, enregistrant toute la course, au cas où interviendrait un joli et sensationnel assassinat. Appelle la police, machine imbécile ! Ecoute, j'ai un dingue aux trousses, un criminel avéré qui fait irruption illégalement dans ma vie après avoir été supprimé ! Regarde, regarde, il a mon visage ! Pourquoi ne fais-tu pas quelque chose ? Je suis un homme du réseau, tu ne le vois pas ? Paul Macy. Numéro six aux nouvelles de la nuit. Je sais, tu n'es qu'une machine, un reporter impartial, un observateur passif, complet et autopropulsé, mais au diable tout cela pour le moment. C'est ma vie qui est en jeu. S'il me rattrape. Et je ne tiendrai pas beaucoup plus longtemps. Le feu dans les entrailles. Tous les spaghettis qui dansent la gigue là-dedans. Le foie qui remue, les lumières qui dansent. Oh, Seigneur, une main sur mon épaule. Je suis pris !

Par terre, sur le sol. Ses genoux appuyés au creux de mes bras. Epinglé. Ses lèvres qui bavent. Un fou avec ma figure. Va-t'en ! Va-t'en ! Va-t'en ! Et il rit. Et par-dessus son épaule droite, je vois l'œil qui enregistre tout. Merveilleux. *Et maintenant, nous vous faisons assister aux derniers instants de Paul Macy, âgé de trente-neuf ans, tragiquement assassiné par son alter ego pris de folie meurtrière. Après ce flash qui vous est offert par les Dorées Acapulco...* Tout s'éteint. Tout s'éteint. Tout...

Il marchait prudemment dans un faubourg endormi, Queens ou Staten Island, il ne savait pas au juste lequel. Ils se ressemblaient tous. Une journée mordante de janvier. Une zone de haute pression installée sur la ville ; pas même un nuage dans le ciel, rien qu'un bouclier nu d'un bleu éclatant qui écrasait la cité, pas d'annonce de neige, bien que le long des trottoirs il y eût encore des bordures de neige souillée, restes de celle de Noël. Avec cette espèce de sécheresse, il était difficile de croire qu'il neigerait de nouveau un jour. Les arbres dépouillés de leurs feuilles, comme des paquets de bois mort, hurlant en silence, je suis un chêne, je suis un érable, je suis un tulipier, et personne n'écoute parce qu'ils se ressemblent tous. Des maisons trapues, à un seul étage, raisonnablement espacées, des deux côtés de la rue. Les gosses à l'école. Les maris au boulot. Un petit cul brûlant et très conjugal derrière chacune des baies vitrées.

Il ignorait au juste comment il était arrivé jusque-là. Parti du Connecticut vers neuf heures et demie du matin, tout allant mal au boulot, un cauchemar infernal dans le studio, qui avait fini par l'atroce gaspillage d'une bonne semaine de travaux, et puis roulant à travers la ville, traversant deux ou trois ponts pour aboutir ici. Et la brume jaunâtre bien connue qui lui enveloppait maintenant les tempes et le front, les vapeurs de la folie. Il en était heureux. Il arrive un moment où il faut bien céder aux forces obscures. Oui, oui, vas-y, empare-toi de moi. A ton service, Nat Hamlin. Appelle-moi Raskolnikov junior. Il en connaissait un bout sur l'humanité, ce cinglé de Russky! Il savait comme on bouillonne en dedans. Et comme on arrive à déborder.

Regardez-moi cette maison. La maison faubourienne parfaitement stéréotypée, une cinquantaine d'années d'âge, produit des lamentables années 60 ou des insensées années 70. Je vais apporter un rayon de lumière dans sa sinistre existence. Par un acte de volonté, je vais intensifier l'expérience de la vie de celle qui l'habite. Voyez comme c'est facile de forcer la porte de côté? Rien que ce petit et fragile loquet : vous insérez la petite lame, vous poussez... oui.

Maintenant, nous entrons. Bonjour, madame, je suis le violeur dément, le maître ès bite de Darien, je fais le porte-à-porte de la terreur extatique, en ce jour si heureux pour vous. Non, ne criez pas, je suis gentil. Je ne cause jamais de blessures inutiles. Je vous donne ma parole que je ne serais pas ici du tout, n'était cette irrésistible envie que j'éprouve. Est-ce ma faute si je suis sorti de mes gonds? Tout homme a droit à sa crise nerveuse. Particulièrement dans le cas d'un artiste sérieux et important. Vous devriez être ravie de savoir qui va vous baiser. Vous faites maintenant partie d'une des désintégrations de la personnalité les plus significatives dans toute l'histoire de l'art occidental. Imaginez par exemple que je sois Van Gogh et que je coupe ma foutue oreille ici même sur le linoléum de votre cuisine? Est-ce que cela ne vous conférerait pas au moins une place de second plan dans sa biographie? Bon, très bien. Je poursuis. Il a eu sa crise, j'ai la mienne. Allons, arrivez, maintenant. Qu'on vous ôte cette tunique. Voyons un peu ce que vous avez à nous offrir comme marchandise. Désolé ! Je ne l'aurais pas déchirée si vous vous étiez montrée de bonne composition. Pourquoi vous débattre ? Cela pourrait vous donner beaucoup plus de plaisir si vous vous étaliez et que vous me laissiez faire. Allons, allons. Tenez, vous êtes déjà en train de mouiller pour moi ! Comment oseriez-vous nier l'activité de vos propres glandes de Bartholin ? Cette lubrification fait de vous une putain, ma grande dame ! Ah ! Dedans. Dedans. Dedans. Voilà l'idéal. Je vais, je viens, je vais, je viens. *Con amore. Allegro, allegrissimo !* Et boum, et pan ! Merci, madame. On referme la braguette. On sort. Le maniaque du viol poursuit ses activités. Ainsi jouons-nous l'épisode le plus récent et le plus fascinant de notre cas de renversement de la personnalité. J'ai l'air si sain, pour un psychopathe. Aïe ! Hé là, non, monsieur l'agent ! Abaissez ce pistolet ! Ne... hé, attention, je me rends, bon Dieu ! Je me rends. Je vous suivrai sans difficulté. Je... vous suis... sans résister...

En papillotant follement des paupières, la tête comme une éponge, désorienté, il s'éveilla. Il se retrouva au lit, dans son propre lit, les couvertures remontées jusqu'au menton, la chambre encore éclairée par les lampes. Derrière la fenêtre, les ténèbres. Les draps frais contre sa peau : quelqu'un avait pris la peine de le déshabiller. De son coude s'écoulaient des ruisselets de douleur. Durant un moment, il fut dans l'incapacité totale de se rappeler sa dernière période de connaissance, auparavant ; puis les incidents au restaurant populaire lui revinrent à l'esprit. Son départ, abandonnant la fille. La fille qui criait pour le rappeler. La voix de Nat Hamlin, comme un serpent qui lui aurait sifflé à l'oreille. La calamité. La chute. Le chaos. « Quelqu'un ? » fit-il d'une voix brisée, haletante. « Y a-t-il quelqu'un ici ? Hein ? Hein ? »

De l'autre pièce sortit la fille. Encadrée dans l'embrasure de la porte, nue. Encore plus maigre qu'il ne l'avait imaginée, toutes les côtes en saillie, la musculature de l'abdomen dessinant sa double ligne sur le ventre, une brèche de quatre à cinq centimètres entre ses cuisses maigres, du haut en bas. Et pourtant les seins encore ronds et fermes. Pas trop gros, mais beaux de forme. Un triangle de poils roux. La peau rose, l'air bien frotté, encore humide. Elle avait pris un bain. Elle paraît cinq ans de moins à présent, songea-t-il.

« Depuis combien de temps êtes-vous réveillé ? lui demanda-t-elle.

— Une demi-minute environ. Quel jour est-on ?

— C'est toujours le même lundi soir. Non, c'est déjà mardi matin maintenant. Une heure et demie du matin.

— C'est vous qui m'avez ramené ici ?

— Avec un peu d'aide. Il y avait un chauffeur de taxi dans le restaurant populaire. Il vous a porté dehors. Seigneur, que j'ai eu peur, Paul ! Je vous ai cru mort !

— Avez-vous essayé de trouver un médecin ? »

Elle éclata de rire.

« A cette heure de la soirée ? Non, je suis restée assise à veiller sur vous en espérant que vous sortiriez de votre transe. Vous me donniez l'impression d'avoir des cauchemars. Vos yeux roulaient en tous sens sous les paupières. Je n'ai touché votre esprit qu'une seule fois, plus ou moins par accident, et c'était plutôt effrayant, un peu comme si on vous avait poursuivi dans une ruelle sombre. » Elle s'approcha du lit et s'enquit : « Est-ce que ça va, pour le moment ? Pas de mal de tête ?

— Pour un mal de tête, ça c'en est un !

— Au bout d'un temps, j'ai eu l'impression que vous dormiez calmement. Alors je me suis baignée, comme vous m'aviez dit que j'en avais besoin... Vous auriez dû voir la crasse qui est sortie de mon corps ! Mais il y a des moments où on se sent tellement dans la merde qu'on ne prend même plus la peine de se laver. Et j'en étais à ce point. Bon, c'est passé, à présent. Je n'ai pas découvert comment fonctionne votre appareil à cassettes, alors je suis allée lire un bouquin dans la pièce à côté et...

— Que m'est-il donc arrivé au restaurant ? fit-il.

Elle s'assit au bord du lit. Il lui regardait les cuisses et il avait envie que sa main s'y pose, mais il lui fallut deux essais avant que son bras tremblant veuille bien se soulever et accomplir ce trajet de vingt-cinq centimètres. Elle avait la peau fraîche et douce. Il caressait cette cuisse, à mi-chemin entre le genou et le ventre.

Elle raconta : « Vous vous rappelez vous être levé pour partir ? Je ne pensais pas que vous le feriez, mais vous l'avez fait, et vous vous en alliez loin de moi. Mon unique espoir qui s'enfuyait. Et alors je compris que j'avais atteint le fond du puits.

— Et alors vous m'avez appelé.

— Non », protesta-t-elle. « *Je vous ai atteint*. Avec mon esprit.

— Vous n'avez pas crié mon nom ? Vous n'avez pas hurlé ?

— Je n'ai pas ouvert la bouche. J'ai tendu mon esprit vers vous. Et j'ai établi le contact. Avec vous deux.

— Nous deux ?

— J'ai pénétré droit à l'intérieur de votre tête, et il y avait bien là un nommé Paul Macy, oui, mais j'ai aussi touché un niveau différent et j'ai trouvé Nat Hamlin. Bandé comme un ressort. Tapi dans l'ombre. En un million d'années je n'oublierai pas cela. Mon esprit franchissant la brèche entre moi et vous pour vous trouver tous les deux à la fois. Celui qui se cache. Ou celui qui dort, si j'ose dire.

— Qui dort est plus exact », dit la voix d'Hamlin.

Macy sursauta, écartant sa main de la cuisse de Lissa comme d'un poêle allumé.

« Avez-vous entendu cela ? » demanda-t-il.

« Je n'ai rien entendu du tout. Mais j'ai senti une sorte de pincement. Une petite secousse dans la nature de la PES.

— C'était Hamlin qui parlait à l'intérieur de moi. Il m'a dit : " Qui dort est plus exact. " Que diable se passe-t-il donc, Lissa ?

— Il est toujours en vous », répondit-elle.

« Non, non. C'est impossible. Ils m'ont tous affirmé qu'il avait disparu à jamais.

58

— Sans doute n'est-ce pas la vérité », avança Lissa. « Un petit peu de lui qui subsiste, tout au fond de votre tête. De la même façon que l'on peut faire naître une nouvelle grenouille au complet à partir d'une unique cellule du corps de l'ancienne, et la nouvelle sera identique à l'ancienne. N'est-ce pas ? Donc vous deviez avoir encore une ou deux cellules de Nat Hamlin dans la tête, et je les ai ramenées à la vie en les touchant. J'en suis navrée, Paul. Tout cela est ma faute.

— Ce n'est pas possible, protesta-t-il. « J'ai simplement des hallucinations.

— Que tu dis, frangin.

— Il est réellement là », insista Lissa. « Je le *sens*. Une présence à l'intérieur de vous. Vous deux dans une seule tête.

— Non.

— Non ?

— Je n'avais pas l'intention de le faire revenir, Paul. Sincèrement, je l'ai aimé, oui, mais il ne valait rien, il faisait du mal aux gens, c'était un criminel. Quand ils l'ont condamné à l'effacement, ils ont eu raison. Je ne voulais pas qu'il revienne. Comment faire pour nous débarrasser de lui ?

— Ne vous tourmentez pas », dit Macy. « On s'en est débarrassé une fois déjà. On pourra bien recommencer.

— Mon cul, l'ami !

Lissa parvint à esquisser un courageux sourire. Elle lui prit la main et la serra entre les siennes. Elle paraissait transformée par l'eau chaude et le savon ; ce n'était plus l'être perdu, triste, amer, malade qu'il avait vu au restaurant. Il se rendait compte que la crise qu'il avait subie la liait maintenant à lui. Elle l'avait ramené chez lui, elle l'avait soigné, il ne pouvait plus la mettre à la porte. Elle demanda : « Désirez-vous quelque chose, un verre, une cigarette ?

— Pas pour le moment. J'aimerais savoir… si je peux encore tenir debout…

— Vous devriez vous reposer. Après cette vilaine attaque.

— Quand même... » Il passa les jambes au bord du lit, évalua la force de ses pieds une fois ou deux avant de leur confier le poids de son corps. Il se dressa avec précaution. Chancelant. Debout là, devant elle, dans sa propre nudité. Puis un geste qui le stupéfia ; il bougea pudiquement la main pour cacher son sexe. Il la retira aussitôt ; il était capable de se trouver six raisons à cette idiotie qui lui venait, de vouloir se dissimuler à elle, à commencer par le fait qu'elle avait été la maîtresse de l'autre propriétaire de ce corps pendant tant de mois, dans le passé.

Il fit un pas, puis un autre, et se trouva au centre de la chambre, encore un peu incertain. Il avait le coude raide et douloureux, ce qui était assez normal étant donné qu'il était tombé en plein dessus. Une sacrée chance qu'il ne se soit pas fait de fracture. Mais il éprouvait aussi un étrange engourdissement du côté droit du visage. Aucune sensation dans la joue et quelque chose de curieux au coin de la bouche. Comme si un dentiste lui avait administré une piqûre anesthésique. Ou comme une petite attaque de paralysie.

Il s'examina la figure dans le miroir de la chambre. Oui, la gueule un peu de travers, exactement comme son père, après *son* attaque. La bouche tirée en arrière, la paupière inférieure tombante. Macy poussa du doigt dans sa joue engourdie et s'efforça de redonner à ses lèvres leur aspect normal. Tout était dur, comme de la chair artificielle, en matière plastique.

« Hi-ho.

— Est-ce *vous* qui faites cela ?

— Qu'y a-t-il, Paul ?

— Mon visage. Il me retient les muscles. Je ne peux pas lui faire lâcher prise.

— Oh, mon Dieu ! Paul ! » Elle était terrifiée.

Une lutte entre deux volontés. La terreur de Lissa l'envahit. C'était sinistre d'avoir un côté de la figure retenu captif par quelqu'un tapi dans votre cerveau. Comme d'aller se baigner dans la mer et d'en ressortir avec la bite serrée dans une pince de homard. Il luttait. Il tiraillait ses muscles, s'efforçait d'assouplir sa chair.

Dé-tends-toi. Dé-con-tracte-toi. Dé-tente. Oui. Il prenait le dessus, ou c'était autre chose. Un peu de
sensation lui revenait à présent. La bouche n'était plus
tordue. Hamlin se repliait comme un homard dans les
retraites les plus profondes de son cerveau, il lâchait
prise. Demain, je file au Centre de Réhab pour qu'on
s'occupe de cela. Une destruction complète, absolue,
du moindre vestige restant encore de l'ancien moi.
Macy se regarda de nouveau dans le miroir. Ouvrant et
refermant la bouche, il s'exerça à faire de larges
sourires. J'ai gagné le premier round. Il retourna en
chancelant près du lit et s'y laissa tomber, tout tremblant.

« Mais vous êtes inondé de sueur ! » s'écria Lissa.

« Un véritable combat. Contre mes muscles.

— Je vous ai observé. Votre visage se tordait et
faisait des grimaces. On aurait dit que vous perdiez la
raison. Tenez, remettez-vous sous les couvertures.
Vous devriez vous reposer. Aimeriez-vous fumer ?

— Ce n'est peut-être pas une mauvaise idée.

Elle apporta deux dorées. Ils les allumèrent avec
solennité et suivirent les rites, l'aspiration, l'inhalation
en profondeur, tout en avalant beaucoup d'air. Tandis
que la fumée hallucinogène s'infiltrait dans ses poumons, il l'imaginait gagnant rapidement son cerveau et
abrutissant le démon que la PES de Lissa y avait
rappelé à la vie. Le bercer pour qu'il s'endorme à
nouveau. Et puis, quand Hamlin serait ivre, lui enfoncer un épieu d'argent dans le cœur. Macy ne sentait plus
à présent la moindre trace de la présence de l'autre.
Autant qu'il puisse savoir, l'herbe de la cigarette l'avait
envoyé dans les pommes.

« Eteignez les lampes », dit Macy. « Venez au lit
avec moi. On fumera tranquillement ensemble. »

La fraîcheur des cuisses de Lissa contre les siennes. Il
se sentait fiévreux. La tension des dernières heures,
sans doute. Les bouts des dorées luisaient dans l'obscurité. Elles ne se consument plus aussi vite à présent
qu'au temps où tu devais les rouler toi-même. Du
temps pour la méditation, du temps pour la contempla-

tion. Mais finalement, elles s'éteignirent. Ils écrasèrent leurs mégots. Il était toujours aussi incapable de déceler en lui la présence de l'âme coléreuse, déviée, de Nat Hamlin. La drogue était peut-être la panacée ?

Il tendit les bras vers Lissa.

Il lui était difficile de bouger dans le lit à cause des douleurs que lui causait son coude. Il y parvint pourtant. Il lui passa son bras droit derrière le dos, et sa main se referma sur un sein. Un hémisphère doux mais ferme, élastique, qui débordait de ses doigts recourbés. Il prit tendrement la pointe entre l'index et le médius, en remuant doucement les doigts pour l'exciter. Puis, avec une certaine difficulté, il pivota en se soulevant, se tortilla, se cogna légèrement le coude à la tête du lit, avec une douleur terrible, et réussit à insérer le genou entre les cuisses de la fille sans lâcher le sein qu'il empaumait. Elle écarta les jambes et il appliqua le dessus du genou contre la chaleur de son ventre. Elle ronronnait tout bas. La difficulté, c'était que dans cette position il ne pouvait pas l'embrasser, son cou ne s'étirait pas suffisamment. Très bien. Cela suffisait pour le moment. Il fit un essai pour fléchir son bras raide, dans l'intention de le lui poser sur le bas-ventre, si ce n'était pas trop douloureux pour lui.

C'était la première fois depuis qu'il était devenu Paul Macy qu'il se trouvait couché avec une femme.

Oh, on lui avait donné tout un ensemble de souvenirs. C'était sans doute Gomez, ce petit salaud, qui avait pris soin de cette programmation. Qui avait rêvé des coucheries fantômes pour lui. Un passé convenable d'hétérosexuel, sans même oublier un rien d'homophilie innocente à l'âge de la puberté. Il se voyait avec Jeanie Grossman dans la cabane du Mont Rainier. Seize ans tous les deux, de minuscules seins froids et durs sous ses mains, les cheveux de Jeanie dans un beau désordre, longs et noirs, ses cuisses durement resserrées sur la main qui cherchait. Oh, non, non, Paul, pas cela, je t'en prie, pas cela, murmurait-elle, puis son souffle était devenu rauque et elle avait murmuré : sois doux, mon chéri, exactement comme cela se passait dans les romans d'amour idiots où Gomez avait vrai-semblablement pêché toutes ces idées. Oh, sois doux avec moi, Paul, tu sais, c'est la première fois... Sur et en elle, boum et pan. Un va-et-vient hâtif, frénétique. Moi aussi, c'est la première fois. Mais il ne le lui dit pas. Jeanie Grossman poussant le cri de son orgasme d'initiation, avec la masse du Mont Rainier qui regardait par-dessus son épaule. Mais, bien entendu, ce n'était pas arrivé. Pas à lui. A Gomez, peut-être, il y avait très longtemps ; peut-être Gomez programmait-il sa propre vie sexuelle dans toutes ses reconstructions, faute d'imagination. Pauvre Jeanie, qui que tu sois, cent hommes différents se figurent probablement t'avoir pris ton pucelage.

Et il y avait encore bien d'autres choses dans le curriculum vitae de Macy. La femme mariée — vraiment une vieille, elle avait certes dépassé la trentaine ! — qui s'était jetée sur lui avec une férocité subite quand il avait dix-sept ans et qu'il vendait au porte-à-porte des encyclopédies pendant les vacances d'été. Il était assis près d'elle sur le divan, étalant toutes ses affiches et brochures devant elle et disant : « Voici un élément remarquable, notre présentation des aides visuelles en trois dimensions, et nous vous offrons un choix de dix reliures en belles couleurs, dessinées par des décorateurs, et aimeriez-vous être informée de notre supplément tout nouveau, sous la forme de bandes-vidéo d'appartement », et pendant qu'il débite son boniment, elle repousse les brochures posées sur ses genoux, plonge sur sa braguette et lui donne la sensation ahurissante et saisissante de deux lèvres lui avalant la verge.

Ce bon vieux Gomez. Et l'infirmière de Gstaad, qui l'avait violé alors qu'il était immobilisé dans son plâtre. Et la grosse fille allemande qui aimait tant qu'il la pénètre par la porte de service. Et celle qui avait des dessous en caoutchouc et un fouet. Egalement l'épreuve d'endurance à Kyoto. L'orgie sur la plage d'Herzlia. Ce cher toubib l'avait amplement muni d'images érotiques vivaces et variées. Mais à quoi bon ?

Rien de tout cela n'était réel, du moins en ce qui concernait Paul Macy, aussi ne pouvait-il s'en targuer comme d'une expérience acquise par lui, pas plus que s'il avait appris tout cela dans les œuvres d'Henry Miller ou du divin marquis. Il était totalement dépourvu du moindre souvenir authentique d'un amour physique. Donc, en fait, il était sur le point de perdre son innocence à l'âge de trente-neuf ans. Mais tout en caressant le corps mince et doux de Lissa, il se rendait compte de l'avantage qu'il tirait de toutes ces aventures amoureuses imaginaires implantées dans son être. Un vrai puceau se serait heurté à des confusions anatomiques, au mécanisme de l'acte, aurait eu du mal à trouver l'angle propre à la pénétration, ce genre de problème. Il savait au moins où trouver le passage désiré. Il le savait par personne interposée, peut-être, mais c'était utile. Le Centre de Réhab ne l'avait pas lâché dans la nature en état d'incapacité devant cette difficulté.

Un petit problème quand même. Il ne paraissait pas arriver à entrer en érection.

Lissa était amorcée, prête, bien lubrifiée, alors que l'article de Paul continuait de pendre mollement. Elle l'observait par la fente de ses paupières, les sourcils froncés. Les humeurs coulaient et caillaient en elle pendant qu'elle attendait que son vide soit comblé. Elle finit par comprendre la raison de ce retard. Elle se tassa contre lui, porta la main à ses testicules, en un chatouillement léger mais expert. Ah oui ! Enfin un peu de vent dans les voiles. Le vieux raidissement bien connu qu'il n'avait jamais éprouvé auparavant. Droit. Droit. Droit. Le grand mât, maintenant. Tourne-toi doucement, glisse-toi en elle. Quelques ajustements dans leurs positions respectives. Elle se préparait à l'accueillir. Il frémissait, il s'enflammait, il s'élevait dans les airs.

Puis vint un rire de l'intérieur de lui et une voix froide et démoniaque :

« Vise-moi ça, mon pote. »

S'épanouissant sur l'écran de son esprit, l'image de

Lissa offerte, ouverte, sur un autre lit dans une autre chambre, et lui-même — non, pas lui-même, mais Nat Hamlin — dressé au-dessus d'elle, l'empoignant par les mollets, lui rabattant les jambes sur ses épaules, et maintenant se laissant couler sur elle avec une vitalité phallique considérable. La clouant au lit. Et tandis que cette consommation interne se déroulait, Macy sentait sa propre verge perdre sa vigueur. Molle de nouveau, ratatinée, infantile, un robinet à pipi au lieu d'une bite. Il se laissa aller contre la fille, épuisé. Il lui était maintenant impossible de faire l'amour. Pas avec *lui* qui faisait le voyeur. J'ai mon propre spectateur dans la tête. Hamlin, rugissant encore de son fou rire interne, lui envoyait scène après scène, tirées sans nul doute de son expérience réelle, s'accouplant avec Lissa dans une telle position, puis dans telle autre, Lissa au-dessus, Lissa à genoux, prise comme une chienne, tout le passé de baisage de leur ancienne liaison, et Macy restait impuissant à réagir, avec ses images fantômes de Jeanie Grossman et de la femme à l'encyclopédie qui balayait sa maladroite incursion dans la réalité ; il gisait abruti, sanglotant, impotent, en attendant que Hamlin veuille bien cesser de le tourmenter.

Lissa ne paraissait pas comprendre ce qui se passait, sinon que Macy avait débandé au moment critique et en était visiblement bouleversé. Elle le tenait affectueusement dans ses bras longs et minces. « Ce n'est rien », murmurait-elle. « Vous avez souffert d'une terrible tension. Ce sont des choses qui peuvent arriver à n'importe qui. Cela marchera mieux plus tard. Restez allongé, reposez-vous. C'est sans importance. Tout va bien. Tout va bien. » Il pressait la joue contre sa poitrine. « Essayez de dormir un peu », lui conseilla-t-elle. Il fit un signe affirmatif. Il ferma les yeux, cherchant à se décontracter. Surgie de l'obscurité, la voix de Hamlin :

« C'était seulement pour te faire savoir que je suis toujours là. »

5

A QUELQUE moment de la nuit elle avait dû lui transmettre un flux d'apaisement, car il s'était endormi tandis qu'elle lui prodiguait les consolations, et il ne s'éveilla qu'au bruit des sanglots de Lissa. La pièce était très sombre : le matin était encore à quelques heures et pourtant il avait la sensation d'avoir assez dormi. Lissa lui tournait le dos, lui enfonçant dans la poitrine son échine osseuse ; elle était lovée, les genoux ramenés jusqu'au seins, elle reniflait de temps à autre et, toutes les trente secondes à peu près, un gros sanglot à secouer le lit s'échappait de sa bouche grande ouverte. Avant de s'occuper d'elle il lui fallait examiner l'état de sa propre tête. Tout paraissait en ordre. Il se sentait reposé et détendu. Il éprouvait une délicieuse impression de solitude entre ses deux oreilles. Quand Hamlin se mettait en contact, il avait son sens intérieur encombré, comme si des rouleaux de barbelés s'étaient déroulés dans son cerveau. Rien de tout cela pour le moment. L'alter ego dormait, peut-être, ou il s'occupait dans une tout autre direction. Macy posa légèrement la main sur l'épaule nue de Lissa et prononça son prénom. Elle continua de sangloter. Il la secoua sans brutalité.

« Qu'est-ce qu'il y a ? » demanda-t-elle, la voix brouillée et lointaine.

— Dites-moi ce qui ne va pas. »

Un silence prolongé. Pas de réponse. S'était-elle

rendormie ? Avait-elle seulement été éveillée un instant ?

« Lissa ? Lissa, qu'est-ce qui ne va pas ?

— Qui ne va pas ?

— Vous pleuriez.

— Tout cela n'est qu'un mauvais rêve », répondit-elle et il se rendit compte alors qu'elle dormait encore. Elle s'écarta de lui, se resserrant encore dans la position fœtale. Elle poussa un terrible soupir. Des bruits de pleurs. Il s'enveloppa autour d'elle, cuisses contre fesses, lèvres juste au-dessus de son oreille. Elle avait la peau froide. Elle frissonnait. « A ma poursuite », murmura-t-elle. « Dix bras, comme une sorte de pieuvre.

— Réveillez-vous », dit-il. « Toute cette fantasmagorie va disparaître si vous vous éveillez.

— Pourquoi en êtes-vous si sûr ? »

Et elle lui transmit son rêve, en un joli paquet. Jailli de son esprit dans celui de Macy où il s'encliqueta comme une cassette dans son logement. Seigneur ! Un paysage lunaire de béton croulant, large de milliers de kilomètres, avec des millions de fissures et de sillons et de crevasses. Pas un bâtiment, pas un arbre, pas un buisson en vue, seulement la plaine gris-blanc d'un revêtement pierreux en ruine qui recouvrait l'univers. D'en haut une lumière blanche brutale frappait le ciment, si bien que les lèvres retroussées des lignes de fissure projetaient des ombres allongées et nettement tranchées. Un vent froid soufflait. Des pas. Lissa apparaît par la droite, nue, hors d'haleine, courant de toutes ses forces, les cheveux à l'horizontale derrière elle, mais dans le sens *inverse* du vent. Sa peau livide est marquée de cicatrices circulaires, rouges, des marques de succion. Et voilà que son poursuivant arrive derrière elle dans un fracas de tonnerre. Oui, c'est Nat Hamlin, avec son visage neutre aux traits réguliers de bon Anglo-Saxon, mais de ses épaules s'élancent huit, dix, douze tentacules qui ondulent, des tentacules munis de grands et durs suçoirs. Pas difficile de comprendre ces marques rouges qui tachent le corps de Lissa. Et un phallus d'un mètre de long brandi tout raide devant lui, comme une massue. Ses pieds, palmés comme ceux des grenouilles, ont la dimension de raquettes à neige. Floc! Floc! Floc! Il arrive en frappant des pieds, derrière elle, à une vitesse incroyable. Et alors il y a les voix. Des gens qui racontent des choses sur elle en sanscrit, en hongrois, en basque, en hopi, en turc. Des observations méprisantes sur ses seins. Des remarques sournoises sur le fait qu'elle a du poil sous les bras. Ils se moquent d'elle en bengali. Ils lui proposent des perversions en polonais. Elle entend tout. Elle comprend tout. Hamlin s'est maintenant séparé en deux, en double poursuivant, dont l'un arrive en quelque sorte de l'autre côté d'elle, et elle est prise au piège entre les deux. Plus près... plus près... ils l'empalent des deux côtés à la fois... elle hurle...

Je rejette ce rêve, songea Macy. Ce cauchemar n'a rien de nécessaire. Au diable!

« Réveillez-vous! » répète-t-il, d'une voix forte.

Il n'était pas tellement facile de la réveiller. Elle se maintenait dans un état particulier d'équilibre instable, presque en transe hypnotique, un état dans lequel elle était en mesure de l'entendre et même de lui fournir des réponses sensées, sans toutefois se trouver branchée sur le monde réel d'une façon rationnelle. Perdue parmi ses horribles hallucinations. Il donna de la lumière. Quatre heures et demie du matin. Il n'avait donc dormi qu'une paire d'heures environ. Il avait pourtant l'impression d'une bonne et longue nuit. Il la souleva et la mit en position assise, puis, avec les pouces, il lui releva les paupières.

Elle le regarda sans le voir. Des yeux comme des miroirs qui ne reflétaient rien. « Lissa? Mon Dieu! Lissa, *revenez*! » Elle a le visage traversé d'ondes visibles de terreur. Elle serre durement contre ses flancs ses coudes maigres et pointus. Ses poings crispés se pressent contre les clavicules. Toujours en sanglotant, une respiration rapide qui trahissait la panique. Macy la tira du lit pour la traîner jusque dans la salle de bains. Il toucha de la paume le régulateur de la douche.

Une cascade d'eau glacée réglée par ordinateur. Entre là-dessous ma fille ! Un cri aigu. Comme s'il l'avait écorchée vive. Mais elle était à présent bien réveillée.

« Mon Dieu ! J'étais sur une planète différente », dit-elle.

« Je sais. Je sais.

— J'en ai encore la tête toute pleine. Des millions de kilomètres carrés de rêvetement craquelé. Je le vois encore. Et cette lumière qui brillait au-dessus, une foutue clarté éblouissante. Et tous ces tentacules.

— C'est fini maintenant », fit-il pour l'apaiser.

« Non. Tout est sorti de ma tête, n'est-ce pas ? Ces choses s'y trouvent toujours, comme Nat Hamlin dans la vôtre. Je suis en train de devenir folle, Paul, n'est-ce pas évident ? Seigneur, tenez-moi bien ! Peut-être que la réalité c'est la pieuvre et qu'ici c'est le rêve. »

Elle avait les dents qui s'entrechoquaient. Il l'enveloppa d'une serviette et la reconduisit dans la chambre. Elle avait les joues brûlantes. Une forte fièvre sévissait dans son organisme. « Je n'ai qu'une envie », dit-elle, « me cacher quelque part. Disparaître au sein de mon propre cerveau, si vous voyez ce que je veux dire. M'enfuir dans quelque monde intérieur où personne ne pourra me découvrir. Où je n'entendrai plus les voix. »

Macy se glissa au lit près d'elle, et elle se tourna soudain vers lui avec une ardeur si fantastique et féroce qu'il en eut le souffle coupé d'un coup. Elle s'agrippa à lui, le nouant de ses bras et de ses jambes. Elle le poussait de son ventre. Sa symphyse pubienne faisait mal à Macy tant elle se serrait. Lissa, accrochée à lui comme pour le dévorer. Quand il était enfant, à Seattle, dans cette vie qu'il n'avait pas vécue, il avait observé dans une mare une étoile de mer, qui s'attaquait à une palourde, qui en écartait les coquilles avec ses suçoirs, puis se retournait sur elle-même pour que son estomac s'insère à l'intérieur et s'emplisse. Il y songeait maintenant que Lissa se tortillait contre lui. Dans l'attente que quelque chose de long et de gluant sorte de la fille pour commencer à le dévorer. Merci, Dr Gomez, pour cette plaisante image ! Détesteriezvous également les femmes, espèce de fouteur d'esprits ?

« Paul », murmurai-t-elle. « Paul, Paul, Paul. » Des appels rythmés. A sa propre surprise, il sentit son membre se raidir malgré toutes les circonstances, et d'un seul et preste mouvement, il s'inséra en elle. Elle était mouillée et brûlante. Tandis qu'il la transperçait, il s'attendait à ce qu'Hamlin refasse surface et intervienne de nouveau dans ses activités, mais cette fois ses parties génitales purent fonctionner en toute liberté. Lissa poussa un cri et sa jouissance fut presque immédiate. Elle était toujours secouée de spasmes quand il sentit son propre plaisir, un million un quart d'années plus tard.

Il s'éveilla encore à sept heures et demie. Lissa paraissait dormir profondément. Hamlin restait tranquille. Macy se doucha et passa dans la petite cuisine-dînette. Il prit le vidéophone, forma sur le clavier le message en code différé et donna instruction de prévenir à neuf heures le réseau qu'il était malade et n'irait pas au travail. Puis il appela le Centre de Réhabilitation et prit des dispositions pour que sa séance post-thérapeutique du jour soit avancée de quatre heures de l'après-midi à neuf heures du matin. Il ne voulait pas perdre de temps pour la solution du problème Hamlin. « Voulez-vous bien garder la ligne ? » lui demanda l'ordinateur du Centre. Il attendit. Deux ou trois minutes après, la machine s'adressa à lui : « J'ai consulté l'emploi du temps du Dr Ianuzzi, monsieur Macy, et elle accepte de vous recevoir aujourd'hui à neuf heures. » Le visage de l'ordinateur sur l'écran du vidéo était celui d'une opératrice brune, jolie et efficace. « Très bien », dit Macy en lui adressant un clin d'œil.

Il jeta un coup d'œil dans la chambre. Lissa était couchée sur le ventre, un bras pendant jusqu'au plancher. Elle ronflait légèrement. Après tout, elle avait passé une mauvaise nuit. Il programma son propre petit déjeuner.

Macy se demandait si le docteur Gomez serait au Centre ce jour-là. Il souhaitait voir l'expression qu'aurait le visage du petit Mexicain quand il arriverait et démontrerait qu'une identité théoriquement supprimée refaisait surface dans son cerveau. Macy croyait encore entendre le leitmotiv du petit toubib arrogant : « Si je vous dis que Hamlin est effacé, c'est que *je sais* que Hamlin est effacé. » Bien sûr. « Je ne suis pas qu'une tête de cochon obstiné. » Non, bien sûr que non. « Nat Hamlin n'existe plus. » Tu l'as dit, bouffi ! « Hamlin n'existe plus qu'en tant que concept abstrait. » Cause toujours, mon beau. Quelle explication trouverait donc Gomez aux événements de la nuit dernière ? J'espère que Hamlin lui crachera en plein milieu de sa foutue gueule. Par ma bouche.

Il pensait avoir une idée assez exacte de ce qui avait rappelé Hamlin à la vie. Ou plutôt il croyait savoir qui. Qui, c'était Lissa. Son histoire de télépathie avait d'une manière ou d'une autre fait sortir l'ego chassé de ses limbes et lui avait redonné une emprise au moins partielle sur son ancien corps. En passant en revue l'histoire de ses relations avec Lissa, Macy distinguait clairement l'enchaînement des circonstances. Le premier jour, il y avait exactement deux semaines, quand elle s'était heurtée à lui dans la rue, l'instant où elle l'avait reconnu, son refus de tenir compte de son écusson, le fait qu'elle l'avait appelé Nat Hamlin : déjà, dès le début, il avait éprouvé une douleur perçante, comme s'il avait été Hamlin, de nouveau au Centre en train de se faire arracher son passé. Et puis, quelques minutes plus tard, quand Lissa s'était penchée vers lui et lui avait saisi le poignet : cette impression de chaleur dans le cerveau, ce sentiment d'intrusion. Il était clair que c'était la perception extra-sensorielle de la fille qui remuait des choses en lui. Créant un moment de confusion, de double identité, où il n'avait plus su s'il était Hamlin ou Macy. Probablement était-ce cela précisément qui avait stimulé le retour de Hamlin à l'existence consciente. Quand j'ai eu cette vision de moi-même dans l'atelier de Hamlin, avec Lissa qui posait pour moi. Et que j'ai cru avoir une crise cardiaque en pleine rue.

Et après? Plus tard, le même jour, quand il avait failli s'évanouir à la vue de la statue de Hamlin dans le bureau de Harold Griswold, ce devait être Hamlin qui poussait un farouche cri de guerre et bondissait en lui à la vue d'un objet bien connu. Cette nuit-là, il avait eu son premier rêve de poursuite. Hamlin libéré dans son crâne et le pourchassant. Ensuite? Quand Lissa lui avait adressé la lettre où elle menaçait de se suicider, et qu'il l'avait rejointe dans la rue. Bon Dieu! N'était-ce vraiment qu'hier soir? Quand il s'était approché d'elle, il avait de nouveau éprouvé ce dédoublement, accompagné de nausée et de confusion. Nul doute qu'elle ait donné à Hamlin un coup de pouce de plus. Enfin quand il avait tenté de l'abandonner dans le restaurant et qu'elle lui avait crié de revenir. La pure tension mentale née de l'incident avait dû causer le choc final, ce qui avait réveillé complètement Hamlin, lui fournissant une occasion de bondir jusqu'au niveau de la conscience. Macy avait été tellement assommé par l'appel télépathique de Lissa que Hamlin avait eu la possibilité de s'emparer de quelques-uns des centres cérébraux et de se mettre à lui parler. Et même de commander les muscles du côté droit du visage pendant un petit moment. Sa domination n'est solide sur rien, pas pour longtemps, il se maintient au contrôle un petit temps, puis il lâche prise, mais il est là. La faute de Lissa. Naturellement, elle ne l'a pas fait exprès. Un bizarre accident de télépathie, voilà tout. C'était Hamlin qu'elle aimait, songeait-il; moi, je ne suis qu'un étranger dans son corps. Et si c'était sa manière à elle de se débarrasser de moi pour l'aider à revenir?

Non.

Il ne voulait pas y croire. Elle n'avait pas eu l'intention de rappeler Hamlin à l'existence consciente. Elle n'en était pas moins responsable. Maintenant Macy devait faire de nouveau supprimer Hamlin. Des angoisses et des tourments, sans nul doute. Après quoi mieux vaudrait pour lui cesser toutes relations avec

Lissa. La conservation de soi doit passer avant tout souci pour autrui, pas vrai ? Alors, dehors la fille.

Le Centre de Réhabilitation était à Greenwich, juste de l'autre côté de la frontière du Connecticut. A dix minutes de Manhattan-Nord, par tunnel de gravité express. Macy prit la navette jusqu'au point d'entrée le plus proche du tunnel. Une matinée grise, brumeuse, qui ressemblait davantage à la fin de l'automne qu'à celle du printemps. Des banlieusards affairés qui couraient en tous sens, le visage contracté. Dieu merci, la plupart allaient dans l'autre direction. Ils le heurtaient constamment, lui jetaient un coup d'œil curieux, mais sans s'arrêter. Depuis plus d'une semaine à présent, il s'était libéré de l'obsession que les gens le regardaient fixement, mais elle lui revint ce matin-là. L'emblème de la Réhab était comme un phare qui attirait l'attention de tous. En annonçant : Voici un ancien coupable. Qui a commis d'effrayants méfaits ! Derrière ce masque impénétrable se dissimule le cerveau purifié d'un criminel célèbre. Le reconnaissez-vous ? Vous rappelez-vous les faits divers ? Approchez, regardez-le bien, enrichissez votre expérience de la vie par cet instant passé à proximité de quelqu'un dont le nom est devenu proverbial. Garanti sans danger. Garanti entièrement remis à neuf et racheté de tout péché. Il marche, il parle, il souffre comme tout être humain ordinaire ! Voyez donc l'ancien monstre ! Regardez ! Regardez ! Regardez !

« Greeenwich », fit Macy d'une voix rauque devant le distributeur de billets, tout en composant son numéro de compte. Un billet en matière plastique filigrané d'or sortit de la fente. Le tenant serré dans la main, Macy se rendit au tourniquet d'accès. Les portes du train étaient ouvertes. Des quantités de sièges vacants. Il en choisit un contre la paroi. Pas de fenêtres dans ces trains. Des gens entraient en dérivant. Macy restait passivement assis, s'efforçant de réfléchir le moins possible. Il flottait. Tout comme le train même dans son tube, qui flottait lui-même dans un tunnel de plus grand diamètre, sur un coussin d'eau de soixante centimètres de profondeur.

« Tout le monde à bord », lance la voix de l'ordinateur. La porte étanche sous pression se ferme dans ses glissières. La soupape s'ouvre. Un quasi-vide devant le train, toute la pression à l'arrière : le train gicle dans le tube. Très astucieux. Guère de sensation de mouvement, grâce au système de flottaison dynamique et aux souples roues sur roulements à billes. En avant, à grande vitesse et en silence, vers l'est, sous l'effet de forces pneumatiques intelligemment réparties, l'air se faisant peu à peu plus rare à l'arrière du train et subissant devant une pression régulièrement accrue. Pour finir, l'air du devant deviendra le coussin de décélération. En outre la gravité nous entraîne également tandis que nous fonçons dans le tunnel en pente peu accentuée. Vers le milieu du parcours, nous commencerons à remonter et à ralentir. Qu'ils sont admirables, ces ingénieurs ! Si seulement je pouvais rester toute la journée dans le tube, flotter sans arrêt en aller et retour, à cinq cents km/heure. Les joies de la chute libre, ou presque libre.

Macy gardait les yeux clos. Pas la moindre manifestation de Hamlin. Reste caché, salaud d'assassin. Reste caché.

Il ne comprenait pas comment il était possible que Hamlin fût revenu. Il avait acquis au Centre une assez bonne connaissance du processus de réhabilitation et, d'après ce qu'il en savait, il ne distinguait pas la plus faible chance qu'une existence effacée puisse renaître spontanément, ni même être évoquée. Qu'est-ce que l'identité, en somme, sinon le total exact de la programmation reçue depuis la claque sur les fesses, lors de la venue au monde ? On vous injecte un nom, un ensemble de parents, un aperçu structurel de la société, et une suite d'expériences de la vie. Et au bout d'un temps les mécanismes de réaction entrent en jeu, si bien que l'être que l'on est déjà devenu guide notre choix d'expériences nouvelles, renforçant ainsi la silhouette existante, lui conférant les attitudes et réflexions que nous et les autres estimons « caractéristiques » de ce « moi ». Très bien. Et cette accumulation d'événements et d'attitudes se grave dans le cerveau, tout d'abord sous forme d'impulsions et de connexions électriques, puis, au fur et à mesure que les souvenirs récents sont reconnus comme une mémoire de longue date, sous forme de chaînes moléculaires complexes, qui s'inscrivent dans la structure chimique des cellules cérébrales.

Voilà pourquoi, lorsqu'il faut démolir le processus créateur de l'identité, il suffit de détruire les circuits électro-chimiques qui ont enregistré l'identité. Un petit brouillage électronique, pour commencer, afin d'empêcher la communication entre les synapses et d'ouvrir des voies neuves aux électrons pour qu'ils se précipitent dans le cerveau. Puis, quand les défenses sont abattues, on déclenche l'attaque chimique. Une injection d'acétylcholine pour entraver la fixation des souvenirs à court terme. Un des dérivés de la puromycine pour lessiver les chaînes entremêlées de l'acide ribonucléique qui maintient la permanence des souvenirs gravés dans le cerveau. Une inondation de produits créateurs d'amnésie, et le tour est joué ! Le tissu des expériences et des attitudes est détruit, laissant le corps à l'état de table rase, de feuille blanche, sans identité, sans âme, sans mémoire. Par conséquent il faut ensuite y introduire une identité nouvelle, celle qu'il vous plaira. Naturellement, il faut plus de temps pour construire que pour détruire. On commence avec une coquille vide qui ne conserve plus que quelques réactions motrices essentielles, rien d'autre : elle sait comment nouer ses lacets de chaussures, comment se moucher, comment articuler des sons. A moins que le boulot de nettoyage n'ait été fait avec un zèle excessif, elle sait même parler, lire et écrire, bien que tout cela se situe sans doute aux environs du niveau d'un enfant de six ans. Maintenant il faut lui donner un nom. A l'aide de méthodes hypnagogiques perfectionnées, on lui injecte sa nouvelle biographie : voici l'endroit où vous êtes allé à l'école, voici votre mère, voici votre père, voici vos camarades d'enfance, et voilà quels étaient vos passe-temps favoris. La consistance de ces données ne doit pas nécessairement être d'une transparence cristalline ; la plupart de nos souvenirs sont d'ailleurs brouillés, avec ici et là des traits clairs et lumineux. Bourrer l'individu reconstruit d'un passé suffisant pour qu'il ne se sente pas désincarné. Puis le former à la vie adulte : lui infuser quelques connaissances, talents ou habiletés, l'instruire des convenances sociales, lui rappeler ce qu'est la sexualité, et ainsi de suite. Les matières périphériques, lecture, écriture et langage reviennent plus vite que l'on ne croirait. Mais l'identité antérieure ne revient *jamais,* parce qu'elle a été arrosée de bombes de fragmentation de cinquante mégatonnes ; elle est totalement anéantie. Jusqu'au niveau cellulaire même, tout ce qui constituait la personnalité a été rincé par les produits et drogues agissants. Tout a disparu.

A moins que... D'une certaine manière... Tapies dans les recoins cellulaires, des traces de l'ancien moi demeurent, comme l'écume à la surface d'un étang, une simple pellicule d'identité démolie, et il se pourrait que dans des circonstances favorables, à partir de cette pellicule, le moi ancien soit en mesure de se reconstituer et de reprendre la direction de son corps. Quelles seraient ces circonstances favorables ? Il n'y en a pas, si j'en crois Gomez et compagnie. On n'a jamais noté le cas de rétablissement de l'identité antérieure après suppression effectuée sur l'ordre du tribunal. Mais combien de reconstruits se sont-ils trouvés exposés à la perception extra-sensorielle ? La décharge totale d'un télépathe atteignant à la fois les deux identités, l'ancienne et la nouvelle ? Cela se ramène à un problème de statistique. Il existe un nombre x de reconstruits qui se promènent aujourd'hui dans le monde. Et un nombre y de télépathes. Le nombre x est très réduit, et le nombre y encore plus. Alors quel est le pourcentage de probabilités qu'un x rencontre un y ? Si faible, apparemment, que c'est la première fois que le fait se produit. Et maintenant, tenez ! Ce monomane du baisage, Hamlin, est en train de se balader librement dans mon cerveau. Pourquoi le mien ?

« Greenwich », annonça la voix de l'ordinateur, et le train s'immobilisa sans heurt sur son coussin d'air comprimé.

Le Centre de Réhabilitation était au nord de la ville, dans l'ancien quartier résidentiel qui, grâce à des stratagèmes inspirés et désespérés à la fois, avait réussi à résister au glacier écrasant de l'expansion démographique qui avait dévasté la plupart des banlieues. Le Centre lui-même avait procédé à diverses reconstructions et remises en état. La bâtisse principale, une masse de pierre de style pseudo-Tudor à deux étages, avec des plafonds gothiques à caissons de parvenu et des vitraux aux fenêtres, avait été une résidence privée vers le milieu du vingtième siècle, la demeure de quelque vieux magnat voleur dans la finance, d'un spéculateur qui n'hésitait pas à courir de gros risques. Pour finir, le spéculateur s'était cru trop malin et avait fait faillite ; la grande maison était alors devenue le siège d'un culte de thérapie qui reposait essentiellement sur le nudisme total durant toute l'année, et c'était à cette époque qu'avaient été construits les cinq dômes géodésiques en plastique, qui dessinaient un gigantesque pentagramme autour du bâtiment principal, et qui servaient de solariums en hiver. Les récriminations et les poursuites judiciaires avaient aboli le culte en moins de cinq ans, et le lieu avait alors été transformé en école secondaire d'avant-garde, où les descendants de l'aristocratie du Connecticut suivaient des cours de gymnastique amoureuse, de traumatismes de la polarisation et de relativité sociale. Les divers bâtiments annexes, avec bien des installations électroniques ingénieuses, dataient de cette époque. L'école était tombée avant même d'avoir produit sa première couvée, et l'administration, ayant pris possession des biens sous le prétexte que les impôts fonciers n'avaient pas été réglés, en avait immédiatement fait le premier Centre de Réhabilitation de la moitié ouest de l'État, afin d'avoir droit aux fonds équivalents qu'offrait alors le gouvernement fédéral; le gouvernement d'Etat, impatient de lancer rapidement son programme de réhabilitation, dépensait en ce temps-là ses maigres ressources avec grandeur.

En remontant l'allée d'un kilomètre qui menait au bâtiment principal, on contemplait les vestiges de constructions successives résumant les diverses vocations du Centre dans le passé, et, si l'on avait assez d'imagination, on pouvait évoquer le vieux spéculateur passant ses ordres par téléphone, du bord de la piscine, les fanatiques de la santé se rôtissant dans les solariums, les jeunes écoliers forniquant avec application sur les pelouses, et en même temps, alors qu'erraient dans les clairières ombragées les candidats d'aujourd'hui à la réhabilitation de la personnalité, on voyait leurs sourires imbéciles tandis que les écouteurs à leurs oreilles leur susurraient un passé.

Ce jour-là, Macy ne vit rien de tout cela, pas même l'allée. En effet, alors qu'il sortait de la station du tube, dans le bas de Greenwich, et cherchait un autotaxi pour le conduire au Centre, il éprouva une sensation assez semblable à celle que lui eût causée une hache se plantant entre ses omoplates; il piqua du nez, pris de haut-le-cœur, et s'écroula sur le pavé. Il resta quelques instants dans une demi-inconscience sur les carreaux élégants, bleus et blancs, de la terrasse, à l'entrée de la station. Puis, se reprenant un peu, il parvint à se mettre à quatre pattes, comme un coureur étourdi qui attend le coup de pistolet du départ. Il ne pouvait rien faire de plus. Hors de question qu'il se relève. Rouge, suant, assommé, il attendait que ses forces lui reviennent, il espérait que quelqu'un lui apporterait de l'aide.

Personne ne s'occupait de lui. Les passants s'écartaient obligeamment de part et d'autre de lui. Comme un rocher au milieu d'un cours d'eau. Personne ne vient au secours d'un rocher. Peut-être y a-t-il beaucoup d'épileptiques à Greenwich ? On ne peut tout de même pas se laisser émouvoir par *ces gens-là*. Ces foutus emmerdeurs sont toujours en train de tomber sur le nez, et de se bouffer la langue : comment arriver à l'heure au boulot, s'il fallait tous les matins s'arrêter pour cela ?

Macy écoutait le temps s'égrener dans sa tête. Une, deux, trois minutes. Que s'était-il passé ? C'était la deuxième fois en dix-huit heures qu'il était matraqué du dedans. *Hamlin ?*

« Exactement !

— *Que m'as-tu fait ?*

— Je t'ai un rien tordu le système nerveux. Je suis justement en train de le contempler. Un tas de cordes et de ficelles, le merdier le plus complet que tu puisses imaginer. J'ai pincé une corde et *ping* !

— *Arrête,* dit Macy. *Bon Dieu ! Pourquoi fais-tu tout cela ?*

— Pour ma conservation. Comme tu le pensais il y a un petit moment, la conservation de soi-même passe avant le souci d'autrui, pas vrai ?

— *Entends-tu toutes mes pensées ?*

— J'en entends assez. Assez pour savoir quand je suis menacé.

— *Menacé ?*

— Bien sûr. Où allais-tu quand je t'ai fait mordre la poussière ?

— *Au Centre de Réhab* », avoua Macy.

« Tout juste. Et qu'allais-tu y faire ?

— *Subir ma séance hebdomadaire de soins post-thérapeutiques.*

— De la merde, oui ! Tu allais raconter aux toubibs que je suis revenu à la vie.

— *Et quand bien même ?*

— Ne joue pas les innocents. Tu allais leur demander de m'effacer encore une fois, hein ? Pas vrai, Macy ?

— *Eh bien...*

— Avoue-le ! »

Macy, toujours à quatre pattes sur les carreaux étincelants, tenta d'appeler au secours. Une sorte de petit miaulement s'échappa de ses lèvres. Les banlieusards continuaient leur va-et-vient. Une quantité de porte-documents et de récepteurs portatifs. Je vous en prie. Je vous en prie. Aidez-moi.

Hamlin, une fois encore :

« Avoue-le !

— *Fiche-moi la paix.* »

La douleur explosa soudain sous le sternum de Macy. Comme si une main s'était brutalement refermée sur son cœur et l'avait puissamment serré. Faisant battre les valvules, vidant les ventricules, pinçant l'aorte.

« J'apprends à m'y retrouver ici, à l'intérieur, mon pote. Je suis aujourd'hui capable de faire des choses qui m'étaient encore impossibles hier. Comme de te chatouiller le palpitant. C'est pas chouette comme sensation ? Et maintenant, si tu me disais pourquoi tu étais si pressé de te rendre au Centre de Réhab ? Et tâche de me fournir la bonne réponse !

— *Pour te faire éliminer une deuxième fois* », reconnut Macy, d'un ton lamentable.

« Oui, oui. La vérité toute sale sort toujours de son puits. Tu étais en train de comploter ma mort, hein ? Moi, je n'ai jamais tué personne de ma vie, tu comprends, je me contentais de prendre quelques libertés avec ma bite, et néanmoins il a été du bon plaisir de l'Etat de me condamner à mort...

— *A la réhabilitation* », rectifia Macy.

« A mort ! répliqua Hamlin, tout en lui tiraillant le triceps droit, en représailles. Ils m'ont tué et ils ont mis quelqu'un d'autre dans mon corps, seulement je suis revenu à la vie et tu allais les persuader de me tuer une deuxième fois. Pas besoin de faire de la rhétorique sur la question. Debout, Macy. »

Macy s'assura avec précaution qu'il avait de nouvelles forces et découvrit que ses jambes étaient maintenant en mesure de le porter. Il se releva très lentement, avec l'impression d'être d'une extrême fragilité. Quelques pas chancelants. Les genoux tremblants. La peau moite. La gorge sèche.

« Et maintenant, l'ami, il faut que nous nous entendions sur un point. Tu n'iras pas au Centre de Réhab aujourd'hui. Tu n'iras même plus du tout, jamais, parce que c'est un endroit dangereux pour moi et que si je dois t'empêcher d'y aller, j'en ferai un endroit également dangereux pour toi. Laisse-moi te donner un petit avant-goût de ce qui t'attend si tu approches à moins de dix bornes d'un Centre de Réhab quelconque. Rien qu'une idée. »

De nouveau, la main lui enserra le cœur. Mais pas une simple pression, cette fois. Une prise farouche, mordante, à pleine force. Macy retomba à terre. Peu à peu l'étreinte interne se desserra, mais il en resta nauséeux et affaibli, tandis qu'un tonnerre terrible grondait dans sa poitrine. La joue sur le carreau, il battit des jambes dans la frénésie de la douleur. Cette fois, sa souffrance était trop évidente pour qu'on l'abandonne à son sort. Des passants le saisirent et le relevèrent.

« Qu'avez-vous ? Une sorte d'attaque ?

— S'il vous plaît... aidez-moi seulement à trouver un coin pour m'asseoir...

— Avez-vous besoin d'un médecin ?

— Ce n'est qu'un petit spasme de la poitrine... cela m'est déjà arrivé... »

On le fit rentrer dans la station. On le déposa sur un banc de la salle d'attente. Des globes publicitaires flottaient dans l'air. Lui faisant clignoter leurs annonces devant les yeux. Il était tout engourdi. Dans l'incapacié même de penser. Un flot humain constant qui passait et repassait. Des trains arrivaient et repartaient. Des voix. Des couleurs. Au bout d'un temps, ses forces lui revinrent.

« Si tu essaies d'aller te faire reconditionner, Macy, c'est exactement ainsi que j'agirai sur toi, et ce ne sera pas un simple pincement. S'il le faut, je t'arrêterai complètement le cœur. J'en ai le moyen. Je vois maintenant où passent les connexions nerveuses.

— *Mais alors, tu mourras aussi* », observa Macy.

« C'est la vérité. Si je suis dans la nécessité d'arrêter les processus de vie de ce corps que nous nous partageons, nous mourrons tous les deux. Et alors ? Je ne pense pas que tu te suiciderais rien que pour te débarrasser de moi. Mais je suis tout à fait prêt à nous suicider pour *t'empêcher* de te débarrasser de moi. Parce que je n'ai pas le choix. De toute façon, je suis un homme mort si jamais tu réussis à pénéter dans un Centre de Réhabilitation. Je te fais donc ma menace ultime. Tiens-t'en à l'écart, sinon... Et ce ne serait pas très malin de ta part de chercher à t'assurer si je bluffe ou pas. Pour notre bien à tous les deux, n'essaie pas.

— *Mais je suis censé me présenter aux séances de soins post-thérapeutiques chaque semaine.*

— Laisse tomber.

— *Cela fait partie de la décision du tribunal. Si je ne me présente pas, ils lanceront probablement un mandat d'arrêt contre moi.*

— On s'inquiétera de cela quand le moment en sera venu. En attendant, ne pense plus aux séances de soins.

— *Mais nous ne pouvons pas continuer à nous partager un seul corps »*, protesta Macy. « *C'est de la folie. Il n'y a pas place pour nous deux.*

— Ne t'occupe pas de cela non plus pour le moment. On trouvera bien une façon de s'en accommoder. En attendant, on partage. Et tu ferais foutrement bien de t'habituer à cette idée. Maintenant, embarque dans un train à destination de la cité. Mets un peu distance entre moi et le Centre. »

6

Rentre chez lui au milieu de la matinée. Des battements sous le crâne. Pas un mot de Hamlin pendant tout le trajet de retour. L'appartement paraissait avoir subi une étrange transformation pendant son absence : auparavant, c'était un endroit neutre, totalement dépourvu d'éléments émotifs ; maintenant, c'était une cellule inconnue et sinistre, resserrée, repoussante.

Il était stupéfait de la nouvelle tonalité sombre de l'appartement. De ses résonances mystérieuses. De ses ombres, là où il n'y avait pas eu d'ombres. Rien n'y avait changé, en réalité. Lissa n'avait nullement déplacé les meubles, ni repeint les murs en une couleur différente. Et pourtant. Et pourtant comme tout cela semblait effrayant à présent ! Comme il se sentait peu à sa place en ce lieu ! La chambre en forme d'L, le plafond bas, le lit étroit poussé contre la cloison fragile, le vieil abat-jour qui se balançait ; la peinture verte comme de la bile, les reproductions tachées et maculées de Picasso, la fenêtre étroite révélant un peu du soleil de mai et deux arbres miséreux de l'autre côté de la rue… comme cela paraissait laid, ordinaire, mesquin, écrasé ! Est-ce qu'il y avait vraiment des gens pour vivre dans des lieux semblables ? La minuscule salle de bains, avec ses carreaux roses glissants. Pas même un nettoyeur ultra-sonique, rien que le lavabo et la baignoire et les toilettes archaïques. Une cuisine-dînette microscopique, tous les éléments tassés les uns contre les autres, table, réfrigérateur, vidéophone, poubelle, réchaud. Mais du moins une petite machine à laver la vaisselle. Un salon, avec un divan en plastique à bon marché, quelques livres, des cassettes, un projecteur vidéo.

Une prison pour l'âme. Notre siècle appauvri : voilà donc ce qu'il peut offrir de mieux aux êtres humains, après nos longues orgies de gaspillage et de destruction. Depuis deux semaines, cet appartement était devenu son refuge, son port, son ermitage. Et s'il avait pensé à détailler le décor, ce dont il doutait, cela aurait été avec sympathie. Pourquoi l'appartement lui paraissait-il maintenant repoussant ? Au bout d'un temps, il crut comprendre. La sensibilité de Hamlin était maintenant sous-jacente à la sienne. Les perceptions évoluées du sculpteur s'écoulaient dans les niveaux « Macy » de l'esprit qu'ils avaient en commun. Le dégoût de Hamlin pour l'appartement colorait la vision nouvelle qu'en avait Macy. Pour Hamlin, les proportions n'étaient pas bonnes, l'ambiance était vulgaire, le contexte psychologique de l'endroit était souillé, sale, la couleur intérieure de l'environnement était affreuse. Macy frissonna. Il évoqua Hamlin comme une sorte de tumeur dans son cerveau, une poche de pus, inaccessible, destructrice.

Lissa était encore au lit. Cela l'ennuya. La morale protestante : s'attarder à dormir, c'est l'équivalent d'un rejet de la vie.

Mais elle ne dormait pas. Elle s'étira paresseusement, s'assit, se frotta les yeux. Un bâillement qui tenait du ronronnement. « Tout est-il en ordre ? demanda-t-elle.

— Non.

— Que s'est-il passé ? »

Il lui raconta l'épisode de la station de Greenwich. Comme il s'était tordu de douleur sur la terrasse bleue et blanche, la poitrine en feu. Hamlin qui jouait malicieusement de la harpe sur son système nerveux. Lissa l'écoutait, les yeux écarquillés, le visage sombre. Finalement, elle demanda : « Qu'allez-vous faire ?

— Je n'en ai pas la moindre idée.

— Mais c'est affreux ! Le trimbaler en vous comme un parasite. Un sale insecte caché dans votre tête. C'est un peu comme un cancer mental. Ecoutez, peut-être que si je communiquais avec le Centre de Réhabilitation... »

Un pincement d'avertissement de la part de Hamlin, en profondeur.

« Non », dit Macy.

« Je peux leur dire ce qui est arrivé. Peut-être cela s'est-il déjà produit. Peut-être connaissent-ils un moyen de vous débarrasser de lui.

— Dès qu'ils tenteraient quoi que ce soit, Hamlin m'arrêterait le cœur », dit-il. « J'en suis certain.

— Mais s'il existe un produit qui puisse lui faire perdre connaissance... je parviendrais bien à vous l'administrer d'une manière ou d'une autre...

— Il nous écoute en ce moment même, Lissa. Croyez-vous qu'il ne se tienne pas continuellement sur ses gardes ? Il se peut même qu'il n'ait jamais besoin de dormir. Nous ne pouvons pas courir de tels risques.

— Mais comment pourrez-vous continuer de vivre avec quelqu'un d'autre sous le crâne, qui s'efforce de s'emparer de vous ? »

Macy réfléchit avant de répondre. « Qu'est-ce qui vous donne à penser qu'il désire s'emparer de moi ?

— N'est-ce pas évident ? Il veut récupérer son corps. Il essaiera de vous découper, bloc de nerfs après bloc de nerfs, jusqu'à ce qu'il ne subsiste rien de vous. Et alors il sera de nouveau Nat Hamlin.

— Il a seulement dit qu'il voulait partager le même corps avec moi », murmura Macy.

« S'arrêtera-t-il à cela ? Pourquoi le ferait-il ?

— Mais Nat Hamlin est un criminel proscrit. Il n'existe même plus du tout légalement. S'il tentait de rentrer dans la vie...

— Oh, il conserverait l'identité Paul Macy », répondit Lissa. « Il se remettrait seulement à sculpter, peut-être dans un autre pays. Il irait voir ses anciens amis. Il serait le vieux Hamlin, mais son passeport le désignerait comme Macy et... » Elle s'interrompit. « Il irait voir ses anciens amis », répéta-t-elle. Elle paraissait retourner cette idée sous tous les angles. « D'anciens amis, comme moi, par exemple.

— Oui. Vous. » D'un ton qu'il reconnaissait comme déplaisant, mais qu'il était incapable de modifier, Macy ajouta : « Il pourrait même vous épouser. Comme il l'avait prévu au début.

— Je suis sûre que sa femme vit encore.

— Ce mariage a été rompu légalement dès l'instant où il a été condamné », observa Macy. « C'est automatique. Ils tranchent tous les liens. Officiellement, il ne serait pas Hamlin, même s'il prenait le contrôle de mon corps. Il serait Macy, et Macy est célibataire. Voilà, Lissa. » De nouveau cette pointe de cruauté dans la voix. « Vous seriez enfin sa femme. Ce que vous avez toujours souhaité. »

Elle secoua la tête. « Je ne le souhaite plus.

— Vous avez dit que vous l'aimiez.

— Je l'ai aimé en un temps, oui. Mais je vous l'ai dit aussi, cet amour est mort à présent. Tout ce qu'il a fait. Les actes criminels. Les viols.

— Lors de notre première rencontre », reprit lourdement Macy, « alors que vous insistiez pour m'appeler Nat, vous m'avez bien fait comprendre que vous étiez toujours amoureuse de moi. De l'ancien moi. *De lui.* Vous l'avez répété deux ou trois fois. Vous me disiez combien il vous avait manqué. Vous vous refusiez à croire qu'il y avait une nouvelle personne qui vivait derrière son visage.

— Vous interprétez mal », fit-elle. « Je me sentais si seule. Si terriblement *perdue.* Et tout d'un coup je me trouvais devant quelqu'un que je connaissais, quelqu'un qui sortait du passé... je ne voulais qu'un peu d'aide... il fallait que je lui parle... Voyons ! Je me suis cognée à vous dans la rue, étais-je donc censée m'éloigner sans même un bonjour ?

— Vous avez vu mon insigne de Réhab et vous n'en avez tenu aucun compte.

— Je ne l'ai pas du tout vu.

86

— Alors vous l'avez volontairement omis. Vous saviez que Nat Hamlin avait été envoyé en Réhab.

— Vous vous fâchez contre moi !

— Je vous demande pardon. Je n'y peux rien. Je suis horriblement tendu, Lissa. Ecoutez-moi. Vous avez donc vu quelqu'un dans la rue et vous avez pensé que c'était Nat Hamlin, alors vous lui avez dit bonjour, mais aviez-vous besoin de lui dire en outre que vous étiez toujours amoureuse de lui ?

— Ce n'était pas vrai.

— Mais vous l'avez dit.

— Que pouvais-je faire d'autre ? » demanda-t-elle. Elle avait la voix stridente à présent. « Rester plantée et dire : Salut, vous ressemblez à Nat Hamlin, un homme que j'aimais autrefois, et naturellement, je ne l'aime plus, et de toute façon il a été effacé, mais comme vous lui ressemblez totalement, je vais tomber amoureuse de vous pour le remplacer, alors rentrons et donnons-nous une petite fête ? Comment aurais-je pu dire des choses pareilles ? Mais je ne pouvais absolument pas vous laisser disparaître sans rien vous dire. Je me cramponnais au passé, j'essayais de le retenir, de le ramener à moi. Le beau passé, avant que la série infernale commence. Et vous étiez mon seul lien avec cela, Paul, et j'étais énervée, et j'ai dit Nat, Nat, et j'ai parlé d'amour…

— Tout juste. Vous m'avez appelé Nat et vous avez dit que vous étiez toujours amoureuse de…

— Pourquoi me faites-vous cela, Paul ?

— Cela quoi ?

— Me vexer. Crier. Poser des tas de questions.

— Je cherche à savoir envers lequel de nous deux vous êtes loyale, Hamlin ou moi. Quel parti vous choisissez quand le combat pour la possession de ce corps en viendra à la crise aiguë.

— Ce n'est pas du tout ce que vous cherchez. Vous voulez seulement me faire de la peine.

— Pourquoi voudrais-je… ?

— Qu'est-ce que j'en sais ? Parce que c'est à moi que vous imputez son retour à la vie, peut-être. Parce que vous me haïssez du fait que je l'ai aimé en un temps. Parce qu'il est installé en vous en ce moment même et qu'il vous force à me faire du mal. Je ne sais pas. Dieu ! Je ne sais plus rien du tout. Seulement pourquoi voulez-vous savoir à qui va ma loyauté ? Ne vous ai-je pas dit hier soir que je ne voulais pas qu'il revienne ? Ne vous ai-je pas offert il y a un instant de communiquer avec le Centre de Réhab ?

— C'est exact.

— Alors comment prendrais-je parti pour lui ? Je veux qu'il soit totalement effacé. Qu'il disparaisse à jamais. Je veux... oh, Seigneur... »

Elle se tut soudain. Elle bondit du lit comme si on l'avait piquée, bras et jambes écartés du corps, rigides. Elle pivota vers lui, grimaça, les yeux saillants, la bouche ouverte et fixe, les muscles de la gorge noués et gonflés. De ses lèvres sortit une voix de baryton bizarre, brouillée, rauque, imprécise, comme les sons émis par les sourds-muets, sans qu'un mot se détache. « *Mfss. Shlrrm. Skk-kk. Vshh. Vshh. Vshh.* » Un cri gargouillé, terrifiant, rendu d'autant plus terrible par la voix profonde et masculine qui l'émettait.

Elle titubait autour de la chambre, se cognant aux meubles, griffant l'air. Un cas évident de possession démoniaque. Qu'est-ce qui la dominait ainsi ?

« *Grkk. Lll. Llll. Pkd-dd.* » Les yeux fous, suppliants. Les seins nus se soulevant furieusement. Une pellicule de transpiration sur la peau.

Macy se précipita vers elle, pour la saisir dans ses bras, la calmer, la reposer sur le lit. Elle vira comme un robot et son coude le frappa en pleine poitrine, le pliant en deux, le souffle coupé. Quand il la regarda de nouveau, elle avait le visage congestionné, empourpré, la bouche était ouverte plus largement, au maximum d'écartement des mâchoires. Les sons gargouillés s'échappaient toujours de sa gorge, ses yeux reflétaient l'horreur et le désespoir à l'état pur.

Une fois encore Macy s'efforça de la saisir. Avec succès. Tous les muscles de ce corps nu sursautaient, se nouaient, frémissaient. Il parvint à l'allonger de force sur le lit et la recouvrit de tout son poids, lui tenant les poignets, lui serrant les cuisses entre ses genoux. Il émanait d'elle une odeur de sueur aigre, de mauvaise sueur, celle de la peur.

Une sorte de crise d'épilepsie ? Il pensait décidément beaucoup à l'épilepsie, ce matin. La voix basse et pressante, il cherchait à la calmer, à l'apaiser, à l'atteindre par quelque moyen que ce fût. Encore des sons de baryton, informulés, qui venaient en rafales saccadées. L'électricité statique de l'âme.

« Lissa ? » dit-il. « Lissa, tu m'entends ? Essaie de te décontracter. Laisse aller tes muscles. »

Plus facile à dire qu'à faire, apparemment. Elle s'agitait toujours. Spasmodiquement. Pendant qu'il s'occupait ainsi d'elle, il éprouva une sensation de chaleur à la base du crâne comme si une perforeuse l'attaquait. Soit vers le dedans. Soit vers le dehors, à partir du centre mou de son cerveau. Quelque chose se mit à sauter frénétiquement dans sa bouche et il lui fallut un moment pour se rendre compte que c'était sa propre langue, qui se rejetait follement en arrière vers le fond de sa gorge : « *Vshh. Vshh. Pkd.dd. Slrr. Msss.* » Les sons ne venaient pas de Lissa, cette fois. Ils émanaient de lui-même.

Etendu là, glacé et figé, sur le corps de Lissa, il comprenait parfaitement ce qui se passait. Nat Hamlin, après avoir rassemblé ses forces pendant deux heures, tentait de s'emparer d'un nouveau niveau de leur cerveau partagé. Plus précisément, Hamlin voulait occuper les centres de la parole de Macy.

Macy savait que ce serait le commencement de son propre effacement. Une fois que Hamlin aurait le contrôle de la voix, ce seraient *ses* pensées et non celles de Macy que leur corps exprimerait. Hamlin aurait alors accès au monde extérieur et Macy se trouverait enfermé à l'intérieur. Mais pour le moment, Hamlin ne se débrouillait pas tellement bien. Il avait atteint les secteurs nerveux directeurs de la parole, mais son emprise restait incomplète, et il ne parvenait qu'à émettre ces sons insensés. Et Macy comprenait vaguement que Lissa avait été prise dans le conflit avant même qu'il se fût rendu compte que la bataille était engagée. Le cerveau de la femme était lié au sien, Hamlin avait parlé, ou plutôt avait tenté de parler par la bouche de Lissa. Une sorte d'effet microphonique. Et maintenant ils étaient deux à pousser des cris de phoques pris de démence. L'heure du repas au jardin zoologique. Serait-ce la fin ? Hamlin prendrait-il définitivement le dessus ? Non. Non. Riposte. Bloque-le et repousse-le dans un coin.

Mais comment ?

Comme tu as fait hier soir, quand il s'était emparé d'un côté de ton visage. Fais-lui lâcher prise. En te concentrant au maximum, rejette-le.

Macy s'efforça d'imaginer l'intérieur de son cerveau. Il se disait : « C'est ici que vit Hamlin, dans cette poche de matière, et voici les sentiers qu'il se trace vers les autres parties du cerveau, et voici le point où il porte son attaque en ce moment. C'était un concept purement imaginaire, mais cela suffirait pour le moment. Essaie de te représenter les centres de la parole eux-mêmes. Par exemple des rangées de cordons roses bien tendus, un peu comme l'intérieur d'un piano, avec un central téléphonique en plus. Hamlin est au central, il plante des fiches, cherchant la bonne liaison ; et les cordes roses, tout ébranlées, émettent des bruits grinçants et bizarres. Arrive par-derrière. Empoigne-lui les bras. Il n'est pas plus fort que toi. Arrache-le de là, jette-le sur le cul. Saute-lui dessus. Doucement, ne saccage rien dans la mécanique. Tu en auras besoin quand ce combat sera fini. Cramponne-toi simplement à lui. Reste au-dessus. Cloue-le, cloue-le, cloue-le ! Bon ! Cogne-lui le crâne sur le sol une ou deux fois. D'accord, le sol est spongieux, il cède un peu, mais cogne quand même. Assomme-le. Bien. Et maintenant, commence à le traîner hors de là. Plutôt lourd, le salopard, hein ? Quatre-vingt-dix kilos, tout comme toi. Tire, tire, tire. Jusque dans ces couloirs humides. Une odeur chaude s'en dégage, du moisi. Il doit y avoir des choses en train de pourrir là-dedans. Enferme-le !

90

Lance-le sur la pente ! Et claque la porte. Voilà. Plus facile que tu n'espérais, pas vrai ? Tout ce qu'il faut, c'est un peu d'énergie mentale. De la persévérance. Tu peux te détendre, maintenant. Reprendre haleine.

Hé, bon Dieu ! Que se passe-t-il encore ? Il a dû revenir à lui, là-dedans. Voilà qu'il martèle l'autre côté de la porte. Il commence à l'entrouvrir. Aïe ! Tu ne peux pas le laisser faire. Tiens-la fermée ! Pousse... pousse... pousse. Il est pat. Il ne peut pas l'ouvrir davantage, tu ne peux pas la repousser complètement. *Pousse.* Il repousse. *Pousse. Pousse.* De toutes forces. Oh, mon Dieu ! Voilà. C'est refermé. Bon. Maintiens ton épaule contre la porte, maintiens-la bien. L'ours est enfermé dans sa caverne ; tu n'as pas envie qu'il en ressorte.

Maintenant, consolide la porte. Avec quoi ? Mets-y un verrou, imbécile ! Mais il n'y a pas de verrou. Mais si, bien sûr. C'est ton esprit, *ton* foutu esprit. Ne peux-tu avoir un peu d'imagination ? Invente un verrou ! Comme cela. Très bien. Maintenant, pousse-le dans sa gâche. Dans la fente. Fort. Fort. Là, c'est bien. Recule. Pour voir s'il peut encore sortir. Sois prêt à lui taper sur la gueule s'il essaie. Il cogne sur le battant. Il se jette contre, de tout son poids. Mais le verrou tient. Il tient bon. Bonne affaire. Vérifions donc la mécanique à présent. Assure-toi qu'il ne l'a pas détraquée. Fort et clair, qu'on l'entende :

« Je m'appelle Paul Macy. »

Bon. Agréable d'entendre de nouveau quelque chose de sensé sortir de ta bouche. Continue.

« Je suis né à Idaho Falls dans l'Etat d'Idaho, le 12 mars 1972. Mon père était ingénieur de la propulsion et ma mère, maîtresse d'école. »

La tonalité de la voix est bonne, dans l'ensemble. Un peu rouillée sur les bords, un peu croassante dans les basses fréquences, mais c'était prévisible, à la façon qu'il a eue de manœuvrer nos cordes vocales. Cela s'éclaircira vite, je pense.

Un round pour toi, Macy.

Il se leva du lit, lentement, les membres tremblants.

Lissa resta allongée, l'air d'un papier froissé et écrasé. Elle ne bougeait pas, mais son visage avait repris son apparence normale. Elle avait les yeux ouverts. Sans éclat. Une expression boudeuse et distraite.

« Tu vas mieux ? » demanda-t-il.

Pas de réaction. Elle devait errer quelque part, dans une autre galaxie.

« Lissa ? Est-ce que ça va ? »

Avec un regard vacant, elle répliqua, cette fois :

« Tu te fous pas mal de mon état, n'est-ce pas ? » Elle avait la voix aussi rauque que lui-même.

« En voilà une façon de me répondre !

— C'était moi qui encaissais tout avant que le feu d'artifice ait commencé », fit-elle. « Tu me disais que tu me soupçonnais d'être de son côté, et un tas d'autres conneries. Si j'avais un rien de bon sens, je prendrais mes cliques et mes claques, je foutrais le camp loin de toi et en vitesse. Je n'ai nul besoin qu'on me bouscule ainsi dans tous les sens. » Elle se tenait droite, les bras serrés contre les flancs, l'air plus vulnérable que jamais. Sur ses seins se dessinaient les lacis bleus des veines. Des vergetures sur la peau des hanches trahissaient un amaigrissement récent et excessif. De petits mouvements coléreux. Elle saisissait ses vêtements et les enfilait à la hâte. Un corsage, une tunique. Elle dit : « C'était lui, n'est-ce pas ? Hamlin ? Il essayait de s'exprimer par ma voix ?

— Et ensuite par la mienne, c'est exact.

— Où est-il passé ?

— Je l'ai battu. Je lui ai fait lâcher prise.

— Bravo pour toi. » D'une voix sans timbre. « Mon héros ! Est-ce que tu vois mes sandales quelque part ?

— Où vas-tu ? », demanda-t-il.

« Ici, c'est une maison de dingues. J'y suis encore plus mal que toute seule. Je rentre chez moi.

— Non », fit-il. Il se rappelait qu'il avait le matin même pris la décision de la retrancher de sa vie dès que le Centre de Réhab lui aurait extirpé du cerveau le Nat Hamlin ressuscité. En se disant alors qu'il était trop dangereux de la garder près de lui, à cause de son don, ou de sa malédiction, ou de quoi que ce fût qui avait éveillé Hamlin. Qu'elle s'en aille, avait-il décidé. D'abord la conversation de soi, et toujours. Qu'elle s'en aille comme cela lui paraissait inepte, maintenant. Il avait encore Hamlin en lui et il avait peur à l'idée de devoir se mesurer avec lui dans la solitude. Lissa n'était plus aussi facilement rejetable qu'il le lui avait semblé plus tôt. « Ne pars pas », lui dit-il. « Je t'en prie.

— Je n'aurai que des difficultés ici.

— Je n'avais pas l'intention de t'insulter. J'ai les nerfs à vif, voilà tout. Je n'avais nullement l'intention de t'accuser de quoi que ce soit, Lissa.

— Quand même. Tu m'a remuée. Et en plus, *lui*, qui m'a sauté dans la tête. Les sons que j'émettais. Jamais encore cela ne m'était arrivé. Comme si j'étais une sorte de poupée de ventriloque et que j'aie pu sentir Nat s'efforcer de me faire remuer les lèvres, d'agir sur mes cordes vocales, de faire passer ses paroles par moi... » Elle donna l'impression de s'étouffer. « Cela sortait de toi, Paul. J'ai cru que ma tête allait éclater. Je ne veux pas repasser par cette épreuve.

— Je l'ai repoussé. Je l'ai enfermé », dit-il.

« Et s'il ressort ? Ou si tu recommences à me soupçonner ? A me demander si je suis de ton côté ? Peut-être même que la prochaine fois tu me battras. Tu pourrais me casser les bras. Ou toutes les dents. Et puis ensuite tu me ferais des excuses.

— C'est impossible.

— Mais tu as des raisons de m'être hostile. C'est bien moi qui suis responsable de l'avoir réveillé, n'est-ce pas ? Même si je désirais rester avec toi, tu sais très bien que ce ne serait pas bon pour toi. Peut-être se servirait-il désormais de moi pour achever la conquête de ton corps. Il ferait passer son énergie mentale par le canal de sortie de ma perception extra-sensorielle, ou par un autre moyen. Il a failli y réussir il n'y a qu'un instant, non ? Veux-tu courir ce risque ?

— Qui sait ? » fit Macy. Il la prit par le bras alors qu'elle se dirigeait lentement vers la porte. « Dois-je te supplier, Lissa ? Ne me quitte pas à présent.

— Pour commencer tu ne voulais rien savoir de moi. Ensuite tu m'as crié que tu ne me faisais pas confiance. Voilà maintenant que tu ne veux plus que je parte. Je ne te comprends pas, Paul. Quand une personne sort d'un Centre de Réhabilitation, elle est censée être saine d'esprit, n'est-ce pas ? Tu m'effraies trop. Je préfère partir.

— S'il te plaît, reste !

— Pourquoi ?

— Pour m'aider dans ma lutte contre lui. J'ai besoin de toi. Et tu as besoin de moi. Nous pouvons nous soutenir mutuellement. Isolément, nous nous enfoncerons. Ensemble...

— Ensemble nous n'en sombrerons pas moins », affirma-t-elle. Sans toutefois continuer son mouvement vers la porte. « Écoute, je croyais que tu serais en mesure de m'aider, Paul. C'est pour cela que je t'ai écrit à ton bureau, c'est pourquoi je t'ai prié de me voir. Mais à présent, je me rends compte que tu as des ennuis aussi graves que les miens. Pires, peut-être. Moi, je ne perçois que des voix de l'extérieur. Toi tu as quelqu'un d'autre dans la tête. Par ma faute. Nous ne pourrions que nous causer du tort réciproquement.

— Non.

— Tu devrais pourtant le croire. Regarde ce que je t'ai déjà fait : le ramener, lui, à la conscience. Et ensuite toi, qui m'as exécuté des bonds sur le crâne pendant deux minutes. Et ainsi de suite, des choses de cet ordre, qui iraient de pire en pire pour nous deux. »

Il secoua la tête. « Je suis décidé à combattre. Je l'ai vaincu deux fois en deux jours. La prochaine fois, je le finirai complètement. Mais je ne tiens pas à être seul quand cela se produira... »

Elle dit, avec un haussement d'épaules : « Ne me fais pas de reproches, si...

— Je ne t'en ferai aucun. » Il regarda l'heure. Soudain, il se raccrochait à une idée hardie. Vous les reconnaîtrez à leurs travaux ! Oui. Aller au musée, voir comment il avait représenté Lissa. La regarder par ses yeux à *lui*.

Un appétit d'une puissance inattendue le prenait de connaître le passé réel, de découvrir quel genre d'homme il avait pu être, ce qu'il avait su créer. Ou, en un certain sens, ce dont j'*étais moi-même* capable, dans mon autre moi. Et la sculpture de Lissa jetait un pont vers ce passé caché. Le conduisait hors de sa non-vie ombreuse dans le domaine de l'expérience authentique. *Il* avait fait cela, *il* l'avait exécuté. C'était *sa* vision unique et irremplaçable qui avait travaillé. Et il faut que je le comprenne bien pour le vaincre.

Macy déclara : « Ecoute, ce serait idiot que je me rende au bureau à une heure aussi avancée de la journée. Mais il nous reste encore tout l'après-midi. Sais-tu où j'ai envie d'aller ? Au Metropolitain Museum. Pour contempler la sculpture qu'il a exécutée de toi, l'*Antigone 21*.

— Pourquoi ?

— Il existe une ancienne maxime : connais bien ton ennemi. Je veux savoir comment il t'a interprétée. Découvrir comment fonctionne son esprit. En prendre la mesure exacte, chercher les points où je peux porter mes attaques.

— A mon avis, nous ne devrions pas y aller. Cela risque de déclencher n'importe quoi, Paul. Tu me l'as raconté toi-même... dans ton immeuble de travail, tu as vu une de ses œuvres et cela a failli te faire perdre connaissance. Imagine qu'au musée...

— J'étais sous le coup de la surprise, cette première fois. Les circonstances sont différentes. C'est à mon tour de passer à l'offensive, Lissa. De porter la guerre chez l'ennemi, tu comprends ? Et le musée convient aussi bien que tout autre endroit pour commencer. Pour lui prouver que je suis capable de résister et de tenir dans n'importe quelles conditions. D'accord ? Alors, on y va. Au musée !

— Très bien », acquiesça-t-elle d'une voix lointaine. « Au musée. »

7

En entrant dans le vaste bâtiment, il se sentit inquiet et mal à l'aise. Le sentiment écrasant de n'être pas à sa place dans cet immense labyrinthe de culture l'oppressait.

En fouillant dans son stock de souvenirs synthétiques, il n'en trouvait pas un seul qui se rapportât à ce musée. Pas plus qu'à tout autre musée d'art. Il semblait que les gens de la Réhab ne lui aient pas conféré grand intérêt pour les arts visuels. Pour la musique, oui. Et le théâtre. Même les ballets. Mais ni la sculpture, ni la peinture, ni rien d'autre qui ait pu toucher un tant soit peu au monde où avait vécu Nat Hamlin. Une divergence voulue d'avec un passé aboli.

Alors, pourquoi était-il si inquiet au moment d'y pénétrer ? Peur qu'on le reconnaisse, peut-être ? Que les gens se retournent, murmurent, le montrent du doigt ? Regardez, c'est Nathaniel Hamlin, le célèbre psychosculpteur. C'est lui qui a fait cette femme nue qu'on a regardée tout à l'heure. Hamlin. Hamlin. Cet homme ressemble à Hamlin comme deux gouttes d'eau. Ce qui aurait impliqué des dénégations, des mises au point. Je vous demande pardon, madame, vous faites erreur. Mon nom est Paul Macy. Jamais fait de sculpture de ma vie. En frottant avec ostentation l'écusson de la Réhab. En le lui poussant sous les yeux. Je dois vous expliquer, madame, que Nathaniel Hamlin est devenu une non-personne. Et la femme, confuse, s'éloignant dans le cliquetis de ses hauts talons, se retournant pour le regarder encore, avec un petit reniflement de mépris. Peut-être même allant se plaindre au garde d'avoir été rudoyée par lui.

Avec un sourire amer, Macy balaya de sa tête tout ce scénario. Guère de chance qu'il arrive quelque chose comme cela. Rembrandt se serait promené dans ces galeries que nul ne l'eût reconnu. Michel-Ange. Picasso. M'man, qui c'est ce drôle de petit bonhomme chauve ? Chut, mon chéri, je crois que c'est un sénateur. Oui. Macy se débarrassa de ses appréhensions. Ils entrèrent tous les deux.

Juste après la grande porte, ils furent retenus un instant dans un cône de lumière bleue picotante, quelque chose comme un détecteur pour s'assurer qu'ils n'étaient pas porteurs d'explosifs, de couteaux, de pots de peinture ou tout autre instrument de vandalisme. De toute évidence, il existait dans la ville une hostilité assez répandue contre les chefs-d'œuvre. Après avoir franchi l'épreuve avec succès, ils avancèrent dans le colossal hall central. Des pharaons en granit rose à gauche ; des Apollons de marbre blanc à droite. Droit devant eux, la perspective étourdissante d'un large couloir à l'infini. L'odeur sèche du passé régnait : dix-neuvième siècle, quatorzième, troisième.

« Où est-elle ? » demanda-t-il. « Ta statue ?

— Au premier étage, tout au fond, dans la section d'art moderne », répondit Lissa. Elle semblait de nouveau lointaine et distraite. Elle se mettait facilement dans cet état d'absence, cette bouderie, lèvres closes. « Vas-y, Paul. Je t'attends ici en visitant la section égyptienne ou une autre. Je ne veux pas la voir.

— J'aimerais que tu sois avec moi.

— Non.

— Pourquoi pas ?

— Parce que cela montre comme j'étais belle. Je ne veux pas être dans la salle avec toi quand tu la verras. Quand tu te retourneras après, pour comparer avec ce que je suis devenue. Vas-y, Paul. Tu n'auras aucune difficulté à la trouver. »

Il était obstiné. Il se refusait à la quitter. Il ne voulait pas affronter seul l'œuvre de Hamlin. Et si, à la vue de la statue, il était une nouvelle fois abattu, qui l'aiderait à se relever ? Mais elle se montrait d'une égale fermeté. Elle ne l'accompagnerait pas, tout simplement, tout nettement. Cette expédition au musée, c'était une idée idiote à lui, pas à elle. Elle ne supporterait pas la vue de cette œuvre. S'il te plaît ? Je ne veux pas. Je ne veux pas. Une petite scène pathétique dans la vaste salle. Les arcades d'albâtre se renvoyaient en écho leurs murmures brusques. Des gens les regardaient fixement tandis qu'ils discutaient. Il s'attendait à moitié à entendre d'un instant à l'autre quelqu'un poser la question : Dites, n'est-ce pas le sculpteur Nathaniel Hamlin ? Là-bas, le grand type qui se querelle avec la rouquine ? Il était terrifié à cette idée déraisonnable. Son inconfort devenait tel qu'il était sur le point de la laisser agir à sa guise, quand soudain elle se mordit la lèvre supérieure, pressa ses poings contre ses pommettes, courba les épaules comme pour s'y cacher les oreilles, creusa les joues. Sa bouche se tordait alternativement à gauche et à droite. Peut-être était-elle soumise à une pluie de fléchettes invisibles ? Les yeux fous. Vitreux de panique. Au bout de quelques instants, elle lui dit d'une voix voilée, à peine perceptible : « Bon. Allons-y, je t'accompagne. Mais faisons vite !

— Que t'arrive-t-il, Lissa ?

— J'entends de nouveau des voix. » Des tics lui parcouraient le visage, en rafales. « Elles rebondissent sur les murs, une douzaine de fils de pensées différentes. Elles deviennent de plus en plus fortes. Toutes mélangées. Dieu, emmène-moi ailleurs. *Emmène-moi hors de cette salle.* »

Tous les visiteurs du musée avaient dû entendre cette dernière phrase. Elle paraissait au bord de la crise de nerfs.

Il la prit par le coude et l'entraîna dans le long couloir qui s'ouvrait devant eux. Là, presque personne. Sans trop savoir où il la conduisait, il la pressait, touché à son tour par la détresse où elle se trouvait ; elle glissait et dérapait sur le sol lisse, mais il la maintenait debout. Des silhouettes de chevaliers en cottes de mailles venaient vers eux, puis disparaissaient derrière eux. Des tapisseries chatoyantes surgissaient de la pénombre. Des épées. Des lances. Des coupes d'argent ciselé. Tout le butin du passé, personne aux alentours, sinon les deux robots de garde, à la face immobile.

Au bout d'une centaine de mètres, il fit halte, se rendant compte que Lissa était un peu plus calme, et ils restèrent un moment devant une vitrine de petits flacons et vases romains en verre iridescent, avec des anses contournées en spirale. Elle se tourna vers lui, les yeux hagards, le visage couvert de transpiration, et elle se cramponna à lui, joue contre poitrine. L'angoisse se retirait visiblement d'elle, mais elle restait bouleversée.

Finalement, elle parla. « Que cela a été horrible ! Une de mes pires séances jusqu'à présent. Ils étaient une douzaine à parler tous à la fois, et chacun avait une ligne directe avec mon cerveau. Ma tête enflait, enflait, au point d'éclater.

— Est-ce que cela va mieux maintenant ?

— En tout cas, je ne les entends plus. Mais les échos en moi... le bruit qui se répercute en haut... Tu sais, je voudrais pouvoir m'en aller loin de toute la race humaine. Sur une planète glacée. Une des lunes de Jupiter. Et vivre là, toute seule, sous un dôme de plastique. Mais là encore, je serais sans doute le récepteur de parasites. Les esprits irradieraient jusqu'à moi à travers le vide spatial. Imagines-tu ce que cela peut être, Paul, de ne jamais connaître vraiment l'intimité ? De ne jamais savoir quand votre cerveau va se transformer en un foutu poste émetteur-récepteur ? » Elle laissa échapper un rire glacé. « Dis, c'est plutôt drôle, moi qui réclame l'intimité ? Alors que tu as ton propre fantôme installé dans la tête. Dans un état pire que le mien. Paul et Lissa, Lissa et Paul. Quelle étrange paire d'infirmes nous faisons, tous les deux !

— Nous nous débrouillerons d'une façon ou d'une autre.

— Tu parles !

— On peut obtenir de l'aide, Lissa.

— Ah, on peut ? Il te tuera dès qu'il te verra à moins d'un ou deux kilomètres d'un de tes médecins. Et personne ne peut me réparer sans me transformer le cerveau en hachis. Mais nous pouvons trouver de l'aide, ouais. Ton optimisme me plaît, mon petit. » Elle pointa du doigt « Prenons cet escalier. Le cauchemar numéro seize nous attend. »

Ils gravirent les degrés, longèrent une autre salle à demi bourrée de porcelaines de Chine et de bas-reliefs prélevés sur les palais assyriens, une pièce de miniatures persanes, une autre de poteries iraniennes, galerie après galerie de trésors de l'antiquité, pour aboutir enfin dans un opulent cube de plastique en projection sur l'arrière du bâtiment et en surplomb sur la verdure desséchée de Central Park. La section de l'art moderne.

Il y avait foule là aussi ; Macy lança un coup d'œil inquiet à Lissa, craignant qu'elle ne retombe dans un abîme télépathique, mais elle paraissait sûre d'elle-même. Elle le guidait posément devant des mètres de peintures vivement colorées, de sculptures, de mobiles, d'affiches dansantes, de miroirs métaboliques et de liquésphères, et autres créations.

Virage à gauche. Une inspiration profonde. Une petite pièce, sans porte si ce n'est une entrée circulaire. Au-dessus de l'ouverture, en lettres dorées et en relief : ANTIGONE 21 PAR NATHANIEL HAMLIN. Seigneur ! Une salle d'exposition réservée à lui seul. Là où il avait cru qu'il manquait une porte, il y avait en réalité une barrière atmosphérique invisible qui assurait la protection secrète du chef-d'œuvre et garantissait qu'il restait dans son propre habitat, environnement et psychologie. Ils passèrent. Aucune sensation en traversant la barrière d'air ; plus frais de l'autre côté, vivifiant, bourré d'ions errants. Une vague odeur chimique. Un faible bourdonnement.

Dix à douze personnes rassemblées devant ; il ne pouvait rien voir. Elle se tenait rigide contre lui, un bras passé sous le sien, lui meurtrissant le flanc de ses côtes saillantes. La tension de Lissa se communiquait à lui, une émanation mentale très proche de la peur. Il éprouvait une sensation analogue. Le nœud de visiteurs se défit et, comme par une déchirure entre les nuages, il contempla l'*Antigone 21* de Nathaniel Hamlin.

Un corps de femme, plus grand que nature. Lissa, il n'y avait pas à s'y tromper. Pourtant il n'y avait pas le moindre risque qu'un des spectateurs se détourne de la radieuse statue, voie la pauvre fille fatiguée et établisse un rapport entre elles. Un corps plein et ferme. Les seins plus hauts et plus lourds : le sculpteur les avait-il idéalisés ou Lissa avait-elle également perdu du poids en cette partie de sa personne ? La pose était agressive, dynamique, tête rejetée en arrière, un bras tendu, jambes écartées. O Pionniers, c'était la femme de votre temps. La force de la femme mise en relief, sa résilience aussi. Les yeux brillants et farouches. La bouche ébauchant à peine un sourire. Toute cette figure de solidité criait : je suis capable d'encaisser, de me débrouiller dans n'importe quelle circonstance, difficulté, tourment, inondation, famine, révolution, meurtre, j'ai supporté, je supporterai, je suis l'essence même de la résistance. L'éternel féminin. Et ainsi de suite.

Mais bien sûr cette sculpture n'était pas seulement un nu académique excitant, à la mode outrancière du dix-neuvième siècle, pas plus qu'un simple monument sentimental aux concepts stéréotypés de la féminité. C'était tout cela, oui, mais c'était aussi une psycho-sculpture, ce qui signifiait qu'elle approchait de la condition de l'être vivant, c'était un monde en soi. Cela vous jouait des tours. La pièce était aménagée de façon à rehausser les effets. Des modifications imperceptibles de l'éclairage, et le bourdonnement qui émanait d'une série de générateurs soniques cachés guidaient les sentiments par leurs ensembles de modulations, atteignant les spectateurs à quelque niveau secret de leur psychisme.

Et le degré d'ionisation de la pièce se modifiait aussi sans cesse. Comme la statue elle-même. Qui passait par un cycle de transformations. Voyez, les pointes des seins sont maintenant dressées, les seins se soulèvent (mais est-ce vrai, ou n'est-ce qu'une illusion ?), les yeux sont ceux d'une femme qui a envie de faire l'amour. Qu'est devenue la femme d'il y a trois minutes, jetant son défi, prête à tout supporter ? Maintenant, nous contemplons l'essence de la sensualité. On se précipiterait avec joie sur elle pour la pénétrer.

Et voici qu'elle change de nouveau. Ses sécrétions s'aigrissent, les pointes des seins mollissent : une femme déçue, une femme dédaignée. Comme il est amer, ce sourire à peine esquissé ! Elle a des griefs. Dans l'ombre de la nuit, c'est avec plaisir qu'elle castrerait le mâle satisfait qui ne s'est rendu compte de rien. Mais la force de sa haine irradie autour d'elle. Elle a peur ; elle sait qu'il y a des questions auxquelles elle ne connaît aucune réponse ; elle sent les fantômes de la nuit qui frôlent les fenêtres de leurs ailes qui battent de plus en plus fort. La terreur referme la main sur elle. Elle est seule, nue et vulnérable, même pas à moitié aussi forte qu'elle aimerait le faire croire au monde.

Si l'on venait l'attaquer maintenant... mais ce qui vient, c'est l'aube. Un éclaircissement. Elle retrouve sa place dans l'univers sous un ciel ami. Elle paraît plus grande. Plus âgée, bien que non moins belle. Voluptueuse, mais plus sûre d'elle qu'avant ; en pleine maîtrise de soi, sans nul doute. Un moi totalement différent chaque minute.

Quelle sorte de mécanisme joue sous l'épiderme souple de cette statue ? Comment se déclenche ce cycle de transformations ? Macy observe le jeu constamment changeant des émotions et des impressions, les déplacements subtils de la pose et de l'attitude, il se sent rempli d'une admiration quasi religieuse, écrasé aussi, mais également un rien lésé. Il avait ignoré ce qu'il devait attendre de l'art de son ancien moi, sinon que ce serait sensationnel, impressionnant. Mais était-ce réellement de l'art, ce robot perfectionné ? Est-ce que ces trucages mécaniques tiendront à côté des véritables chefs-d'œuvre artistiques des ères écoulées ? Macy n'a rien d'un critique, à la vérité il n'y entend rien du tout, et pourtant le réalisme intense de cette sculpture, dont c'est la caractéristique la plus remarquable, en fait à ses yeux quelque chose de primitif du point de vue esthétique. Un jouet, une habileté, un triomphe de la technique et non de l'art.

Et pourtant. Pourtant. Impossible de ne pas réagir devant la puissance de cette chose. Avec quelle connaissance Lissa a-t-elle été captée dans ces engrenages et ces rouages ! Pas sa Lissa, pas la fille abrutie et brisée qu'il connaît, mais la splendide Lissa de Nat Hamlin, dont la coquille vidée est échue au successeur de Hamlin. Ce que Hamlin a créé là est peut-être simpliste devant Léonard et Cellini et Henry Moore, mais derrière cette superficialité, il se peut que se dissimule une profondeur bien masquée, soupçonne Macy. Il pourrait rester des heures à étudier cette forme. Des jours. Comme d'autres semblent le faire. Ces étudiants qui murmurent leurs observations dans des magnétophones portatifs, et celui-là, qui holographie l'œuvre sous tous les angles imaginables... ils sont pris à ce piège, c'est une évidence. Un chef-d'œuvre. Pas de doute, c'est un chef-d'œuvre.

C'est avec effort qu'il s'en détourne, en sentant, en entendant presque une rupture quand ses yeux perdent la statue de vue et qu'il regarde Lissa. Elle s'était reculée, tassée contre la paroi, les lèvres entrouvertes, les yeux vitreux et fixes, magnétisée par son écrasant simulacre. Son visage était comme un cri étouffé. Il se demanda quels courants d'identité pouvaient bien s'échanger d'elle à la statue, de la statue à elle. Quel épuisement de soi, quelle recharge de soi étaient en cours ? Quel effet cela pouvait-il avoir que de se comtempler soi-même changée en un tel chef-d'œuvre ?

Et où était Hamlin ? Pourquoi n'était-il pas en train de sauter et de se pavaner de fierté devant sa merveilleuse création ? Comme il l'avait fait, le premier jour, dans le bureau de Harold Griswold ? Hamlin se tenait calme. Mais pas absent. Peu à peu, Macy prit conscience qu'il se glorifiait loin au-dessous de la surface, profondément enfoui dans son cerveau. Une épine dans le pied. Un caillou dans le sabot. Macy n'avait jamais pensé que Hamlin resterait longtemps bouclé dans son donjon.

Et c'était exact. Il s'élevait lentement, à présent, remontant vers le sommet. Rappelé à la conscience par l'*Antigone 21*. C'est parfait, songea Macy. Qu'il y vienne. Je me sens de taille à le recevoir. Tout en se préparant à la lutte, Macy attendit que son autre moi ait terminé son lent retour en surface. Pas d'hostilité, cette fois. Aucune agressivité. Une atmosphère de calme autour de lui. Il ne paraissait manifester aucun ressentiment de sa défaite lors du dernier combat. Mais c'était peut-être une tromperie stratégique. Me mettre en confiance, puis bondir de nouveau sur les centres d'expression vocale. Je suis prêt, quoi qu'il tente. Pourtant, quand Hamlin entama leur dialogue intérieur, ce fut d'un ton aisé, courtois.

« Qu'en penses-tu ?

— *Impressionnant. Je ne me doutais nullement que tu avais ces capacités.*

— Pourquoi ? Est-ce que tu me prends pour un esprit de second ordre, Macy ?

— *Le seul aspect de ta personnalité que je connaisse, c'est la violence, la criminalité. Cela me déroute. Je ne peux pas associer le grand art à une personnalité de cette nature.*

— Quelle connerie de bourgeois, mon ami.

— *Tu crois ?*

— Article un, un homme peut être un voleur, un tueur, un enculeur de bébés, et n'importe quoi d'autre, tout en restant un grand artiste. Sa moralité n'a rien à voir avec la qualité de ses perceptions, tu piges ? Tu serais surpris d'apprendre quelle proportion des œuvres qui se trouvent dans ce musée est due à des salopards de première bourre. Article deux, il se trouve que j'étais un artiste d'une certaine valeur quinze ans avant de devenir ce que l'on appelle un ennemi de la société. L'œuvre que tu contemples ici était entièrement achevée avant ma dépression nerveuse. Article trois, comme tu ne m'as jamais connu, tu n'as foutrement aucun droit de porter un jugement sur la personne que j'étais.

— *Je t'accorde l'article deux, et peut-être le premier. Mais pourquoi céderais-je sur le troisième ? Je te connais suffisamment bien, Hamlin. Tu m'as foutu par terre, tu t'es amusé à tes petites vacheries sur mon cœur, tu as tenté de t'emparer de divers secteurs de mon cerveau, tu m'as clairement menacé de me tuer. Voudrais-tu que je t'aime après cela ? Depuis que tu as refait surface, c'est la première fois que tu te montres à peu près civilisé. Tu m'es arrivé dessus comme un assassin ; alors comment peux-tu me reprocher d'être étonné que tu aies pu exécuter une pareille sculpture ?*

— Tu crois vraiment que je suis un triste sire ?

— *Tu es un criminel jugé et condamné.*

— Oublie ces conneries. Je parle de mes rapports avec toi. Es-tu certain que j'agisse sous des impulsions mauvaises ?

— *Que pourrais-je imaginer d'autre ?*

— Mais ce n'est pas vrai, Macy. Je ne te déteste pas. Je ne veux pas te faire de mal. Je n'ai pas le moindre sentiment hostile envers toi. Il se trouve tout simplement que tu es en travers du chemin d'un homme qui lutte pour sa vie.

— *C'est-à-dire toi ?*

— Tout juste. Je veux être de nouveau moi-même. Je ne veux pas rester noyé en toi.

— *Le tribunal a décidé...*

— Qu'ils aillent se faire foutre ! Tout le système de la Réhabilitation n'est qu'une insanité mentale. Pourquoi m'effacer ? Pourquoi ne pas plutôt me réhabiliter au sens propre du terme ? Je n'étais pas incurablement dément, Macy. Foutre non ! J'ai commis des choses affreuses, je l'avoue librement, j'avais perdu la tête. Mais en l'an 2007, ils auraient pu trouver une manière de traiter la folie préférable à la condamnation à mort.

— *Cependant...*

— Laisse-moi finir. C'était bien une condamnation à mort, n'est-ce pas ? M'arracher de mon propre corps pour me jeter aux ordures, et verser quelqu'un d'autre dans ma tête ? Qu'est-il advenu de la totalité accumulée de mes connaissances ? Que sont devenus mes aptitudes et mon talent ? Que m'est-il arrivé, bon Dieu ! *Que m'est-il arrivé ?* Tué. Tué. Rien de plus qu'un corps de zombie qui subsiste. Ce n'est que par le plus pur des hasards que je suis encore ici, même dans cet état, accroché à l'intérieur de toi. Est-ce que c'est humanitaire, cela ? Qu'est-ce qu'ils conservent en gardant le corps après avoir jeté l'âme ?

— *Ce n'est pas moi qui ai fait les lois.*

— D'accord, Macy. Mais tu n'es pas idiot. Tu te rends compte de l'injustice flagrante de la Réhabilitation. Ils veulent me séparer de la société parce que je suis dangereux. Bon. Je suis d'accord, entièrement ; que l'on m'isole, que l'on essaie de me guérir, de drainer tout le poison que je porte en moi. Très bien. Mais au contraire, ils ont fait ceci. Les super-ressources de la science moderne servent à supprimer un grand sculpteur un peu fou sans doute, et à inventer pour le remplacer un abruti de commentateur de l'holovision.

— *Merci quand même.*

— Que pourrais-je dire d'autre ? Regarde-la, mon *Antigone*. Serais-tu capable de la faire ? Quelqu'un d'autre en serait-il capable ? Je l'ai faite. Mon cadeau exceptionnel à l'humanité. Ainsi qu'une quinzaine d'autres œuvres presque aussi bonnes. Je ne me vante pas, Macy, je suis tout ce qu'il y a de plus objectif. J'étais un homme de valeur, j'avais un don particulier, j'avais une sensibilité hors du commun. Peut-être ce don m'a-t-il poussé à la démence au bout d'un temps, mais du moins avais-je quelque chose à offrir. Et toi ? Qu'es-tu ? *Qui* es-tu ? Tu n'es rien. Tu es sans épaisseur. Sans texture. Tu n'as pas de passé. Tu n'as aucune réalité. Je suis resté installé en toi à faire l'inventaire. Je sais de quoi tu es fabriqué, Macy, et ce n'est que d'ersatz. Tu n'as aucun but dans l'existence. Tu ne peux rien faire qu'un robot ne puisse faire mieux que toi. Commentateur à l'holovision ? Ils sont en mesure de fabriquer une machine à parler avec des tons de miel qui te ferait disparaître de la carte !

— *J'admets tout cela* », répondit Macy. Il se tenait rigide, feignant d'examiner la statue. Il se demandait combien de temps avait duré son entretien avec Hamlin. Cinq secondes ? Cinq minutes ? Il avait perdu tout contact avec les choses de l'extérieur. « *Je reconnais que tu étais un génie et que je ne suis rien du tout, mais que suis-je censé faire pour changer la situation ?*

— Vider les lieux.

— *Rien que cela.*

— Oui. Ce ne serait pas difficile. Je pourrais te montrer comment. Tu te décontractes, tu abaisses tes défenses, tu me laisses t'administrer le coup de grâce. Ensuite, tu repars dans les limbes d'où tu as été extrait et je peux de nouveau fonctionner en tant que Nat Hamlin sous le masque de Paul Macy. Je peux me remettre à la sculpture. Tout doucement. Tant que je ne nuirai à personne, je ne serai pas découvert.

— *Tu me nuirais, à moi.*

— Mais tu n'as aucun droit à l'existence ! Tu n'es qu'une fiction, Macy. Tu n'es pas réel.

— *J'existe maintenant. Je suis ici. J'ai des sentiments et des ambitions et des craintes. Quand je mange un bifteck, j'en savoure le goût. Quand je baise une fille, j'éprouve du plaisir. Si je me coupe, je saigne. Je suis donc réel, aussi réel que quiconque a jamais vécu.*

— Comment arriver à te persuader que c'est faux ?

— *Tu n'y arriveras pas. J'ai autant de réalité pour moi-même que toute autre personne pour elle-même. Ecoute, Hamlin, écoute bien. Il n'est pas du tout question de logique là-dedans. Je ne peux pas te dire tout simplement : d'accord, tu es un génie, je m'incline devant les exigences de la culture. Coupe-moi la tête et prends ma place. C'est la meilleure chose à faire, et cetera, et cetera. Non. Je suis ici. Je veux continuer d'y être.*

— Et qu'est-ce que je deviens dans ce cas ?

— *Tu es dans la merde, j'imagine. Pour le moment c'est toi qui es irréel, le sais-tu ? Officiellement, tu es mort. Tu n'es guère qu'un fantôme qui se balade sous mon crâne. Pourquoi n'agis-tu pas avec noblesse ? Cesse*

*d'embrouiller la vie d'un être humain convenable et
inoffensif, et va-t'en. Vide les lieux, comme tu dis.
Abaisse tes défenses et laisse-moi t'assommer.*

— Sûrement !

— *Tu as fourni assez de chefs-d'œuvre au monde.*

— Je suis encore jeune. Je vaux mieux que toi. Je
mérite de vivre.

— *Le tribunal a jugé le contraire. Il t'a expédié hors
du monde pour Dieu seul sait quels crimes et...*

— Pour viol. Rien de plus, pour viol.

— *Peu m'importe, même si c'était seulement pour
avoir utilisé une deuxième fois des timbres déjà oblitérés.
Le verdict est le verdict. Je ne vais pas donner ma vie
pour rectifier ce que tu considères comme une erreur
judiciaire.*

— Tu n'en as pas, de vie, Macy !

— *Désolé, mais j'en ai une.*

Un long silence. Macy regardait la statue, les visiteurs et les parois. Il avait la tête qui tournait. La
présence de Hamlin continuait à se manifester en lui
sous la forme d'une pression régulière, silencieuse,
pesante. Et finalement :

« Très bien. Nous n'aboutirons à rien de cette
manière. Va faire un tour dans le musée. Nous repren-
drons la discussion une autre fois. »

La sensation que Hamlin lâchait prise. Qu'il se
laissait une fois de plus retomber dans les profondeurs.
Flac. Floc. L'illusion de la solitude. Une solennelle
musique de trombone pour signaler la sortie de l'alter
ego. Macy était inondé de sueur. Les jambes mal
assurées.

Lissa : « Tu ne l'as pas encore assez vue ? »

— Je pense que si. Nous pouvons nous en aller.
Attends, donne-moi la main.

— Ça ne va pas, Paul ?

— Je me sens un peu chancelant. » Il était dans
l'incapacité de la regarder. Il serrait dans sa main les
doigts frais de Lissa. Un pas. A travers la porte
invisible. A l'extérieur, dans la galerie, il vit un banc et
s'y laissa tomber. Lissa resta debout devant lui, éton-

née. Il expliqua : « Pendant que je la contemplais, j'ai tenu une sorte de conversation avec Hamlin. Très tranquillement. Il a été presque charmant.

— Que t'a-t-il raconté ?

— Un tas de conneries insidieuses. Il m'a invité à quitter notre corps pour le lui laisser. Sous le prétexte qu'étant un grand artiste, il mérite davantage de vivre que moi.

— Exactement ce qu'on pouvait attendre de lui !

— Voilà le genre de discours qu'il m'a débité. Je lui ai dit non et il est rentré dans sa caverne. Et maintenant je me rends compte que j'ai dû mettre plus d'énergie dans les paroles que je ne le pensais.

— Reste assis. Repose-toi.

— Je ne demande pas mieux.

— Et que dis-tu de l'*Antigone* ? » demanda-t-elle.

« Incroyable. Effarante. Je me sens presque une fierté paternelle au deuxième degré devant cette œuvre. Tu comprends, ce sont ces mains-ci qui l'on fabriquée. Ce cerveau qui l'a conçue. Même si je n'étais pas à cette place à l'époque. Et...

— Non », fit Lissa. « Ce sont ces mains qui l'ont faite, oui, mais pas ce cerveau. » Elle lui tapota doucement la tête, avec affection, du bout de trois doigts. « Un cerveau n'est qu'une boule de fromage gris. Les cerveaux ne conçoivent pas de sculptures. Ce sont les *esprits*. Et celui-ci n'est pas l'esprit qui a conçu l'*Antigone*.

— Je m'en rends parfaitement compte », répliqua-t-il, raidement. Ces ergotages le mettaient mal à l'aise. Il y avait là une démonstration de loyauté envers Hamlin, peut-être. Qui éveillait en lui la jalousie. Difficile d'avaler cette vérité qu'elle avait été là pendant l'exécution de la statue, qu'elle avait posé, qu'elle avait partagé avec Hamlin les heures ardentes de la création, dans les temps qui avaient précédé la naissance de Paul Macy. D'y penser lui donnait l'impression d'être un intrus dans son propre corps. Quelles extases Lissa et Hamlin avaient-ils connues ensemble, quelles joies, quels chagrins, quels moments d'exaltation ? Il n'avait aucun accès à ces événements. Il en était séparé par le mur impénétrable du passé. D'autres temps, un autre moi. Mais *elle* se rappelait. Les sourcils froncés, il regardait les visiteurs du musée qui, par groupes de trois ou quatre, entraient dans la salle Hamlin. Il a raison, songeait-il tristement. Je ne suis rien. Je n'ai pas de texture. Je n'ai pas de passé. Je n'ai pas de réalité. Il se leva brusquement et demanda : « Y a-t-il autre chose que tu aimerais voir, puisque nous sommes ici ?

— C'était ton idée de faire ce petit voyage.

— Tant que nous y sommes...

— Non, rien. Pas vraiment », répondit-elle.

— Alors, partons.

— As-tu appris ce que tu souhaitais de l'*Antigone* ? » s'enquit-elle.

« Oui », fit-il, « tout ce que je souhaitais savoir. Et plus encore. Peut-être beaucoup trop. »

Ils sortirent en hâte du musée par une porte latérale de l'aile égyptienne.

8

DE se retrouver au soleil lui restitua un peu de vigueur. Il n'était encore que vers les quatre heures de l'après-midi. Sur la proposition de Lissa, ils remontèrent dans la ville jusque chez elle ; elle prétendait avoir besoin de quelques affaires. Il y avait là la suggestion informulée qu'elle allait s'installer avec lui. Il ne fit pas d'objection. Il ne pouvait pas dire qu'il l'aimait, comme l'avait évidemment aimée Hamlin, ni même qu'il était sur le point de tomber amoureux d'elle ; mais leurs existences individuelles si précaires exigeaient un traité d'assistance mutuelle, et vivre ensemble était l'arrangement le plus économique et le plus logique. Du moins pour un temps.

Dans le métro en direction du nord, elle se montra enjouée, avec un rien de nervosité. Elle remontait la pente, nettement, malgré la foule des voyageurs qui les pressait de toutes parts. Ses facultés de perception extra-sensorielle paraissaient pour lé moment au repos. Macy songeait que cela devait être pour elle un peu comme Hamlin pour lui-même : quelque chose qui allait et venait, un flux et un reflux, qui les possédait parfois entièrement, qui parfois était faible et indécelable. Quand son démon la chevauchait, elle était tout près de se briser et de s'écrouler. A d'autres instants, comme à présent, elle était vive, alerte, presque bondissante. Pourtant sa gaieté, même dans ces moments, se nuançait toujours d'inquiétude. Comme si elle eût constamment pensé que sa sensibilité télépathique puisse se rebrancher d'elle-même, là, sans préavis pour la mettre de nouveau en transe.

L'appartement qu'elle occupait était lamentable : une pauvre pièce dans une antique bâtisse sur une artère oubliée de la ville. Un taudis sorti de Dickens. Les boiteux, les mutilés et les aveugles avaient envahi les lieux, il y avait partout des enfants sales, de grosses bonnes femmes, des jeunes gens à l'allure sinistre de coupeurs de gorges, des chiens, des chats, des hurlements, des cris stridents, des rires tonitruants derrière les portes concaves. L'odeur dominante était celle de l'urine et des épices exotiques. Ce n'était pas seulement le vingtième siècle qui survivait là, mais aussi le dix-neuvième. Les sons martelés de l'holovision dans les couloirs donnaient l'impression d'un anachronisme grotesque.

Ils montèrent cinq étages. On ne s'attendait certes pas à trouver des conduits automatiques de montée et de descente dans ce genre d'immeuble, mais on aurait pu au moins espérer qu'il n'était pas antérieur à l'époque des bons vieux ascenseurs. Toutefois, il semblait que non. Pourquoi logeait-elle là ? Pourquoi ne pas habiter dans une des bâtisses coopératives populaires, austères mais du moins propres, et sûrement pas plus onéreuses que cet appartement minable. Elle préférait cette maison, lui répondit-elle. Il ne parvint pas à suivre ses explications filandreuses, mais il crut comprendre que cela se rapportait à la construction des murs. Cherchait-elle à lui dire que dans une vieille baraque comme celle-là elle était moins ennuyée par les émanations télépathiques de ses voisins qu'elle ne l'aurait été dans la structure légère d'un logement coopératif ?

Au sein de cette horreur, elle s'était creusé un nid tout aussi horrible. Une pièce à peu près carrée avec un haut plafond, un mobilier mal conçu, des tentures rapiécées, des ustensiles élémentaires. Un minuscule réchaud tout taché pour la cuisine, une glacière au lieu d'un réfrigérateur. Il ne vit pas de toilettes. Tout était en désordre. Lissa n'était certes pas une bonne ménagère. Le lit défait, les draps couverts de souillures jaunâtres — cela le hérissa de deviner sans peine l'origine de ces taches — et des livres éparpillés un peu partout. Sur le bord de la fenêtre, sur le plancher, et même sous le lit.

C'était une grande lectrice. Intéressant cela. On peut juger de la nature des personnes par leurs lectures.

Macy se rendit compte qu'il ne connaissait pour ainsi dire pas du tout Lissa. Qu'aurait-il pu en dire ? Qu'elle paraissait assez intelligente, mais n'avait encore manifesté aucun intérêt d'ordre intellectuel, qu'elle ne baisait pas trop mal (dans la mesure où il était capable d'en juger, étant donné la nature synthétique de ses expériences passées dans ce domaine), qu'elle avait été en un temps étroitement liée avec un artiste contemporain de valeur. Un point c'est tout. Avait-elle de l'instruction ? Un métier particulier, des buts dans la vie, des aptitudes, des talents ? Un modèle, ce n'est guère qu'un chiffre, une forme, un ensemble de courbes, de plans et de textures. Hamlin était lui-même un être trop complexe pour être tombé amoureux d'elle seulement parce qu'elle était un de ses modèles, donc elle devait avoir autre chose que l'extérieur qu'elle montrait, elle devait disposer de quelque qualité intérieure, elle avait dû faire dans le monde autre chose que de simplement poser pour Hamlin. Au moins avant que ses tempêtes intimes de plus en plus violentes l'aient poussée à trouver refuge dans cette maison sordide.

Mais il ne savait rien. Avait-elle voyagé ? Avait-elle une famille ? Avait-elle rêvé de devenir elle-même une artiste ? Peut-être les livres lui fourniraient-ils quelques indications. Perplexe, il fit l'inventaire et l'examen de la « bibliothèque » pendant qu'elle s'occupait de rassembler ses autres effets.

Il se trouva immédiatement en difficulté : il n'était pas grand lecteur lui-même, il avait seulement parcouru quelques romans populaires durant son séjour au Centre de Réhabilitation, et tout ce que Hamlin avait pu lire — s'il avait d'ailleurs lu quoi que ce soit — avait naturellement disparu de l'esprit de Macy. Macy n'avait que l'*illusion* de connaître la littérature. Le docteur Brewster, qui avait des goûts littéraires, l'avait programmé de quelques brumeuses analyses d'intrigues, d'images sans lien, et même du contact de quelques livres, si bien qu'il savait très clairement que l'*Iliade* était un grand volume de couleur orangée, au papier crème, avec des caractères élégamment arrondis. Mais de quoi cela parlait-il ? D'une guerre très ancienne. Une querelle au sujet d'une femme. De chefs barbares pleins de fierté. Qui était Homère ? Avait-il vécu avant Hemingway ? Dieu, quel illettré que ce Macy ?

Aussi, tout en examinant les tas de bouquins de Lissa, ne put-il en tirer aucune conclusion bien établie, sinon qu'elle paraissait lire (ou du moins posséder) une quantité de gros volumes à l'allure sérieuse, que peut-être un cinquième des ouvrages portaient sur la biographie et l'histoire, et que rien de tout cela n'était du genre « léger », loin de là. Ce devait donc être une personne beaucoup plus évoluée qu'elle ne l'avait encore révélé. N'importe qui, même un idiot, peut parfois lire un livre, mais Lissa s'en entourait, ce qui témoignait qu'elle était psychiquement avide de connaissance.

Il s'efforça de retoucher l'image qu'il avait d'elle, de la rendre moins fantasque et dépendante, moins victime geignarde des circonstances, et plus autonome, plus guidée par son moi secret, avec un objectif, une orientation, et une sphère d'intérêts. Toutefois il lui était toujours difficile de la considérer comme autre chose qu'une partie du mobilier de l'atelier de Nat Hamlin ou une pitoyable victime de la vie urbaine moderne. Elle se refusait à prendre vie à ses yeux sous l'aspect d'un être humain sincère et en pleine possession de ses moyens.

Peut-être parce que je ne comprends pas très bien les gens, étant si nouveau venu au monde, songeait-il. Ou peut-être l'un des médecins a-t-il inséré en moi sa propre et archaïque conception de la femme en général... Est-ce que Gomez, par exemple, ne voit en elles que des prolongements et de pâles reflets des hommes avec qui elles vivent ? De simples paquets d'émotions fumeuses et de réactions molles ? Mais elles ne dérivent pourtant pas d'événement en événement, en laissant les choses leur arriver. Elles n'oublient pas de se lever du lit même si personne ne le leur dit. Les femmes ont leur esprit, elles aussi. J'en suis certain. Il le faut. Il le faut. Et des esprits intéressants. Elles ont un autre rôle que simplement survivre, manger, baiser, faire des enfants. Alors pourquoi Lissa me paraît-elle si creuse ? Il faut que j'essaie de la connaître mieux

Elle emplissait de ses affaires une grande valise verte en mauvais état. Vêtements, objets, quelques livres. Quelque chose de grand et plat. Peut-être un carnet de croquis ? Une chemise bourrée de vieilles lettres et autres papiers. Au dernier moment, elle y fourra encore cinq bouquins.

Un après-midi qui finissait sans entrain, une soirée tout ordinaire. Le dîner dans un petit restaurant à quelques rues de chez lui. Après, l'appartement, une ou deux dorées, une conversation à bâtons rompus, le lit. Pas d'éclats de télépathie pour empoisonner Lissa. Pas de réveils de Hamlin pour le tourmenter. Ils avaient toute liberté de rechercher réciproquement ce qu'ils avaient en eux, sans être dérangés, mais ils n'en firent cependant rien ; ils parlèrent à longueur de temps de leurs difficultés sans aborder l'un ou l'autre des problèmes essentiels. Il fut surpris d'apprendre qu'elle n'avait pas tout à fait vingt-cinq ans (alors qu'il lui en donnait quatre ou cinq de plus). Née à Pittsburgh, pas moins. Le père, une sorte de scientifique, la mère une spécialiste en dynamique de la population. De bons gènes. Des gens qui paraissaient convenables. Lissa ne les avait pas vus depuis des années. Elle était venue à New York à l'âge de dix-sept ans pour étudier les beaux-arts (ha-ha !). Elle avait également eu l'idée d'écrire des romans (ha-ha-ha !).

Virage de sa vie le 15 juin 2004, à dix-huit ans, elle fait la connaissance de l'artiste renommé Nathaniel

Hamlin. Tombe follement amoureuse de lui. Il ne lui accorde pas la moindre attention, du moins le pense-t-elle (la scène se passe à une fête de faculté de l'Association des étudiants d'art, où tout le monde est complètement bourré, et Hamlin — conférencier invité ou autre rôle pour un semestre — fait poliment la cour à toutes les jolies filles).

Mais une semaine après, il lui téléphone. Quelques verres ? Une promenade à Central Park ? Volontiers. Elle est terrifiée. Elle espère qu'il acceptera de lui donner des leçons particulières. Elle a envie de l'emmener dans son appartement (pas l'actuel taudis) pour lui soumettre ses croquis. Elle n'ose pas. Une agréable promenade estivale, tout ce qu'il y a de chaste.

Par la suite, elle a la certitude qu'il l'a trouvée trop banale, trop adolescente ; mais non. Il la rappelle, exactement sept jours après. Quelle belle période ! Cela vous plairait-il de visiter mon atelier ? A Darien, dans le Connecticut. Il passera la prendre, qu'elle ne s'occupe de rien. Une voiture longue et racée. Qu'il conduit lui-même. Elle a emporté son carton à dessin, au cas où... Il la conduit dans une propriété magnifique, incroyable, en pleine campagne : piscine, ruisseau, étang rempli de poissons mutants aux couleurs invraisemblables, grande maison de pierre, atelier en annexe, de dimensions assez vastes.

Il se révèle qu'elle ne l'intéresse pas du tout en tant qu'artiste, qu'il voudrait qu'elle soit son modèle : il a en tête un projet grandiose pour lequel elle lui conviendrait à merveille. Elle est effarée et ravie. Elle laisse son carton à dessin dans la voiture. Il faut que je voie votre corps, dit-il. Naturellement. Naturellement. Elle se dévêt : corsage, pantalon. Elle a volontairement omis de mettre des sous-vêtements ce jour-là. Il l'examine attentivement. Oh, mon Dieu, j'ai le derrière trop plat, les nichons trop gros, ou peut-être pas assez ! Mais non, il lui fait des compliments : beau petit derrière bien ferme, jolie silhouette, cela ira, cela ira.

Et soudain la braguette de son pantalon est ouverte. Son membre épais et tout rouge en sort. (Oh, tu l'as bien vu, Macy, tu le connais comme le tien !) Elle est prise de panique. On l'a déjà baisée avant, oui, huit à dix garçons, elle n'est pas arrivée là en pucelle farouche, cependant il s'agit là de la verge bandante et authentique de *Nathaniel Hamlin,* qui maintenant se rapproche d'elle, ce qui est complètement différent. Elle a toujours été une admiratrice de son travail, mais elle n'avait jamais rêvé qu'il dresserait le grand mât pour elle un jour. Elle n'arrive pas à quitter des yeux cet organe, jusqu'à ce qu'il ait disparu dans sa fente.

Va et vient. Va et vient. L'authentique appendice de Nathaniel Hamlin connaît son affaire. L'artiste bouillonne d'une virilité intérieure terrible, qu'il exprime avec sa verge. Elle jouit un millier de fois. Après quoi, ils parcourent tout nus la propriété, nagent, rient, s'enivrent. Il attrape un appareil pour l'holographier sous tous les angles pendant une heure. Toi et moi, dit-il, on va faire un chef-d'œuvre que le monde n'oubliera jamais. Ensuite, ils se rhabillent, il l'emmène dans un restaurant près du bras de mer, si splendide qu'elle en reste étourdie, et pour finir, tard dans la nuit, il la ramène chez elle, adolescente épuisée, stupéfiée, paquet de chair abondamment baisée. Une expérience inoubliable.

Ensuite, trois mois se passent sans qu'elle entende parler de lui. Le désespoir. Enfin une carte d'excuses postée du Maroc. Une autre de Bagdad, un mois et demi plus tard. Une carte de Noël avec des timbres du Japon. Et puis, en janvier 2005, un appel téléphonique. Il est finalement revenu en ville. On se retrouve à neuf heures ce soir, annulez tous les autres rendez-vous.

Et à dater de ce jour elle est plus ou moins sa maîtresse à plein temps, vivant à Darien une grande partie du temps, laissant naturellement tomber les cours d'art, s'éloignant de ses anciens amis qui lui paraissent maintenant trop naïfs et trop jeunes. De nouveaux amis, plus intéressants. Elle se lie même d'amitié avec la femme de Hamlin. (Curieuses relations conjugales, cela, en déduit Macy.)

Au début de 2006, après environ un an de préparatifs, il se met au travail sérieusement, sur son *Antigone 21*. Des mois de labeur pour lui comme pour elle ; c'est un démon quand il travaille. Douze, quinze, dix-huit heures par jour. Finalement l'œuvre est presque achevée. C'est presque terminé avec elle aussi. Il lui parlait de l'épouser depuis l'été 2005, mais leurs rapports se tendent progressivement. Des violences physiques : il la gifle, il lui donne des coups à plusieurs reprises, il la prend de force une fois où elle se refusait, et pour finir, il la jette au bas de l'escalier et elle a la ceinture pelvienne fracturée. L'hôpital. Et pendant ce temps il succombe totalement à la désintégration de sa personnalité, processus qui, à l'insu de Lissa, s'est développé en lui pendant presque toute l'année, et il commet des « méfaits terrifiants » sur la personne d'une quantité de femmes. On l'arrête et il passe en jugement ; elle ne le revoit plus avant cette étrange journée de mai 2011 où elle se heurte à Paul Macy dans une rue de Manhattan-Nord.

« Et tes difficultés télépathiques ? s'informe Macy. Quand ont-elles commencé ? Quand sont-elles devenues graves ? » Mais il est évident qu'elle préfère ne pas en discuter. Ce soir elle ne lui parlera que d'histoires anciennes, de ces amours avec feu le grand artiste. Et puis elle a épuisé le sujet de sa propre vie. Silence. Pas de lumière. Deux cancrelats rougeoyants dans l'obscurité. Leur fumée odorante monte vers le plafond. Macy songe que ce serait là le moment où Hamlin devrait faire son apparition. Pour ajouter des notes de bas de page au récit de Lissa. Mais Hamlin n'entend pas le régisseur et rate son entrée. Il vient enfin à l'idée de Macy que chacune de ses rencontres avec Hamlin ôte peut-être à l'autre autant de force qu'à lui-même, et peut-être plus. Entre deux échanges, Hamlin doit se tenir coi pour récupérer. Peut-être pas, mais c'est une possibilité encourageante. Le fatiguer, l'user, et un jour ou l'autre, l'éjecter. Une lutte d'endurance.

Macy se tourne complaisamment vers Lissa, il n'a pas tellement envie d'elle, mais il a le sentiment qu'ils doivent célébrer leur mise en ménage par quelque manifestation amoureuse ; il pose la main sur un de ses seins, mais elle n'a pas la moindre réaction, elle reste immobile, perdue dans ses pensées brumeuses, et Macy a une suspicion subite qui lui enlève toute ardeur : quand elle fait l'amour avec moi, ne serait-ce pas uniquement pour tenter de retrouver les joies incendiaires qu'elle a connues avec *lui* ? Je suis le corps bien membré de Nat Hamlin, moins la nature turbulente et violente de Hamlin ; n'est-ce pas là tout ce qu'elle cherche en moi ?

L'idée qu'il n'est peut-être pour elle rien de plus que le pénis ressuscité de l'homme mort ne lui paraît nullement flatteuse. Bien sûr, elle lui a affirmé qu'elle aime être avec lui, mais « avec lui », qu'est-ce que cela signifie au juste ? Après avoir aimé un génie, pourrait-elle aimer de la même manière une non-entité ? Ou même un tant soit peu ? Une étudiante en art jeune et impressionnable devait tout naturellement se sentir attirée vers un aimant de la force de Nat Hamlin, mais un Paul Macy n'exerce aucune attirance. Qui suis-je, que suis-je, en quoi consiste ma texture, ma densité ? Je ne suis rien. Je suis irréel. Le successeur fantôme de Hamlin. Sa relique. Macy s'efforçait de mettre un terme à cette cascade de négations, en se répétant que c'était sans nul doute Hamlin qui la lui inspirait en déversant un flot de poison du fond de sa retraite sous-crânienne. Mais pour l'instant, il ne parvenait pas à remonter d'un cran dans sa propre estime. Il pénétra Lissa et fit aller et venir son piston mécaniquement durant deux ou trois minutes, se sentant complètement détaché d'elle sauf au point précis de contact, puis, comme elle ne donnait pas le moindre signe d'être avec lui sur un plan quelconque, il s'écarta et plongea dans son sommeil troublé et coutumier, hanté d'incubes et de revenants.

Bien des regards exprimant la sympathie, le lendeman, au bureau. On marchait sur la pointe des pieds autour de lui, on parlait à voix basse, on souriait beaucoup, on évitait toute situation qui pouvait créer une tension, un conflit. Il était clair que tous craignaient de le voir perdre la tête au premier choc. C'était un retour à leurs attitudes des premiers jours, quand il était arrivé, alors que l'on pensait qu'un Réhab devait être traité avec autant de précautions qu'un panier d'œufs. Il se demandait pourquoi. Parce qu'il s'était porté malade la veille ? Présumaient-ils à présent qu'il souffrait d'un mal particulier aux Réhabs, d'une déviation de l'identité, qui nécessitait un redoublement de précautions ? Leur gentillesse excessive, qui donnait bien à entendre qu'il était plus vulnérable qu'eux, l'irritait. Après l'avoir supportée pendant deux heures et demie, il prit dans un coin Loftus, l'assistante exécutive de Stilton Fredericks, et lui expliqua sa position.

« Je voudrais que vous sachiez que c'est une simple indigestion qui m'a fait rester chez moi hier. La colique et des vomissements, vu ? »

Elle le regarda sans avoir l'air de comprendre. « Je ne me rappelle pas vous avoir demandé d'explications.

— Je sais que vous ne m'avez rien demandé. Mais tout le monde ici semble croire que j'ai souffert d'une sorte de dépression nerveuse. Du moins, d'après leur façon de me traiter aujourd'hui. Si foutrement gentils que c'en est tuant. Alors j'ai pensé que vous pourriez faire savoir que je vais très bien. Simple indisposition organique.

— Vous n'aimez pas que les gens soient aimables avec vous, Macy ?

— Je n'ai pas dit cela. Je voudrais simplement que ceux qui travaillent avec moi ne fassent pas d'hypothèses erronées sur mon état mental.

— Bon. Vous n'avez pas eu de dépression nerveuse. Alors pourquoi avez-vous l'air si étrange ?

— Étrange ?

— Étrange », répéta Loftus.

« De quelle manière ?

— Regardez-vous dans un miroir. » Puis un rien de douceur perça sous l'armure de froideur. « S'il y a quoi que ce soit que nous puissions arranger...

— Non, non. Sincèrement, ce n'était qu'un mal d'estomac.

— Oui-oui. Eh bien, si l'on me pose la question, c'est ce que je dirai. Personne ne murmurera dans votre dos. »

Il la remercia et se sauva vivement. Dans les lavabos des exécutifs : parmi tous les appareils électroniques, les rasoirs soniques, les urinoirs en forme de bouteille de Klein, il trouva un miroir, du modèle courant, une vitre avec du tain, comme autrefois. Un visage farouche, injecté de sang, lui rendit son regard. Le front plissé. Les narines dilatées. Les lèvres pincées, la bouche tiraillée d'un côté. Diable, pas étonnant ! Il était à la fois Docteur Jekyll et Mister Hyde, les traits tout déformés trahissent les plus atroces et intenses tourments intérieurs.

Et cela bien que Hamlin n'eût pas donné signe de vie depuis dix-huit heures. Cette double existence, cette occupation forcée des couches inférieures de son esprit lui corrodaient la figure, le transformant en une sorte de pavillon de détresse ambulant. Bien sûr qu'ils étaient tous gentils avec lui aujourd'hui ; ils lisaient sans difficulté l'annonce de l'écroulement imminent sur son front.

Et pourtant il se sentait relativement détendu. Quelle expression devait-il donc avoir quand Hamlin approchait de la surface et le tenaillait ? Marcy risqua un balayage d'exploration. *Hamlin ? Tu es là, Hamlin ? Mon cauchemar permanent. Monte donc que je te voie et qu'on bavarde un peu.*

Mais non, rien à signaler sur le front cérébral. Se sentant vexé, Macy entreprit de se refaire le visage. Nu jusqu'à la ceinture, il passa la tête sous la soufflerie d'air chaud. Pour détendre les muscles, déplisser le front. Un peu d'humidité, maestro. Ah ! Comme c'est bon de sentir cela sur la peau. Et maintenant, le tuyau dans la cuvette à tourbillon. Tourne, tourne, tourne. Bulles, bulles, bulles. Retiens ton souffle et laisse la bonne flotte en mouvement faire son boulot magique. Ah ! Splendide. De nouveau l'air chaud, pour te sécher.

Et maintenant, bois un coup. Fume une dorée. Etudie la carte. Mieux, beaucoup mieux. La tension qui s'affaiblit ; heureusement qu'ils ne t'ont pas fait passer devant la caméra avec ta bobine toute tordue.

Macy achevait de se fignoler et remettait ses vêtements quand Fredericks entra dans les toilettes. Il lâcha un rire cordial. « Je vous dérange pendant votre séance de relaxation, Paul ?

— Non. J'ai fini à présent. Et je me sens beaucoup mieux.

— Nous avons tous été très inquiets quand vous nous avez téléphoné hier.

— L'estomac dérangé, voilà tout. Mais cela va bien mieux maintenant. Vous le voyez ? » Il montrait son visage reconstitué à Fredericks. « Je vous suis reconnaissant de votre sollicitude, mais j'ai en réalité pas mal de résistance, Stilton », ajouta-t-il à regret. Quel prénom à subir pendant toute une vie !

Fredericks entreprit de se vider la vessie. Macy sortit, se donnant du mal pour paraître tout à fait à l'aise. L'effort devait en valoir la peine : les gens cessèrent de le dorloter.

A deux heures et demie, il prit le topo pour la journée, fit passer quatre ou cinq fois les informations visuelles et répéta pour le son. Un laïus de deux minutes sur le couronnement en Ethiopie, des foules massives, des lions marchant en laisse dans les rues, un coin du quinzième siècle qui poussait une hernie jusque dans le vingt et unième.

Macy se demanda comment M. Bercovici, celui qui l'avait choisi au Centre de Réhabilitation, se débrouillait à Addis-Abeba. Etait-ce lui, là, au bord de la foule, pris par l'œil flottant au regard perçant, ce visage blanc et rond parmi les faces brunes aux traits de faucons ? Sans doute était-ce le consul général de l'Afrique du Sud, ou n'importe qui. Macy débita son texte avec beaucoup de noblesse : « Dans la pompe et la magnificence d'un empire médiéval, l'ex-prince Takla Haymanot est devenu aujourd'hui le Lion de Juda, le Roi des Rois de l'Ethiopie. Sa Majesté le Négus Lebna Dengel

II, dernier descendant d'une lignée royale remontant au Roi Salomon lui-même... » C'était beau.

Et puis ce fut le retour vers Lissa dans l'appartement, à travers une pluie fine.

Elle était au lit, en train de lire, vêtue d'une robe d'intérieur en haillons qui paraissait assez ancienne pour être un des laissés pour compte de la reine de Saba, et rien d'autre au-dessous ; les pointes brun-rose de ses seins pointaient dans l'entrebâillement. Un bref coup d'œil et il comprit, comme par une transmission télépathique, qu'elle avait passé une mauvaise journée. Son visage avait son aspect boudeur ; ses cheveux étaient un buisson auburn tout ébouriffé ; l'air de la chambre était chargé des relents d'une sueur aigre et séchée. Il se faisait l'impression d'être devenu étrangement casanier. Le mari rentrant à la maison après une rude journée de boulot pour trouver une femme en souillon qui va lui parler de ses petites misères domestiques.

Elle jeta son bouquin de côté et s'assit. « Seigneur ! » fit-elle. C'était son exclamation habituelle. « Une journée tout ce qu'il y a de moche. Il a plu dedans comme dehors. »

Il se débarrassa de ses chaussures. « Difficile !

— Le chœur des enclumes dans ma tête. » Elle haussa les épaules. « N'en parlons pas. J'avais l'intention de nous préparer un petit dîner fantaisie, et je n'en ai pas trouvé le courage. Mais je peux nous bricoler quelque chose en vitesse.

— Non, on va sortir. Ne te donne pas de mal. » Il se débarrassa de ses vêtements de dessus. Quinze secondes de silence. Bien qu'elle ait prétendu ne pas vouloir parler de sa journée, elle attendait visiblement qu'il se mette à lui poser des questions. Rien à faire. Il était lui-même trop fatigué et agité : peut-être Hamlin qui recommençait à grimper vers la surface.

Il la regardait. Elle le regardait. Le silence dura, se prolongea jusqu'à assumer lui-même une présence tangible. Alors Lissa parut couper la tension en elle ;

elle dut déconnecter quelque chose dans son être et se laissa retomber sur l'oreiller, sombrant dans ce repli songeur qu'elle affectait la moitié du temps.

Macy se servit un verre de bière. Quand il revint dans la chambre, Lissa était à dix-huit mille années-lumière de distance. Il vint à Macy une curieuse intuition : s'il n'établissait pas immédiatement le contact avec elle, d'une façon ou d'une autre, elle serait totalement perdue pour lui. Cette attitude renfermée de la fille l'irritait, mais il dissimula son agacement et, s'approchant d'elle, baissa la couverture pour caresser la partie externe de sa cuisse nue. Un geste amical, presque aimant. Elle ne parut même pas s'en apercevoir. Il lui posa le verre frais sur la peau. Un cri sifflant : « Hé ! »

— Je désirais seulement savoir si tu étais encore ici », dit-il.

« Très drôle.

— Qu'y a-t-il, Lissa ? » Enfin il avait lâché la question.

« Rien. Et tout. Cette pluie de merde. L'air dans la chambre. Je ne sais pas. » Un instant de folie dans les yeux. « J'ai recueilli des bruits dans ma tête toute la journée. Toi et Hamlin. Hamlin et toi. Comme une sorte de transe radioactive de l'atmosphère. Je n'aurais pas dû venir m'installer ici.

— Je ne crois tout de même pas que tu puisses recueillir des impulsions télépathiques de quelqu'un qui n'est même pas dans l'immeuble !

— Non ? Qu'en sais-tu ? As-tu la moindre notion de ce que c'est ? Peut-être que tes propres ondes s'imprègnent dans la peinture des murs, dans les boiseries. Et se répercutent sur moi tout au long du jour. N'essaie pas de m'expliquer ce que j'ai ressenti. Vous deux, rebondissant des murs pour m'assaillir, heure après heure. »

Elle débitait ces phrases brutales d'une voix incongrue, terne, distraite. Ensuite de quoi, elle coupa de nouveau le contact.

« Lissa ? »

Silence.

« Lissa ?

— Quoi ?

— Tu n'oublies pas ? C'est toi qui es venue *me* chercher. Je t'ai dit qu'il n'était pas bon que nous soyons ensemble. Et tu m'as répondu que nous avions besoin l'un de l'autre, exact ? Alors ne t'en prends pas à moi si tout ne marche pas comme sur des roulettes.

— Je suis désolée. » Une excuse d'enfant de dix ans, sans aucune sincérité.

Nouveau silence.

Il tenta de trouver des explications à cette mauvaise humeur. Enfermée toute la journée. La pluie. Des ions ennemis dans l'air. Peut-être ses règles qui approchaient ? Une femme a bien le droit de se montrer un peu garce de temps en temps. Toutefois, il n'était pas forcé de tout subir. S'il y avait trop de bruits télépathiques dans l'appartement, elle pouvait regagner sa soue.

« J'ai entendu cela », fit-elle.

« Oh, bon Dieu ! » s'écria-t-il.

« Je n'aurai pas mes règles avant une semaine. Ce que je reçois, c'est une espèce de brume effilochée que je peux maintenant reconnaître comme ton signal particulier, et une autre brume qui est la *sienne*, mais en général pas de mots nettement articulés. Sauf cette fois, où c'était parfaitement clair. Suis-je réellement garce ?

— Tu n'est pas très amusante », répondit-il.

« Je ne m'amuse pas beaucoup, moi non plus.

— Si tu prenais une douche ? Ensuite on irait faire un bon dîner ? » Il tentait de recoller les morceaux. « Un dîner très chic, en bas de la ville. D'accord ? » Comme pour amadouer un enfant coléreux. A-t-elle entendu cela aussi ? Apparemment non. Elle se lève, elle se débarrasse de sa robe d'intérieur. Elle ne se donne pas le mal de se tenir droite : épaules tombantes, seins pendants, ventre en avant. Elle va prendre une douche. Après tout, nous avons tous nos mauvais jours. Un bruit d'eau qui coule. Puis elle passe la tête dans la chambre.

Elle annonce : « Au fait, le Centre de Réhabilitation a téléphoné ce matin. »

Macy leva la tête et au même instant Hamlin se manifesta en lui faisant quelque chose au cœur. Une douleur passagère sous le coup de laquelle il eut le souffle coupé et dut porter la main à sa poitrine.

« Je disais que le Centre avait téléphoné...

— J'ai entendu. » Macy toussa. « Attends une seconde. Hamlin remet ça. » Il envoya vers son intérieur une pensée rageuse. *Fiche-moi la paix! Cela suffit!* La douleur s'apaisa. Macy demanda : « Qui était-ce ? »

— Une femme médecin avec un nom italien.

— Ianuzzi ?

— C'est cela. Elle désirait savoir pourquoi tu ne t'es pas présenté à la visite hier. Alors que tu avais pris un rendez-vous spécial, de bonne heure.

— Que lui as-tu répondu ? »

Ses espoirs lui revinrent soudain. Son identité antérieure a refait surface et cherche à s'emparer de son corps. Docteur Ianuzzi. Il se déroule en lui un combat terrifiant. Oh, vraiment, mademoiselle Moore ? Comme c'est inattendu. Mais nous pouvons naturellement nous en charger. Nous enverrons notre goupe mobile d'anéantissement de la personnalité sur les lieux à sept heures précises. Trois brefs jets de rayons de la machine à égotrons, lancés de la rue, et ce sera cette fois la fin dernière de Nat Hamlin. Oh, oui, oui. Dites à M. Macy de ne se faire aucun souci. Et merci de m'avoir fourni tous ces détails, mademoiselle Moore.

Lissa très lointaine. L'air rêveur. Macy répéta d'un ton beaucoup plus sec : « Que lui as-tu répondu ?

— Je ne lui ai rien dit du tout.

— Comment ?

— Elle a appelé alors que j'étais dans un mauvais moment. Je ne sais même pas pourquoi j'ai décroché. Je n'ai pas très bien compris ce qu'elle voulait sur le moment. Seulement après.

— Alors tu as raccroché ?

— Non, j'ai parlé, plus ou moins. J'ai dit que je ne savais pas trop pourquoi tu avais manqué à votre rendez-vous. Ni où tu étais pour le moment. » Un

126

haussement d'épaules détaché. « J'imagine que j'étais plutôt dans le brouillard.

— Bon sang, Lissa, tu avais l'occasion de me venir en aide et tu l'as manquée ! Tu aurais pu lui raconter toute l'affaire ! »

Elle répliqua : « Ne m'avais-tu pas dit que Hamlin avait menacé de te tuer si tu informais les gens de la Réhab de la situation ?

— C'est vrai. Mais il n'en aurait rien su si *tu* leur avais exposé la situation pendant que j'étais au travail. C'était l'occasion idéale. Et tu as tout raté. Tu l'as manquée !

— Désolée. » (Mais pas trop.)

« S'ils retéléphonent, mettras-tu les choses au point ?

— Que souhaites-tu que je leur raconte ?

— La vérité. Hamlin qui revient. Et en particulier sa menace de m'arrêter le cœur si j'approche d'un Centre de Réhabilitation. Fais en sorte qu'ils comprennent bien que Hamlin y est fermement décidé. Dis-leur que je suis parti d'ici pour aller les voir, qu'il m'a assommé au terminus de Greenwich. Tu n'oublieras pas ce détail ?

— Il vaudrait peut-être mieux que tu les appelles toi-même.

— Je te l'ai déjà expliqué, ce n'est pas possible. Hamlin surveille toutes mes pensées, écoute toutes mes paroles. Dès l'instant où je toucherai l'appareil, il me resserrera ses griffes sur le… *Mon Dieu !* » Un nouveau pincement dans la poitrine. Des doigts invisibles et poisseux qui lui tortillaient l'aorte. Une toux. Un soupir. Une récupération lente, accompagnée de tremblements. Lissa observait les événements, indifférente. « Et voilà », dit enfin Macy. « Il vient de recommencer. Pour me faire savoir qu'il est branché sur notre conversation.

— Mais à quoi bon les informer, s'il doit te tuer quand ils essaieront de te secourir ?

— En tout cas, ils sauront. Peut-être disposent-ils d'une méthode de soins à distance en pareil cas. Peut-être sont-ils en mesure de le surprendre d'une façon ou d'une autre. Ils ont leurs astuces. Cela ne peut pas faire de mal qu'ils se rendent compte de ce qui est arrivé. A condition qu'ils connaissent les risques auxquels je suis exposé. Tu n'oublieras pas cela ?

— S'ils rappellent », dit Lissa d'un ton vague, « j'essaierai de tout leur dire, J'essaierai. » (Elle n'en paraissait pas trop certaine.)

Durant la nuit, des fragments de rêves qui n'étaient pas tout à fait des cauchemars, des messages incertains émis par les couches psychiques sous-jacentes. Des moments curieusement dénués d'éléments de frayeur, tirés d'un passé dont il n'avait pas souvenir remontaient au niveau supérieur pour examen par le dormeur et pour l'éclairer. Des scènes classiques : l'arrestation, l'accusation, la maison de détention, le tribunal, le procès, la sentence. *Ne me touchez pas avec vos saloperies de pattes, je vous ai dit que j'allais vous suivre sans histoires.*

Des lumières qui lui éclataient devant les yeux. Une caméra planeuse qui lui touchait presque le bout du nez. Des spectateurs dans le monde entier à assister au déroulement de l'affaire. Voyez donc cet homme infâme coupable d'abominations ! Regardez le triomphe de la justice ! Un jury de douze ordinateurs précis et honnêtes.

Jurezdediirelavéritétoutelavéritérienquelavérité. Jelejure. Jelejure. Jelejure. Regardez ces témoins qui sanglotent ! Examinez leurs visages hantés, avides de vengeance. Quels souvenirs de viols atroces leur brûlents-ils encore l'âme ? *Oui, c'est cet homme, c'est bien lui ! Je le reconnaîtrais n'importe où.* La salle d'audience plongée dans le silence. *Votre Honneur, je demande l'autorisation de soumettre à titre de preuve l'enregistrement magnétique de l'entrée par effraction de l'accusé dans la maison de Maria Alicia Rodriguez le soir du...* Un voyant rouge s'éclaire sur le tableau de la défense. *Objection ! Objection !* Un remous. *Objection rejetée. L'accusation peut poursuivre.*

Sur l'écran mural, l'accusé apparaît, prêt au viol. S'il

avait seulement su qu'il jouait son rôle devant. une caméra, il y aurait mis encore beaucoup plus d'art. Grimpé sur le bord de la fenêtre, hop! Il force la fenêtre. Il a froid aux mains. Foutu temps d'hiver! Oui. A l'intérieur. La victime tremblante. Et la caméra qui s'abaisse pour ne rien manquer de l'acte. Si la chasteté avait une telle importance à leurs yeux, pourquoi lui ont-ils permis de consommer le viol? Une bonne question à poser par la victime. Mais naturellement, tout l'enregistrement s'était fait automatiquement; ce n'est que plus tard que l'on s'est aperçu que l'œil flottant avait surpris le violeur dément dans l'exercice de ses fonctions. Des cuisses blanches luisant au clair de lune. Un buisson noir et touffu, presque bleu. Poussée. Poussée. Bang!

Accusé, levez-vous. Nathaniel James Hamlin, vous avez entendu le verdict du jury. Le tribunal vous déclare donc coupable de onze cas d'outrages avec circonstances aggravantes, quatorze cas de pénétration charnelle sans consentement, cinq cas de sodomie au troisième degré, sept cas de blessures psychiques irrémédiables, dix-sept cas de violation de la propriété maritale, sept cas d'attouchements illicites... neuf cas de... onze cas de... seize cas de...

Le dormeur s'agite. Et si nous reportions notre attention sur des temps plus heureux? L'artiste à l'œuvre dans son magnifique atelier, des cascades de soleil printanier qui se déversent par la vaste baie. L'habile construction de l'armature pour le dernier chef-d'œuvre. Tout d'abord vient la vision d'ensemble, vous comprenez, le sentiment de l'unité de l'œuvre, sans lequel il est impossible de commencer. Cela vous frappe comme la foudre; si cela vient de toute autre manière, ne t'y fie pas. Après, ce n'est plus que de la routine mécanique, une quantité de soudures. Je ne m'en donnerais pas la peine si ce n'était pas indispensable. C'est le premier instant, cette lumière blanche qui tombe du ciel, qui donne toute sa valeur au travail.

Mais, naturellement, n'importe quel connard à la tête pleine de merde peut prétendre qu'il a des inspira-

129

tions. Peut-il leur donner corps ? Moi, je peux. Regarde, tu construis l'armature, ce qui veut dire que tu dois t'emmerder avec des relais et des solénoïdes et des connexions et des dérivations et des amenées de courant et des sorties et ainsi de suite. Tu calcules les bruits parasites qu'il te faut, un ordinateur te fournit les tables d'ionisation, mais il faut que tu y apportes toi-même les corrections nécessaires, par intuition. Tu prépares l'éclairage. Ensuite tu places la peau. Pendant toutes ces opérations, tu ne perds pas de vue ton impulsion initiale, qui est, un, une question de forme, la foutue forme réelle de l'œuvre, deux, question de pénétration psychologique, le mouvement particulier de l'esprit que tu cherches à exprimer. Maintenant, tu en sais autant que moi sur ma façon de procéder. Si tu veux en savoir davantage, achète une de mes statues et démonte-la.

La scène change. Dans la galerie, à présent, nous observons l'élite du monde artistique qui se bouscule pour acheter sa production de 2002. C'était l'année des miniatures phalliques, elles marchent, elles parlent, elles déchargent, huit mille dollars pièce. Tout créateur distingué a droit à un peu d'humour noir. Cela se vendait comme des petits pains. Mieux que des petits pains. Tu en as déjà acheté, toi, des petits pains ? Le marché du petit pain est plutôt mauvais de nos jours.

Macy, qui dort lourdement, qui ronfle même, prend mentalement et désespérément des notes. Il faut que je me souvienne de tout ceci à mon réveil. Ceci est mon véritable passé, il ne faut pas accepter d'imitations. Est-ce que Hamlin me communique tous ces renseignements à titres d'ouvertures amicales, ou cherche-t-il à me tourmenter ? De toute façon, continue ! Dis-m'en encore davantage, criait-il. Alors, davantage. Regarde le monde par les yeux d'un dément. Je t'offre un *trip* à l'œil ! Inspire, souffle, branche-toi, *tilt* ! Qu'est-ce que ces rayures en travers du ciel ? Cet arc-en-ciel faussé, noir, vert, turquoise, gris, violet, blanc ? Et quelles couleurs vois-tu, les yeux fermés ? Les mêmes. Exactement les mêmes.

Pourquoi ressens-tu une telle pression au bas du ventre ? Tu sens les pulsations, les gonflements rythmés. C'est comme avoir de nouveau seize ans. Tu veux la planter en vitesse, tu veux te vider. Insatiable. Mais seulement dans des cons inconnus et récalcitrants. Pourquoi cela ? Peux-tu avancer une explication rationnelle ? Ha ! Le temps est venu de rôder dans les rues hivernales. Le derrière tout serré, la gorge sèche. Ta propre petite femme, gentille, toujours prête à se soumettre à toi, n'importe quand, n'importe où, et il en est de même d'une myriade d'autres, de l'ardente et disponible Lissa, alors pourquoi courir ainsi des dangers ? Mais c'est le danger qui prouve l'homme. J'escalade ces sommets parce qu'ils sont là.

Mais te rends-tu compte que tu as perdu la boule ? Naturellement, je le sais. *Accusé, levez-vous. Nathaniel James Hamlin, vous avez entendu le verdict du jury.* Là, tu les vois, les risques ? Tu sais ce que ces salauds peuvent te faire ? Bien sûr que je le sais. J'accepte les risques. Qu'ils fassent le pis qu'il leur est possible. *Le tribunal décide que l'identité connue sous le nom de Nathaniel James Hamlin, reconnue coupable de cas répétés et nombreux d'activités antisociales intolérables et certifiée comme constituant une menace incorrigible et incurable en tant que sociopathe par un conseil dûment constitué d'autorités, sera exclue de façon permanente de tout accès à la société et immédiatement supprimée en vertu des termes de l'Acte fédéral de Réhabilitation sociale de 2001 et que, conformément aux dispositions dudit acte, l'enveloppe physique de l'identité proscrite, telle que définie légalement, sera reconstruite et rendue à la société dans les délais les plus courts possibles.*

Donnez-moi le bras gauche, s'il vous plaît, monsieur Hamlin. Non, ce n'est pas une aiguille, c'est un injecteur ultrasonique, vous ne sentirez rien. Combien de temps avant que l'effet se fasse sentir ? Oh, vous allez en éprouver quelques-uns presque immédiatement, à mon avis, dès que les processus de mémoire à court terme commenceront à céder. Allons, votre bras gauche. Merci. Voilà. Vous voyez comme c'était facile ? Nous reviendrons dans dix heures pour entamer la nouvelle phase. *Quel est mon nom ? Qui suis-je ? Pourquoi me font-ils cela ?* Et maintenant, le bras droit, monsieur Hamlin. *Qui cela ?* Monsieur Hamlin. C'est vous, Nathaniel Hamlin. *Ah ?* Votre bras droit, s'il vous plaît ? Non, ce n'est pas une aiguille hypodermique, c'est un injecteur ultrasonique, tout comme l'autre. Vous ne vous rappelez pas l'autre ? Oui, c'est vrai, je ne devrais pas m'en étonner. Allons-y ! *Ils me vident l'esprit ! Non non non non.*

Le lendemain après-midi, au bureau, Hamlin, qui ne se manifestait plus ouvertement depuis près de deux pleines journées, fit une nouvelle tentative pour s'emparer des centres vocaux dans le cerveau de Macy. Il choisit son moment avec soin. Macy essayait pour la dix ou douzième fois d'enregistrer son bulletin de nouvelles du soir. Ses tensions internes étaient élevées.

Les mots ne coulaient pas et sa voix était rauque. Il traitait de l'assassinat présumé du Premier ministre croate, un incident particulièrement affreux : une bande de socialistes monadistes l'avaient enlevé une semaine auparavant et, après l'avoir conduit dans un laboratoire clandestin de lavage de cerveaux, l'avaient soumis à une destruction intensive de la personnalité, durant trois jours, ce qui lui avait totalement effacé toute notion d'identité. Son corps sans âme avait été ramassé dans la nuit à Istanbul et se trouvait maintenant à Zagreb où convergeaient des escouades de neurologues, dans l'espoir de lui restituer son moi éliminé. Selon un savant britannique qui faisait autorité en la matière, il n'y avait guère de chances de réussite. Une fois qu'une personnalité est consciencieusement dispersée, il n'existe aucun moyen connu d'en rassembler à nouveau les éléments. Une sale histoire.

Quand la nouvelle était tombée, vers l'heure du déjeuner, Macy avait aussitôt offert de s'en charger. Il avait le sentiment qu'il lui fallait prouver à ses collègues qu'il n'était pas nécessaire de le protéger contre toute allusion aux destructions et aux reconstructions, aux travaux de réhabilitation et autres questions connexes. Mais il s'apercevait qu'il avait beaucoup de mal à s'acquitter de son travail. L'affaire était bourrée de noms croates massifs qui se refusaient à sortir de ses lèvres en bon ordre. De plus, l'incident touchait davantage sa sensibilité qu'il ne l'avait cru ; il avait des sueurs déplaisantes à certains moments en relisant son papier, surtout lorsqu'il en arrivait à la déclaration du neurologue londonien.

« Doucement, doucement », lui rappelait sans cesse le surveillant du plateau. « Vous vous pressez trop, Paul. Prenez tout votre temps et laissez glisser les mots. » Une fois encore, tout le monde était gentil avec lui. Toute une équipe d'enregistrement immobilisée là depuis plus d'une heure pendant qu'il bafouillait et recommençait sans cesse des bouts de bandes ratés. Doucement, doucement.

Cette fois, il pensait que c'était bien. Les noms aux nombreuses syllabes étaient tous correctement notés. L'explication difficile de la politique des Balkans avait glissé sans accroc. Pour la première fois de l'après-midi, il avait enfin une bande utilisable couvrant les neuf dixièmes du script. Et maintenant, la conclusion : « Ce matin, à Londres, nous avons eu un entretien avec le spécialiste bien connu du cerveau, Varnum Skillings, qui *vdrkh cmpm gzpzp vdrkh...*

— *Coupez !*

— *Shqkm. Vtpkp. Smss ! Grgg !* »

Des gens accouraient de tous les coins du studio. Il avait la tête en feu. Les yeux décentrés. Il savait très clairement ce qui se passait et, après un instant de terreur instinctive, il entreprit de mener sa contre-offensive. Exactement comme il avait procédé le mardi, il peina pour faire lâcher à Hamlin sa prise mentale. Naturellement, il y avait une complication supplémentaire, la crise avait lieu en public, ses collègues inquiets tourbillonnaient autour de lui, on lui posait des questions, on desserrait le col de sa chemise, il était distrait de sa préoccupation essentielle. A quoi s'ajoutait l'impression de calamité en se rendant compte qu'il avait subi cette attaque devant tous les autres, ce qui démontrait à l'évidence qu'il était trop malade pour occuper ce poste. Toutefois, chassant toutes ces considérations de sa pensée, il s'en prit à Hamlin. Ce démon avait pris tout son temps, rassemblé ses forces et fait sa tentative au moment où Macy s'y attendait le moins. Quand même, Macy était plus puissant. Il avait l'avantage que lui conférait la domination des nerfs principaux de son corps. En arrière, salopard! En arrière! En arrière! Lâche prise!

Hamlin recula. Encore une fois bloqué.

La vision revint à Macy, qui se trouva devant le visage noir et inquiet de Loftus. Elle s'entêtait à lui demander ce qui s'était passé, comment allait-il, fallait-il appeler un médecin ou une ambulance, lui donner de l'alcool ou une cigarette?

« Tout ira bien », répondit-il d'une voix râpeuse.

« Vous avez émis des sons si étranges... et vous aviez le visage tout déformé.

— Je vous assure que cela ira bien. » Il avait repris un ton normal.

Il fallait que personne ne sache. Personne.

Le surveillant du plateau, Smith ou Jones, un nom dans ce genre, s'approcha de lui. « Nous avons un enregistrement presque parfait, Macy. Si vous vouliez vous reposer un moment, vous pourriez alors nous donner la fin... aucun problème de raccord...

— On va le faire immédiatement », dit Macy.

Que personne ne sache.

L'équipe de la caméra se remettait en place. L'ordre revenait. Macy, seul sous les projecteurs, un peu étourdi, chercha Hamlin dans son esprit, ne l'y trouva pas, et en conclut qu'il avait vraiment remporté une nouvelle victoire en résistant à l'envahisseur. Il resterait néanmoins sur ses gardes. Si cela devait se reproduire devant les caméras, il aurait des ennuis. Il n'y avait pas place dans cette organisation pour un journaliste qui piquait des crises à des moments imprévisibles.

« Moteur! » dit Jones ou Smith.

« Ce matin à Londres », débita Macy en souplesse,

« nous avons eu un entretien avec le spécialiste bien connu du cerveau, Varnum Skillings, qui nous a fait part de son point de vue sur la situation.

— Coupez », dit Smith ou Jones.

Macy sourit. Presque libre de rentrer chez lui, à présent. Le surveillant de plateau donna le signal. Macy débita la phrase finale. Fini. Des soupirs de soulagement. Des gens qui sortaient en se pressant. Des murmures, chacun parlant sans doute de cette transe bizarre.

Qu'ils parlent. Je l'ai encore repoussé, pas vrai ? Il est perdant à chaque coup.

Pour une fois, Macy songea qu'il pourrait presque tolérer la présence d'un Hamlin vivant en lui. Hamlin constituait le défi perpétuel qui lui donnait de la consistance. Tout homme a besoin d'une Némésis. Il s'élève, je l'écrase. Il essaie de nouveau, je l'écrase. Et ainsi parcourons-nous ensemble les jours actifs, les jours heureux. Il m'apporte la texture et la densité. Avec lui, je suis un homme souffrant d'une affliction unique en son genre, je porte en moi une *angst* tragique. Sans lui, je ne serais qu'une ombre. Nous sommes donc bien l'un avec l'autre. Jusqu'au jour où cet échafaudage de tentatives, de pointes et de rispostes s'écroulera. Jusqu'à ce qu'il m'ait conquis. Ou que je l'aie vaincu. Quand le moment viendra, ce sera sous une soudaine et triomphante poussée et l'un de nous succombera. Lui ? Moi ? Nous verrons. Maintenant, à la maison. La journée a été longue et rude.

9

LISSA n'était pas là. Il inspecta l'appartement avec le plus grand soin, passant méthodiquement et à plusieurs reprises d'une pièce dans l'autre, comme si elle avait pu se faufiler invisiblement par la porte, juste devant lui. Il fouilla la salle de bains et les placards. Ses vêtements étaient encore pendus en désordre avec ceux de Macy. Elle n'était donc pas partie définitivement. Un mot d'elle ? Non, rien. Peut-être était-elle allée se promener ? Ou acheter de quoi faire à dîner ? Mais à cette heure ? Sachant qu'il rentrait toujours très ponctuellement ? Alarmé un instant, il recommença ses recherches, pour voir s'il n'y avait pas de traces de violence. Non. Alors, c'était un mystère.

Elle avait sa propre clé, et il avait modifié le programme de la plaque de pouce du verrou de sûreté pour qu'il accepte l'empreinte de Lissa ; elle pouvait entrer et sortir à sa guise. Mais elle aurait dû se trouver là au retour de Macy. Il ne comprenait pas qu'elle n'y soit pas. Que faire à présent ? Avertir la police ? Monsieur l'agent, c'était une fille qui vivait avec moi depuis mardi soir, elle n'était pas ici à mon retour du travail, alors je me demande si vous... Non. Sûrement pas. Demander aux voisins s'ils l'avaient vue ? Non. Sortir et faire le tour des boutiques du quartier ? Non. Aller voir dans son propre appartement ? Peut-être. Ne rien faire, attendre sur place qu'elle revienne ? Peut-être. Pour le moment, oui. Laisse-lui une ou deux heures. Elle a ses humeurs. Peut-être qu'elle est allée à quelque spectacle. Elle était, elle a voulu être seule. Mais c'est bizarre qu'elle ne m'ait pas laissé un mot.

Il prit une douche, enfila sa vieille robe de chambre, se versa un peu de xérès pour atténuer les tiraillements de son estomac. Il se faisait de plus en plus tard. Six heures et demie, pas de Lissa. L'inquiétude grandissait en lui. Quand on l'avait reconstruit au Centre de Réhabilitation, on ne l'avait pas préparé à une situation semblable. Il passa en revue les diverses possibilités. La police. Les boutiques du quartier. Son appartement. Les voisins. Attendre. Aucune de ces solutions ne lui paraissait suffisante.

Dans le silence, la voix du serpent :

« Ne t'en fais pas pour elle. »

En cet instant, en cet état de trouble, même la présence de Hamlin lui apporta un réconfort. Son autre moi avait parlé sur un ton aisé, détaché ; pas de défi pour le moment, seulement de la conversation. Macy lui fut reconnaissant de cette façon atténuée d'agir. Il se demanda comment faire preuve d'hospitalité. Offrir un verre à Hamlin ? Une dorée ? *Assied-toi, Nat, fais comme chez toi.* Une envie ridicule d'avoir de la compagnie.

« *Je ne peux pas m'empêcher de m'inquiéter* », dit Macy.

« Elle est capable de se débrouiller toute seule.

— *Le crois-tu vraiment ?*

— Je la connais mieux que toi.

— *Il y a près de cinq ans que tu ne l'as même pas vue. Elle est devenue instable, Hamlin. L'idée qu'elle soit ainsi livrée à elle-même ne me plaît pas.*

— Elle a probablement éprouvé le besoin de prendre un peu l'air. Il y a ici des vibrations télépathiques nuisibles qui rebondissent sur les murs, elle te l'a bien dit ? Ça la déprime. Alors elle est sortie.

— *Sans me laisser un mot ?*

— Lissa ne laisse pas souvent de notes. Elle n'a pas le sens de la responsabilité très développé. Détends-toi, Macy.

— *Facile à dire.*

— Tu sais, elle est peut-être partie définitivement. Elle en avait marre de nous deux, qui sait ? Avec toute cette tension et ses bagarres.

— *Mais ses affaires sont encore ici* », souligna Macy. Il se raccrochait à des pailles. Lissa ! Lissa !

« Elle s'en fiche pas mal. Ses effets abandonnés tombent d'elle comme les pellicules de la tête. Hé, un peu de courage, voyons ! Le pire qui puisse t'arriver c'est de ne jamais la revoir. Ce qui ne serait peut-être pas tellement regrettable.

— *Cela te plairait beaucoup, n'est-ce pas ?*

— Qu'est-ce que cela peut bien me faire ?

— *Tu ne veux pas que j'aie du tout de relations avec elle. Tu es jaloux parce que je suis vivant et toi non. Parce que je l'ai et que tu ne l'as plus.* »

De robustes bulles de rire sous son crâne. Des gloussements en écho dans les couloirs des circonvolutions.

« Tu es tellement con, Macy.

— *Peux-tu nier ce que je t'ai dit ?*

— Ce que tu m'as dit contient plus d'idioties au centimètre carré que ne le permet la loi en vigueur sur la pollution cérébrale.

— *Par exemple ?*

— Quand tu dis que tu « as » Lissa. Personne « n'a » Lissa, jamais. Lissa flotte, Lissa dérive sur sa propre orbite. Elle vit dans une cage de verre hermétiquement close. Elle ne s'occupe pas des autres êtres. Elle passe le temps avec eux, oui, elle cause avec eux, elle baise parfois avec eux, mais jamais elle n'abandonne quoi que ce soit de ce qui pour elle est la réalité.

— *Elle a bien eu une liaison avec toi.*

— C'était différent. Elle m'aimait. La grande exception de sa vie. Mais elle ne t'aime pas, ni toi ni personne, elle comprise. Tu te fourres le doigt dans l'œil si tu te figures que tu as la moindre importance pour elle.

— *Comment oses-tu prétendre en savoir si long sur elle, alors que tu ne l'as pas vue depuis cinq ans ?*

138

— J'ai aussi eu toute la semaine pour l'observer, n'est-ce pas ? Cette fille est très malade. Ses perceptions extra-sensorielles la déchirent. Elle croit qu'il lui faut être seule pour maintenir les voix hors de sa tête. Elle ne peut se donner à personne pour longtemps ; elle doit battre en retraite, se replier, s'enfoncer en elle-même. Sinon, elle souffre trop. Alors tu ne devrais pas être étonné qu'elle soit partie. C'était inévitable. Crois-moi, Macy, c'est la vérité que je te dis. »

Une note insolite de sincérité dans le ton de Hamlin. Comme s'il s'efforçait de me protéger contre une liaison dangereuse, songea Macy. Comme s'il prenait à cœur mon bien-être. Bizarre.

Sept heures, maintenant. Pas de Lissa. Un verre de xérès. Les pieds sur le divan. Un sentiment de quasi-décontraction malgré tout. A peine faim. Un léger mal de tête. Où est-elle ? Elle est capable de se débrouiller toute seule. Elle est capable de se débrouiller toute seule !

— As-tu examiné de nouveau la proposition que je t'ai faite ?

— *Laquelle ?*

— Mardi, au musée. Que tu disparaisses pour me laisser la propriété de mon corps.

— *Tu connais ma réponse.*

— Tu n'es pas raisonnable, Macy. Tâche de regarder la situation objectivement. Il se peut que tu penses exister, mais en réalité il n'en est rien. Tu es une construction. Tu n'as pas plus de réalité en tant que personne, en tant qu'être humain, que ce mur-là.

— *Tu ne cesses pas de me répéter la même chose. Mais si je n'existe pas, comment se fait-il que je m'inquiète de Lissa ? Pourquoi ai-je plaisir à siroter ce vin ? Pourquoi ai-je pris tant de goût à mon travail, au réseau ?*

— Parce que tu as été programmé ainsi. Merde alors ! Macy, tu ne vois donc pas que tu n'es qu'une machine astucieuse que l'on a insérée dans un corps humain ? Qui n'était d'ailleurs pas tout à fait vide, qui contenait encore quelques traces de son précédent propriétaire. Si tu étais capable d'envisager nos positions respectives avec décence et honnêteté, tu admettrais que...

— *Bon* », coupa Macy. « *J'admettrais que je ne suis rien et que tu es un génie, et je foutrais illico le camp de ta tête.*

— Oui.

— *Navré, Hamlin, mais tu perds ton temps à me le demander. Pourquoi me suiciderais-je rien que pour te donner une deuxième chance de gâcher ta vie ?*

— Te suicider ! Te suicider ! Il faudrait d'abord que tu sois vivant, pour te suicider !

— *Je suis vivant.*

— Seulement au sens le plus étroitement technique du terme.

— *Va te faire foutre, Hamlin.*

— Essayons plutôt de poursuivre la conversation sur le ton amical ; d'accord ?

— *Comment veux-tu que je te montre de l'amitié alors que tu m'invites à me supprimer ? Quel avantage pour moi, si j'acceptais ta proposition ? Qu'as-tu à m'offrir qui puisse valoir la peine que je te rende ce corps ?*

— Rien. Je ne peux que faire appel à ton sens de l'équité. J'ai plus de talent que toi. J'ai de la valeur pour la société. Je mérite davantage de vivre que toi.

— *Je n'en suis pas si sûr. Selon le verdict de la société, précisément, tu n'as absolument aucune valeur, tu étais même dangereux, alors on t'a détruit. Pas même réhabilité au vieux sens du mot, avant la Réhab. Détruit.*

— Une erreur judiciaire. On aurait pu me sauver. Je suis devenu dément. Je ne le nie pas, j'ai fait beaucoup de tort à pas mal de femmes innocentes. Mais tout cela est fini. Si je revenais à présent, j'aurais dépassé cette triste époque. Je resterais dans mon coin à faire de l'art.

— *Bien sûr, bien sûr. Ecoute, Hamlin, si tu veux récupérer ce corps, prends-le-moi... si tu peux. Mais je ne vais pas te le donner rien que pour te faire plaisir. Je ne me juge pas aussi mal que tu le fais. N'y pense plus.*

— Je souhaiterais parvenir à te montrer les choses de mon point de vue. »

Sept heures et demie. Toujours pas de Lissa. Macy passa du xérès au whisky. Il alluma aussi sa première dorée de la soirée. Une profonde inspiration ; réaction immédiate, la tête légère, perte de contact avec ses pieds. Une toute petite pointe de paranoïa aussi : et si Hamlin tentait de s'emparer de son cerveau pendant qu'il était embrouillé d'alcool et de fumée ? Il y avait déjà dix ou quinze minutes que son compagnon de crâne se taisait.

Mais il n'y eut pas d'attaque. Les drogues qui berçaient Macy semblaient également agir sur Hamlin.

Huit heures.
« *Hamlin ? Tu es encore là ?*
— Monsieur a sonné ?
— *Parle-moi.*
— Il y a quatre-vingt-sept ans, nos ancêtres ont fondé sur ce continent une nouvelle nation conçue dans l'esprit de liberté et...
— *Non, sois sérieux. Dis-moi une chose. Comment te sens-tu, là, à l'intérieur ?*
— A l'étroit. C'est moche.
— *Sous quel aspect te vois-tu ?*
— Comme une pieuvre. Une très petite pieuvre, Macy, peut-être d'un millionième de centimètre de diamètre, assise en plein milieu de la partie gauche de ta tête. Avec de longs tentacules minces qui touchent diverses parties de ton cerveau.
— *Peux-tu voir le monde extérieur ?*
— Quand je veux. Cela me demande de l'énergie, mais ce n'est pas vraiment trop pénible. Je me branche sur ta réception optique, voilà tout, alors je vois tout ce que tu vois.
— *Et pour entendre ?*
— Un branchement un peu différent. J'en ai un qui fonctionne presque tout le temps.
— *Le toucher ? L'odorat ? Le goût ?*

141

— La même chose. Ce n'est pas bien difficile de me brancher sur tes récepteurs sensoriels pour savoir ce qui se passe au-dehors.

— *Et la lecture de mes pensées ?*

— Facile. Un tentacule introduit dans le cortex cérébral. De là, je te surveille constamment, Macy. Tu penses à quelque chose, j'en suis immédiatement informé. Et je peux aussi démêler tes impulsions mentales conscientes de la masse de bruits mentaux que tu produis constamment.

— *Comment as-tu appris tout cela ?*

— Par des essais et des erreurs. Comprends-moi, je me suis éveillé sans savoir où j'étais, ni ce qui m'était arrivé. Lissa m'a causé un ébranlement télépathique, sans même s'en rendre compte, et j'étais là. Enfermé dans une cellule sombre, dans un cercueil, peut-être. Alors j'ai commencé par tâtonner autour de ta tête. Par accident, j'ai touché quelque chose et un contact s'est établi. Tu piges ! Je comprends ! Je touche une chose et je vois. J'en touche une autre et j'entends. Qu'est-ce que cela signifie ? Quelqu'un d'autre porterait donc mon corps ? Mais si j'établis le contact ici, je peux recueillir ses pensées. Et ainsi de suite. Il a suffi de quelques jours.

— *Et tu continues à en apprendre de plus en plus, hein, Hamlin ?*

— Franchement, je ne fais plus guère de progrès depuis quelque temps. J'éprouve de la difficulté à surmonter ton contrôle conscient, tes centres moteurs, ton centre d'expression vocale. A te faire marcher quand je veux que tu marches, à te faire dire ce que je veux. J'y réussis dans une très faible mesure, mais cela me coûte une décharge terrible d'énergie, et tôt ou tard, tu me fais lâcher prise. Peut-être y a-t-il un secret que je n'ai pas encore découvert et qui me permettra de te dominer entièrement.

— *Cependant tu n'as guère eu de mal à contrarier le rythme de mon cœur.*

— Là, oui, j'ai une emprise suffisante pour la plupart de tes systèmes autonomes. Je t'arrêterais le cœur en cinq secondes. Mais à quoi bon ? Tu mourrais, et moi aussi. Je pourrais m'amuser avec tes sucs digestifs et te coller un ulcère d'ici demain matin. Seulement ce corps est autant le mien que le tien. Je ne gagnerais rien à l'endommager.

— *Néanmoins tu me causes des douleurs épouvantables.*

— Oui, ça m'est possible. Je pourrais te torturer à un point que tu ne soupçonnes pas, Macy. Que dirais-tu d'une rage de dents qui durerait vingt-cinq heures par jour ? Pas la dent elle-même, rien qu'un dentiste puisse guérir, simplement la sensation de douleur. Que dirais-tu d'une éjaculation prématurée à chaque fois ? D'une boucle de rappel dans ton système auditif, si bien que tu entendrais tout deux fois à une demi-seconde d'intervalle ? Je pourrais faire de ta vie un enfer. Mais je n'ai rien d'un sadique, en réalité. Je n'éprouve pas de mauvais sentiments envers toi. Je veux simplement reprendre mon corps. J'espère encore que nous arriverons à nous arranger à l'amiable, sans que je doive recourir à des mesures brutales.

— *Ne revenons pas toujours sur le même sujet, Hamlin.* » Macy tendit la main vers la bouteille de whisky. « *Je désire en savoir davantage sur toi. Comment tu te sens en moi. Peux-tu réellement voir l'intérieur de mon cerveau ?*

— Le voir ? Les neurones, les synapses, les cellules cérébrales ? Pas au sens propre du mot. Seulement par métaphore. Un sens de visionnaire. Je peux établir des équivalences de formes, comme par exemple me percevoir sous la forme d'une pieuvre minuscule, tu me suis ? Mais je ne vois pas réellement. C'est difficile à expliquer. Je suis conscient des choses, des structures, des formes, mais il m'est impossible de communiquer cette conscience à quelqu'un qui ne s'est jamais trouvé lui-même à l'intérieur. Rappelle-toi que je n'ai pas d'existence organique. Je ne suis pas une masse compacte dans ta boîte crânienne, une sorte de tumeur. Je ne suis qu'un tissu d'impulsions électro-chimiques, Macy, et je perçois donc les choses d'une manière différente.

— *Mais ne sommes-nous pas tous de simples tissus d'impulsions électrochimiques? Qui suis-je d'autre?*

— Tu as raison. Mais tu es en liaison avec ce cerveau en des points si nombreux que tu n'as aucun sentiment de toi-même en tant qu'objet différent de l'organe corporel à travers lequel tu perçois les choses. Moi, oui. Je suis dissocié, désincarné, je distingue ma propre existence comme tout à fait séparée de celle de ce cerveau, ici même, à travers lequel je suis en mesure de faire passer de l'énergie en me donnant du mal. C'est insolite, Macy, et c'est lamentable et cela ne me plaît pas du tout. Mais je ne peux pas établir un véritable contact parce que tu es en travers de mon chemin en de trop nombreux endroits, trop bien retranché pour que je t'en déloge.

— *Alors, qu'allons-nous faire?*

— Continuer à nous faire réciproquement du mal, j'imagine. »

Neuf heures moins le quart. Il faudrait quand même se renseigner sur Lissa, aller chez elle, demander à la police de faire une enquête. Mais je n'en ai pas tellement envie pour le moment. Il se pourrait qu'elle ne tarde plus à rentrer. Une longue-longue promenade par un soir de printemps, pour ne revenir qu'à la nuit tombée.

— Tu es amoureux d'elle, n'est-ce pas, Macy?

— *Je ne le crois pas. Une certaine attirance physique. Je ne nie pas ce point. Et une sorte de solidarité entre infirmes... elle a des difficultés, j'ai les miennes, nous devons nous tenir les coudes, voilà le genre de sentiment que j'éprouve. Mais pas d'amour. Je ne la connais pas assez bien. Je ne me connais pas moi-même assez bien. Je n'ai pas d'illusions à ce sujet. Pas d'expérience, pas mûr sur le plan des émotions. Je suis tout neuf au monde.*

— Et tu es amoureux d'elle.

— *Précise ta pensée.*

— Ne joue pas les innocents avec moi. Tu sais très bien ce que je veux dire. Mais permets-moi de te parler un peu de ta Lissa, de te signaler des détails qu'un être pas encore mûr sur le plan émotif — les mots sont de toi — pourrait bien n'avoir pas remarqués.

— *Vas-y.*

— Elle est totalement égoïste. Elle n'existe que pour le profit de Lissa Moore. Une garce, une sorcière, un con qui se balade, une dévoreuse de force vitale. Elle s'efforcera de pomper toute ta vitalité. Elle l'a essayé avec moi, dans l'espoir de tirer de moi quelque talent et de le faire passer en elle. Je la combattais tout le temps. J'ai assez bien réussi à me défendre. Bien que je croie que ses perceptions extra-sensorielles m'aient en quelque sorte contaminé et aient été la cause de ma dépression nerveuse. A l'époque, je ne me rendais pas compte de ce qui se passait, qu'elle s'accrochait à moi, me mettant l'esprit en désordre, me dépouillant de ma vigueur, me poussant vers le bord de quelque abîme. Et au bout d'un peu plus d'un an, j'ai dégringolé. Il ne lui faudra pas aussi longtemps avec toi. Elle te videra complètement en un mois.

— *Tu la représentes comme un monstre. A moi, elle fait l'effet d'un monstre terriblement pathétique, Hamlin.*

— C'est parce que les circonstances ont voulu que tu ne la connaisses qu'en période de difficulté. Sa perception extra-sensorielle, t'imagines-tu que c'est un accident ? Quelque chose qui a tout simplement poussé en elle, comme les oreillons ? C'est son avidité. Pour se servir des gens ; pour dévorer les gens ; pour vider les gens ; pour engouffrer les gens. Une faculté qui lui a finalement échappé des mains, qui lui joue maintenant des tours. Maintenant, elle puise automatiquement, elle attire des impulsions de toutes parts, plus que n'en peut supporter son esprit, ce qui la tue. Cela la brûle, la consume. Mais elle l'a cherché.

— *Tu es dur !*

— Seulement réaliste. Je n'ai jamais connu de femme qui ne soit pas un peu vampire, et Lissa est la plus dangereuse que j'aie jamais rencontrée. Un con est un con. Un petit paquet d'ambitions. Je m'y suis laissé prendre un temps. Et ç'a été ma ruine, Macy, cela m'a usé.

— *Je crois que ta vision des femmes est entièrement fausse.*

— Peut-être oui, peut-être non. Mais du moins l'ai-je acquise par des moyens honnêtes. En vivant. En faisant des expériences. En tirant mes propres conclusions. Je ne me suis pas formé des idées par personne interposée. On ne me les a pas injectées dans un Centre de Réhab.

— *D'accord. Mais cela ne donne pas plus de fondement à tes idées qu'aux miennes.*

— Comme tu voudras. Je voulais simplement t'informer de ce qu'elle est.

— *Je suis sidéré de la divergence des images que nous avons d'elle. Tu la vois comme une exploiteuse, un vampire, une mangeuse d'âmes. J'ai l'impression absolument opposée : pour moi, c'est une fille passive, faible, dépendante, terrifiée par le monde. Comment concilier nos points de vue ?*

— Ce n'est pas nécessaire. Pourquoi l'image que j'ai d'elle ne serait-elle pas différente de la tienne ? Je suis différent de toi. Nous sommes deux personnes très différentes.

— *Et si une tierce personne devait porter un jugement sur Lissa en fonction de ce que nous lui dirions l'un et l'autre ?*

— Elle devrait alors corriger la parallaxe pour compenser nos divergences de perspectives.

— *Mais quelle est la vraie Lissa ? La tienne ou la mienne ?*

— Les deux. Elle peut être passive et faible tout en restant un monstre et un vampire.

— *Cependant tu es bien convaincu que c'est volontairement qu'elle s'efforce de vider les gens de leur force vitale ?*

— Pas obligatoirement, Macy. Il se peut même qu'elle ne se rende pas compte de ce qu'elle fait. Je suis même certain qu'elle n'en a pas eu conscience avant le temps où ce qu'elle recevait a pris trop d'intensité pour qu'elle conserve sa maîtrise. Ce n'était qu'une qualité qu'elle avait, quelque chose de télépathique, un besoin, une faim. Qui avait pour effet secondaire de détruire les gens qui l'approchaient.

— *Je n'ai pas le sentiment qu'elle me détruise.*

— Je te la laisse de bon cœur, mon pote. »

Dix heures moins vingt. Encore une rasade de whisky. C'est bon. Encore une spéciale d'Acapulco, bien ronde et longue, sous la présentation nouvelle, améliorée, avec filtre à ions négatifs. La brume favorable revient à présent. Peut-être le corps dépecé de Lissa est-il déjà dispersé dans les six quartiers de la ville. Elle lui semble lointaine et irréelle. Depuis dix minutes, il se laisse aller à une humeur marquée d'une intense nostalgie. Une nostalgie d'une espèce étrange, celle de la vie qu'il n'a pas vécue. Il médite sur les fragments de l'expérience de Hamlin qui ont filtré jusqu'à lui à travers les frontières entre leurs identités. Et il voudrait en savoir davantage.

— *Hamlin.*

— Oui.

— *Serait-il très difficile de fusionner entièrement nos mémoires ?*

— Je ne te suis pas… Que veux-tu dire ?

— *De telle sorte que j'aie accès à tout ce que tu te rappelles. Et toi à tout ce qui m'est arrivé.*

— J'imagine que ce ne serait pas difficile.

— *J'y consens si tu le désires aussi.*

— Tu te rends compte que cela reviendrait à fusionner nos identités ? Nous ne saurions plus où l'une finit, où l'autre commence. Nous nous mélangerions en fin de compte. Franchement, je t'éliminerais.

— *Le crois-tu ?*

— Il y a de fortes chances.

— *Qu'est-ce qui t'en rend si certain ?*

— Parce que j'apporterais dans le mélange trente-cinq années d'expérience véritable. Tes trente-cinq ans d'expérience synthétique ne seraient là-dessus qu'une mince couche de poussière et au bout d'un temps je l'époussetterais, en laissant ma propre vie alliée à tes quatre ans de Centre de Réhabilitation, avec aussi quelques traces de ton existence d'ersatz pour colorer le souvenir des choses que j'ai réellement faites. Ce qu'il en résulterait, ce serait un Nat Hamlin légèrement pollué de Paul Macy. Est-ce là ce que tu souhaites ? Moi, je suis prêt si tu l'es, Macy.

— *Je ne voulais pas parler d'une fusion totale. Simplement d'un échange de nos magasins à souvenirs.*

— J'ai déjà accès à tout ce qu'il me suffit de savoir sur ce que t'a donné le Centre.

— *Mais moi, je n'ai aucun accès à ton passé, sauf quelques détails qui ont flotté à travers la barrière pendant mon sommeil. Et j'en veux davantage.*

— Pourquoi ?

— *Parce que je commence à les reconnaître comme partie de ma propre identité. Parce que je me sens coupé de moi-même. Je veux savoir ce qu'a fait ce corps, où il a voyagé, ce qu'il mangeait, avec qui il couchait, le sentiment que lui donnait la psychosculpture. Il y a maintenant deux heures que ce besoin grandit en moi. Ou peut-être plus. Cela me donne l'impression d'être frustré, de savoir que j'ai été quelqu'un d'important, d'essentiel, alors que je suis totalement coupé de sa vie.*

— Mais tu n'as jamais été un personnage important, Macy. C'était *moi*. Tu n'étais absolument personne. La décharge nocturne d'un toubib de la Réhab.

— *N'insiste pas.*

— Tu l'admets donc ?

— *Je n'ai jamais prétendu être autre chose qu'une reconstruction, Hamlin.*

— Alors pourquoi ne t'effaces-tu pas pour me laisser le corps ?

— *Je ne cesse pas de te le répéter. Il se peut que mon passé soit truqué, mais mon présent est tout ce qu'il y a de réel, et je me refuse à l'abandonner.*

— Et en conséquence tu désires ajouter mon passé au tien pour t'apporter une dimension supplémentaire dans la réalité. Tu veux continuer d'être Paul Macy, mais tu aimerais penser que tu as été également Nat Hamlin ?

— *Quelque chose d'approchant.*

— Mon cul, Macy ! Mes souvenirs sont ma propriété personnelle. C'est tout ce qui me reste. Pourquoi te permettrais-je d'y farfouiller ? Pourquoi me donnerais-je du mal pour te conférer plus de réalité ? »

Dix heures quinze. Comme la nuit est calme à cette heure ! Je me suis passé de dîner et je ne m'en suis même pas aperçu. Sommeil. Sommeil. Téléphoner à la police ? Demain, peut-être. Elle a dû retourner dans son ancien appartement, j'imagine.

— J'ai une nouvelle proposition à te faire.
— *Hein ? Comment ?*
— Réveille-toi, Macy.
— *Qu'y a-t-il ?*
— J'ai à te parler. Tu sommeillais.
— *Bon. Cause. Je t'écoute.*
— Je t'offre un marché. Partageons-nous le corps à tour de rôle. D'abord, tu t'en sers, ensuite c'est moi, puis toi, puis moi, et ainsi de suite jusqu'au bout. En opérant naturellement sous l'identité de Paul Macy pour ne pas risquer de complications juridiques.
— *Tu veux dire qu'on prendrait chacun son tour, jour après jour ? Lundi, mercredi et vendredi pour moi. Mardi, jeudi et samedi pour toi, et le dimanche on se ferait la conversation ?*
— Pas exactement de cette façon. Il te faut le corps quatre jours par semaine pour ton travail, n'est-ce pas ? Ces quatre jours sont à toi. Les samedis, les dimanches et les jours fériés sont à moi. Pour les soirées en semaine, nous nous arrangeons pour que tu en aies quelques-unes, et moi aussi. Nous pourrions trouver des arrangements pour changer d'emploi du temps si les circonstances l'exigeaient.
— *Je ne vois pas pourquoi je t'accorderais le moindre temps, Hamlin. C'est à moi que le tribunal a attribué ton corps.*
— Mais je suis toujours dedans. Et je suis décidé à te

crever littéralement si tu ne me laisses pas prendre la direction au moins une partie du temps.

— *Tu demandes tout simplement sous la menace que je te cède la moitié de la durée de ma vie.*

— Je ne te demande que de te montrer raisonnable et coopératif. Voilà tout. Crois-tu fonctionner en toute liberté si je m'amuse à chatouiller ton système nerveux ? Prends-tu plaisir à être harcelé ? Je peux te gâcher la vie, Macy. Et moi alors ? Dois-je me condamner à rester comme en bouteille, sans la moindre autonomie, malgré tous les talents que j'ai ? Ecoute, même si tu ne diriges le corps que la moitié du temps, soit trois jours et demi par semaine, c'est encore trois jours et demi par semaine de plus que le destin ne t'avait réservé à l'origine. Alors, pourquoi ne pas accepter un compromis raisonnable ? En tout bon droit, tu ne devrais même pas être ici. Allons, la moitié du temps tu seras toi-même et tu pourras baiser autant qu'il te plaira. Pour l'autre moitié, tu abandonneras la direction et tu voyageras comme passager pendant que je m'occuperai de mes propres affaires. Sculpture, coucheries, bouffe, tout ce que j'aurai envie de faire. Nous en tirerons profit tous les deux. Je vivrai de nouveau et tu seras libéré du souci que j'intervienne constamment dans ta vie.

— *Eh bien...*

— Encore une offre. Je te laisserai fouiller tout à ton aise dans ma mémoire. Juste ce que tu me demandais il y a un moment. Tu pourras apprendre qui tu étais réellement avant d'être devenu toi.

— *Vade retro Satanas !*

— Veux-tu me dire ce qui ne te convient pas dans ce marché ?

— *Ce n'est pas cela. C'est tout simplement trop tentant, voilà ce qui ne colle pas.*

— Alors pourquoi ne pas marcher ?

Un moment de malaise, de tension. Réfléchir, peser, ruminer. En clignant fort des paupières. En sachant très bien qu'on a la tête trop embrumée pour mener des négociations si périlleuses. Pourquoi céder à un crimi-

nel condamné tout un morceau de sa vie ? Ne vaudrait-
il pas mieux lutter, tenter de chasser à jamais Hamlin,
de lui faire lâcher prise une fois pour toutes ? Peut-être
n'en suis-je pas capable. Peut-être qu'au dernier
combat, c'est lui qui me chassera. Ne serait-il pas plus
sensé d'accepter l'offre moitié-moitié ? Quand même...
soudain, une vague de soupçons...

— *Comment procéderions-nous au changement de
direction ?*

— Facile. Je pénétrerais dans le système limbique.
Sais-tu ce que c'est ? Tout en dessous, dans les profondeurs des pliures. Cela contrôle ta glande pituitaire, ta
pression sanguine, ton odorat, ta digestion et un tas
d'autres choses. C'est aussi le siège du moi, autant que
j'en puisse juger. Il est bien protégé, que tu le saches ou
non. Fermé par un mur de tension électrique. Mais je
pourrais passer par le thalamus, inverser le courant —
si nous sommes d'accord, il ne faudra que quelques
secondes pour que la polarité d'identité change. J'en ai
étudié le mécanisme, je sais où se trouvent les leviers...

— *Très bien. Supposons que je dise oui et que tu
prennes les commandes. Qu'est-ce qui me garantit que tu
me laisseras reprendre le contrôle une fois ton temps
terminé ?*

— Voyons ! Si je ne revenais pas, tu pourrais me
jouer les mêmes tours que je t'ai fait subir ! La situation
serait totalement renversée. Tu aurais la possibilité de
me farfouiller le cœur, de manipuler ma vie sexuelle...
Tu aurais vite fait d'apprendre les connexions, Macy, tu
n'es pas un imbécile...

— *Je ne suis pas convaincu que, tu dises la vérité.
Peut-être aurais-tu un avantage naturel, puisque c'était
ton propre corps à l'origine. Peut-être qu'une fois
devenu le maître, tu pourrais m'évincer complètement.*

— Quel salopard d'incrédule tu fais !

— *C'est ma vie qui est en jeu.*

— Tout ce que je peux ajouter, c'est qu'il faut que tu
aies davantage confiance dans mes bonnes intentions.

— *Est-ce possible ?*

— Ecoute, je vais m'ouvrir une minute pour toi. Je

vais te laisser entrer sans aucune restriction dans ma personnalité. Fouilles-y, procède toi-même à l'évaluation de mes intentions — tu les verras dès l'entrée — et décide ensuite si tu peux te fier à moi. D'accord ?

— *Allons-y. Mais pas de tour de cochon ?*

— Je lui dénude mon âme et il est encore soupçonneux comme le diable !

— *Allons-y, je t'ai dit. Comment fait-on ?*

— Tout d'abord, on procède à quelques petits ajustements électriques du... »

Des sensations étranges sur la nuque. Des picotements, des chatouillements, une légère tension de la peau. Pas tellement désagréable. Et même plutôt agréable. Des doigts invisibles lui caressant les hémisphères du cerveau, caressant les saillies et les circonvolutions. Un chatouillement de l'intérieur de la boîte crânienne. Des fluides chauds qui s'écoulent lentement. Des pulsions lentes. Une impression merveilleuse de détente. La passivité, oui. C'est magnifique, la passivité. Nous nous fondons. Nous ouvrons les portes. Comment a-t-on pu penser que cet être humain admirable avait de mauvaises intentions ? Alors que maintenant son âme se trouve ainsi révélée ? Avec ses sommets et ses vallées. Ses exaltations et ses dépressions. Ses désirs et ses craintes. Regarde, regarde, je suis aussi humain que toi ! Et je languis, je me lamente. Allons, laisse-moi t'envelopper. Viens. Débarrasse-toi de cette méfiance sans fondement. Ouvert, ouvert, ouvert. Baigné dans la chaude rivière. Bercé par le courant paresseux. Tic. Tac. Tic. Tac. Voilà comment nous nous unissons. Le lubrifiant total de l'univers. Et nous nous dissolvons l'un dans l'autre.

Quel est ce bruit ?

Une scierie mécanique dans la forêt ! Une fraise de dentiste creusant une molaire ! Des marteaux pneumatiques défonçant la chaussée ! Des grincements de freins ! Les miaulements de chats en fureur !

Une clé tourne dans la serrure !

Lissa ! Lissa ! Lissa !

Debout sur le seuil. Inquiète, une main devant les lèvres. Le corps cambré en arrière, reculant de surprise brutale. Puis le cri. Et ensuite :

« Laisse-le tranquille ! Ote tes sales pattes de lui, Nat ! »

Ensuite un bombardement soudain et instinctif de force mentale, un unique mais massif jaillissement lancé par elle, qui expédie Macy au plancher, assommé. Des cliquetis d'engrenages défectueux. Un lent retour à une demi-conscience. Lissa qui le tient dans ses bras, enserrant sa tête douloureuse où bat le sang. Un goût cuivré dans la bouche. Le visage féminin maculé, crispé, tout près du sien. Il éprouve une douleur incroyable entre les yeux. Elle a un petit sourire tourmenté. Et Hamlin n'est nullement à portée. Macy sentait dans sa tête cette étrange et bienfaisante solitude qu'il n'avait connue que rarement depuis le premier réveil de l'autre. Seul. Seul. Et comme tout est calme.

10

« PAUL ? M'entends-tu ?

— A un million de kilomètres de distance.

— Est-ce que tout va bien ?

— Ahuri. Perdu. Abruti ! » Il tente de s'asseoir. Elle le repousse dans le fauteuil. Surprenant, la force qu'elle a. Il regarde ses mains. Qui tremblent et s'agitent. Comme si un puissant courant électrique lui passait par le corps et se recyclait par les circuits périphériques, soulevant un spasme musculaire ici, là, ici.

Recherche de Hamlin. Non, pas décelable. Pas pour le moment.

« Qu'est-il arrivé ? » demanda-t-il.

« J'étais devant la porte », répondit Lissa. « Et du dehors je sentais les vagues issues de son esprit et du tien. Surtout du sien. Tu étais... endormi, drogué, ivre. Je ne sais pas. En tout cas, passif. Et il s'emparait de toi, Paul. Il enveloppait ton esprit du sien et il t'*éteignait,* contact après contact — je ne vois pas d'autre description possible — et tu étais déjà à demi effacé. Submergé, démantelé, débranché, je ne sais le mot qui convient le mieux.

— Nous avions conclu un marché. Nous devions nous partager le corps, lui le gouvernant la moitié du temps, et moi l'autre. Il m'avait promis que si je le laissais gouverner, il me restituerait le corps lorsque ce serait mon tour d'être le maître.

— Il te trompait », dit-elle. « Qu'avais-tu ? Ivre ? Drogué ?

— Les deux.

— Les deux. Cela se confirme. Il te persuadait simplement d'abaisser tes défenses de façon à prendre entièrement le commandement. J'ai senti tout cela de l'extérieur. J'ai ouvert la porte. A l'intérieur, c'était beaucoup plus intense. Tu étais là, avec un sourire d'idiot sur les lèvres. Les yeux ouverts, mais dans l'incapacité de voir, Hamlin t'environnait complètement. Alors j'ai... je ne sais pas, je n'ai pas pris le temps de réfléchir, je l'ai seulement *frappé,* avec mes forces mentales.

— Je crois que tu l'as tué », dit Macy.

« Non. Je lui ai fait mal. Mais je ne l'ai pas tué.

— Je ne sens plus du tout sa présence.

— Moi, je la sens », répliqua-t-elle. « Il est très affaibli, mais je le devine tout au fond de ton cerveau. On dirait qu'il a reçu un mur de dix mètres sur la tête. J'ignore comment j'ai fait. J'ai seulement projeté.

— Comme tu avais agi l'autre fois, au restaurant ?

— Sans doute. Mais pourquoi t'es-tu ainsi laissé faire ? »

Macy haussa les épaules. « Nous avions discuté ensemble toute la soirée. Pendant que j'attendais ton retour. On devenait copains. On se proposait des accords, des compromis, des arrangements à l'amiable. Et puis cette affaire de partage est survenue. J'étais bien dans les vaps, à ce moment, je pense. Une chance que tu sois arrivée. » Il leva les yeux sur elle et, après un silence, posa la question : « Où diable étais-tu passée, au fait ? »

Dehors, lui expliqua-t-elle. Elle avait simplement décidé de sortir vers cinq heures. De retourner à son appartement prendre encore quelques effets. Il lui adressa un coup d'œil soupçonneux. Même dans son état de choc présent, il se rendait compte qu'elle était revenue les mains vides. Il lui fit observer cette contradiction et elle fit un cinéma pour montrer qu'elle était innocente, haussant les épaules, secouant la tête, lui disant qu'en arrivant chez elle, elle avait conclu qu'elle n'avait pas vraiment besoin de ses affaires et les avait laissées dans son logement. Et le reste de la soirée ? De six heures à maintenant ? Elle avait bavardé avec de vieux amis de l'immeuble, répondit-elle. Naturellement, songea-t-il, en se rappelant le genre de voisins qu'elle avait, des habitants de taudis, des malfrats.

Sans le formuler en paroles, il l'accusa de mensonge. Elle en fut d'abord indignée, puis prit l'air contrit. Elle avoua tout. Elle était partie sans intention de retour. La tension, trop de tension, trop de bruits mentaux, les discussions entre l'âme double dans un unique cerveau devenaient trop pénibles pour qu'elle puisse encore supporter la situation. Couchée toute la nuit auprès de lui, elle recevait les échos informes et troubles du conflit qui se déroulait dans sa tête. « Tu ne t'en rends probablement pas compte toi-même, lui dit-elle. Comme Hamlin te harcèle sans interruption, laisse-moi sortir, laisse-moi sortir. Très loin au-dessous des niveaux conscients. Ce hurlement incessant de souffrance. Et toi qui ripostes, Paul. Qui le supprimes, qui l'écrases. Ne sais-tu donc pas que ce combat a lieu, sans arrêt ? »

Il secoua la tête : « Non, non. Je ne m'en rends compte qu'au moment où il remonte en surface pour me parler, ou quand il saisit diverses parties de mon système nerveux. Explique-moi encore diverses choses. » Ce que fit Lissa. Elle lui exprima en quelques phrases courtes, lâchées par rafales, combien elle souffrait simplement d'être à proximité de lui, combien il lui en avait coûté de douleurs et d'angoisse extra-sensorielle de demeurer avec lui. Cela aurait été déjà suffisant s'il n'y avait eu qu'une seule personnalité près d'elle, mais cette double identité, non, c'en était trop, foutrement trop, avec toute cette pression télépathique, elle avait la tête qui éclatait.

Et cela empirait de jour en jour. Cela s'accumulait. Elle sentait revivre en elle son vieil et tout-puissant instinct de se tenir à l'écart de toute la race humaine.

« Ce n'est pas ta faute, Paul, je le sais bien, ce n'est pas ta faute, c'est moi qui ai imploré ta pitié et t'ai demandé de m'aider, mais pourtant, mais pourtant, voilà ce qu'il arrive. Même quand tu n'es pas ici, je me sens cernée par toi et par Hamlin. Cela me serre les tempes. »

C'était comme une sorte de pollution atmosphérique. Elle sentait le résidu de sueur de leurs luttes poignantes, qui embrumait et empoisonnait l'appartement, les molécules grasses de conscience désincarnée qui dérivaient dans les pièces, et qu'elle inspirait dans ses poumons chaque fois qu'elle reprenait haleine. Un empoisonnement quotidien. Alors, pour finir, elle avait dû sortir, afin de s'éclaircir les idées. Partie à cinq heures, une longue marche dans le crépuscule, à travers la ville, heure après heure, se déplaçant mécaniquement, le pied haut, le pied au sol, le pied levé, et ainsi de suite. Elle était parvenue vers la 116e Rue Ouest à la tombée de la nuit. De tristes errances dans l'obscurité, parmi les ruines de l'ancienne université.

Il la regarda fixement, alarmé. « Tu es réellement allée jusque-là ? » Ces coquilles vides et noircies d'anciens bâtiments étaient, dit-il, un paradis pour les obsédés sexuels et pour les voleurs. Un vrai suicide que d'y aller seule dans la nuit. Et alors elle lui adressa un regard bizarrement secret, vaguement coupable. Qu'avait-elle donc fait ce soir ? Son imagination lui fournit une réponse plausible... ou était-ce Hamlin qui lui envoyait cette pensée, ou venait-elle d'elle-même, filtrant par la fissure du contact mental ? Une silhouette vaguement perçue qui la poursuivait sur le campus démoli. Mais Lissa, folle et sans frayeur, peut-être même impatiente de risquer la mort ou la mutilation, se retournant vers le poursuivant inconnu, clignant de l'œil, ondulant des hanches, relevant sa tunique, tortillant des fesses. Allez, gars, tire ton coup, qu'est-ce que ça me fout ? Et des halètements sur un lit de décombres. Ensuite, l'homme lui lançant un coup d'œil surpris. Vous n'êtes vraiment pas normale, madame. Et s'enfuyant loin d'elle, la laissant à sa promenade solitaire et sans but. Etait-ce arrivé? Ses vêtements n'étaient ni froissés ni tachés ni souillés.

Macy se dit que c'était une vilaine fantaisie de sa propre imagination; elle était seulement allée se promener, elle n'avait pas écarté les cuisses pour un inconnu, elle ne s'était pas purgée des échos qui sonnaient dans sa tête en se faisant volontairement violer. « Continue », lui dit-il. « Tu as marché parmi les ruines. Et après?

— J'ai beaucoup réfléchi », dit-elle. « Je me demandais si je ne devais pas regagner mon ancien logis et y rester. Ou remonter près de toi. Peut-être même me tuer. C'est encore le plus facile. La misère, quoi qu'on fasse, tu comprends, ce n'est pas une plaisanterie. »

Et finalement, la fatigue commençant à venir, elle avait regretté d'avoir entrepris cette longue expédition nocturne et s'était tourmentée de l'inquiétude qu'il devait lui-même éprouver devant cette disparition. Elle avait pris le tube pour revenir. Restée debout devant la porte, elle avait senti la prise de possession traîtresse qui se déroulait derrière. Son entrée. Le sauvetage à la dernière minute.

« Pourquoi es-tu revenue? » demanda-t-il.

Haussement d'épaules. Imprécis. « Je ne saurais dire. Parce que je me sentais seule, sans doute. Ou parce que j'ai eu un pressentiment, que je t'ai deviné en difficulté. Je n'y ai même pas pensé. Je suis venue, voilà tout.

— Préfères-tu repartir définitivement?

— Je l'ignore. J'aimerais pouvoir rester avec toi, Paul. Si seulement... la douleur... cessait. » Elle s'éloignait de nouveau, la voix rêveuse et hésitante. « Un fleuve de boue qui me coule dans la tête », marmonnat-elle. Elle s'affala sur le lit, la tête entre les mains. Macy s'approcha pour la consoler. De son mieux. Il la caressa doucement, malgré la douleur brutale qu'il éprouvait derrière les yeux. Il semblait que cette fois encore l'étrange courant de force s'était rétabli. D'elle à lui. Le soudain et bizarre renversement des rôles, le consolateur devenant le consolé. Dix minutes auparavant elle s'éreintait à le remettre en état, maintenant, elle était toute molle, anéantie. Et Hamlin estime que cette fille est destructice. Un monstre, une atrocité. Pauvre et pitoyable monstre.

Elle reprit d'une voix indistincte, sans le regarder : « Le Centre de Réhabilitation a retéléphoné ce matin. Un médecin avec un nom espagnol.

— Gomez ?

— Oui, je crois.

— Et alors ? »

Une pause. « Je lui ai tout raconté. Il en a été bouleversé.

— Qu'a-t-il dit ?

— Il voulait te voir immédiatement. J'ai dit non, que c'était impossible, que Hamlin te tuerait si tu allais au Centre. Il n'a pas paru me croire. Mais je pense l'avoir convaincu au bout d'un temps.

— Et ensuite ?

— Pour finir, il m'a dit qu'il allait discuter de la situation avec ses confrères et qu'il rappellerait dans un jour ou deux. Il a dit que je lui téléphone s'il se passait quelque chose de nouveau et d'important. »

Macy envisagea de donner immédiatement un coup de fil. Réveiller ce salaud. L'arracher au plumard de ses plaisirs. Il pourrait parvenir au Centre de Réhab vers une heure ou une heure et demie du matin ; peut-être lui ferait-on une piqûre quelconque pendant que Hamlin était en sommeil, pour supprimer à jamais ce dernier. Lissa s'éleva contre cette idée. « Hamlin n'est pas si endormi que tu le crois », dit-elle. « Il est abattu mais pas assommé. Il prend son temps pour rassembler un peu de puissance. Qui sait ce qu'il ferait s'il se sentait menacé ? »

Macy explora ses circonvolutions cérébrales à la recherche de Hamlin, mais sans réussir à le dénicher. De toute façon, il ne téléphona pas à Gomez. Les risques étaient trop grands. Et sa fatigue était un trop lourd fardeau pour qu'il songe même à prendre une Lissa à demi consentante pour l'instant. Et il restait obsédé par l'image d'un inconnu la baisant parmi les

ruines de l'université. Demain serait un jour différent!
Au moment où il s'endormait, il entendit encore Lissa
lui dire : «Gomez ne veut pas que je reste plus
longtemps avec toi. Il pense que je suis un danger pour
toi.

— Parce que tu as réveillé Hamlin en moi?

— Non. Je n'ai pas abordé ce sujet avec lui. Je ne lui
ai rien dit de mon... don.

— Alors, pour quelle raison?

— Parce que je sors de ton autre vie, voilà. Tu n'es
pas censé rencontrer les gens qui entouraient Hamlin,
tu te rappelles? Ils t'ont conditionné contre cette
éventualité.

— Il savait donc qui tu étais?

— Je lui ai dit que j'avais été un des modèles de
Hamlin. Notre rencontre accidentelle dans la rue. Il
m'a pratiquement ordonné de m'en aller loin de toi.

— Est-ce pour cela que tu es sortie ce soir?

— Comment le saurais-je? » répliqua-t-elle d'un ton
vif. Elle se lova contre lui. La pointe des seins contre
son dos. Se retourner et se la faire? Non. Pas cette nuit.
Putain d'emmerdeur de Gomez. J'aimerais bien lui dire
deux mots. Si seulement je pouvais. Si seulement. Quel
foutu merdier. Mais demain, il fera jour. De toute
façon, la voilà déjà qui ronfle. Qu'elle se repose. Moi
aussi. Dormir, Rêver peut-être?

Trois jours d'un calme relatif. Vendredi, samedi,
dimanche. Son premier week-end avec Lissa. Pas de
nouvelles de Hamlin, sinon quelques éructations et
borborygmes irréguliers. Il était évident que le coup
que lui avait asséné Lissa l'avait considérablement
affaibli. Pas de nouvelles de Gomez non plus. Un week-
end tranquille à deux. Où aller, que faire? La première
vague de chaleur de l'été léchait la ville. On reste tard
au lit. On fait l'amour en écoutant Mozart. Elle lui a
passé ses jambes autour du cou dans une position
agréablement impudique. Après, sous la douche, elle a
les yeux allumés. Joueuse, chatte. Elle lui savonne la
verge, s'efforce de lui redonner de la vigueur et y

parvient. Pour un homme de mon âge, j'ai encore une fichue virilité, hein ? Rires. Petit déjeuner. Le bulletin d'informations du matin sort par la fente.

Et ensuite, dehors. L'humeur de Lissa s'altère déjà. Il la sent devenir maussade, elle commence à se replier. Il ne semblait pas possible de la maintenir en joie plus de deux heures de suite. Il s'efforçait de ne pas remarquer son expression assombrie, il espérait que cela allait se dissiper. Une si belle journée. Le soleil doré débordant du Bronx.

« Où aimerais-tu aller, Lissa ? » Elle ne répondit pas. Elle ne paraissait pas même l'avoir entendu. Il répéta la question.

« Les voix », marmonna-t-elle. « Les foutus voix. Je suis une Jeanne d'Arc dans un merdier. » Lissa ? Lissa ? Elle se tourna vers lui, et son tourment se lisait dans ses yeux couleur d'océan. « Un fleuve de boue », dit-elle. « De la boue brune et épaisse qui s'entasse dans ma tête. Il ne tardera pas à m'en sortir par les oreilles. Un delta de chaque côté.

— Mais c'est un si beau jour, Lissa. Toute la ville nous appartient.

— Allons où il te plaira », répondit-elle.

A sa suggestion, ils se rendirent au jardin zoologique du Bronx. Ils passaient, la main dans la main, devant les astucieux groupements d'habitats. Difficile de croire que ces lions ne pouvaient vraiment pas franchir le fossé. Et qu'est-ce qui empêchait les oiseaux de sortir de leurs cages, complètement ouvertes d'un côté ? Mais, naturellement, on arrivait à l'époque à faire des miracles avec la pression atmosphérique et les courants d'ions. Il y avait foule au zoo. Des familles, des amants, des gosses. La plupart d'entre eux étaient plus curieux à voir que les animaux de l'autre côté des fossés. Les cris rauques des bêtes. Leurs nez humides qui frémissaient, leurs yeux tristes.

Environ toutes les trois cages, l'une d'elles était marquée d'une sinistre étoile noire, pour indiquer que l'espèce était éteinte, sauf en captivité... Rhinocéros blanc. Tapir sud-américain. Hippopotame nain. Girafe réticulée. Bison d'Europe. Vampire. Tigre de la Caspienne, Kangourou. Péramèle d'Australie. Bœuf musqué. Ours grizzly. Tant d'espèces disparues. Encore une centaine d'années et il ne resterait plus que les chiens et les chats, les ovins et les bovins. Mais, bien sûr, il avait fallu de la viande aux Africains pendant les années de famine, avant la Rectification démographique. Les Sud-Américains, les Asiates. Tous ces bébés, toutes ces bouches affamées, et malgré tout cela n'avait rien donné de bon, et ils s'étaient mangés entre eux, une fois les animaux disparus. Maintenant, les jardins zoologiques étaient les derniers asiles. Et pour certains il était déjà trop tard.

Macy se rappelait être allé, quand il n'avait encore que dix à douze ans, visiter avec son père le zoo de San Diego, où il avait vu un panda géant. « C'est le dernier qui reste au monde, mon fils. Il a été emporté de Chine subrepticement juste avant l'explosion. » Un grand jouet de peluche, pesant deux tonnes, assis dans une cage. Plus de pandas géants nulle part, à présent ! Quelques spécimens empaillés à titre de souvenirs. Son père ? Le zoo de San Diego ? Qui était son père ? Où avait-il grandi ? Etait-il jamais allé au zoo de San Diego ? Y avait-il vraiment eu là un panda géant en un temps ? Les oscillations de la mémoire. Ce n'était certainement jamais arrivé. Peut-être même cette espèce animale n'avait-elle jamais existé.

Lissa lui dit : « Je sens les esprits de ces animaux.

— Est-ce possible ?

— Je ne m'étais jamais rendu compte que j'avais cette possibilité. Je ne suis encore jamais venue dans un zoo. »

Il se tenait prêt, attentif, pour l'entraîner rapidement vers le tube si elle devait céder sous l'assaut. Ce n'était pas nécessaire. Elle était joyeuse, en extase, debout sur l'espace dégagé devant le bassin des phoques, alors que lui parvenaient tous les bruits émis par cent espèces diverses. « Peut-être serais-je en mesure de te transmettre une partie de ce que je reçois », dit-elle, en lui prenant les deux mains et en le regardant avec inten-

162

sité, le front plissé, si bien que les passants leur adressaient de petits signes de tête et des sourires, en les voyant ainsi s'exprimer un amour sincère devant les phoques et les tigres. Cependant, il ne percevait pas une bribe de ce qu'elle s'efforçait de lui communiquer.

Alors elle lui en fit la description, par fragments, avec des intervalles, chaque fois qu'elle trouvait le temps de lui accorder quelques mots entre ses contemplations. Les pensées aiguës, flûtées de la girafe. Les ruminations sourdement explosives du rhinocéros. Les émissions complexes, tristes et amères de l'éléphant d'Afrique, celui aux grandes oreilles, le Kierkegaard de la zoologie. Le bavardage vivace des chimpanzés. Les idées moqueuses du rat musqué. La tortue des Galapagos réfléchissait à l'éternité ; l'ours brun était étonnamment sensuel ; les pingouins avaient des rêves glacés.

« Est-ce que tu inventes tout cela ? » lui demanda-t-il, et elle lui rit au nez comme un Thomas d'Aquin que l'on aurait accusé d'avoir inventé la Sainte Trinité. En moins d'une heure, elle se déclara complètement épuisée. Ils mangèrent des sandwiches aux algues en buvant du soda Lénine, puis ils empruntèrent la bande transporteuse vers la sortie. Lissa gloussait, comme une folle, droguée de pensées de bêtes. « L'orang-outang », dit-elle, « je pourrais te dire exactement comment il voterait aux prochaines élections. Et si seulement je pouvais te faire entendre le gnou ! Oh, merde alors, ce gnou ! »

Mais elle retrouva vite son humeur morose. Dans l'après-midi, ils se promenèrent dans Manhattan, faisant le tour des bâtiments entièrement détruits par le feu, puis traversant paresseusement le nouveau quartier du bas de la ville, magnifiquement reconstruit. Il tenta de l'intéresser aux lieux de plaisir, aux palaces de la drogue, aux piscines et autres attractions, mais en vain ; elle demeura lointaine et froide. Ils dînèrent dans un restaurant chinois sur un quai de l'Hudson, et elle piqueta les aliments, ne mangeant presque rien, ce qui contraria le serveur au point qu'il se permit de petits claquements de langue. Une soirée calme dans l'appartement. Nous n'avons pas d'amis, pensa soudain Macy. Ils écoutèrent du Bach en fumant beaucoup.

Juste avant l'heure de se coucher, il lui sembla que Hamlin s'étirait en bâillant en lui, ou était-ce une illusion ? Pas fameux, l'amour, ce soir-là, Lissa était écrasée, et il ne valait guère mieux, tous les deux maladroits et sans entrain tandis qu'ils se serraient l'un contre l'autre dans le lit. Il tenta de la pénétrer, mais elle était sèche. Il persévéra. Dieu sait pourquoi. Finalement, elle devint un peu mouillée. Pas grande réaction de Lissa. L'impression de baiser un robot ; il eut la tentation d'abandonner en plein milieu, mais se dit que ce serait une impolitesse, aussi se força-t-il à une éjaculation solitaire et sans joie. Quelques vilains rêves par la suite, mais rien qu'il n'eût déjà connu.

Le samedi, une journée ratée. Lissa vide, absente. Un jour sans fin. Le dimanche, beaucoup mieux. Elle se jeta sur lui au petit jour, le chevauchant et s'empalant d'elle-même. Bonjour ! Bonjour ! Il voyait ses seins danser au-dessus de lui. Il tenait des deux mains les rondeurs fraîches de ses fesses. Après quoi, elle lui prépara un petit déjeuner de choix. Bondissante, avec un rien de folie adolescente, peut-être feinte : il la soupçonnait de vouloir se révéler comme une compagne agréable. Après la sale journée qu'elle m'a fait passer hier. Perdant un jour, gagnant le lendemain.

« Où va-t-on ? » demanda-t-elle.

« Au musée d'Art Moderne », proposa-t-il. « Il y a là quelques Hamlin, n'est-ce pas ?

— Oui, cinq ou six. Mais penses-tu vraiment que ce soit très indiqué de nous y rendre ? Après tout, il se tient tranquille depuis deux jours. La vue de ses œuvres pourrait le remuer de nouveau.

— C'est précisément ce dont je tiens à m'assurer », répondit-il. Ils allèrent donc au musée, qui se trouvait posséder *sept* Hamlin, deux grandes pièces, peut-être pas aussi impressionnantes que l'*Antigone,* et sept objets mineurs. Le tout était exposé dans une même salle, quatre œuvres groupées dans un coin, et les trois autres disposées contre le mur opposé, ce qui permettait à Macy un test critique : la présence d'une telle quantité de ses travaux réveillerait-elle Hamlin par quelque processus de soulèvement psychique ?

Macy se planta hardiment entre les deux groupes, en un point où il recevrait le plus fort impact de toutes les œuvres. Alors, Hamlin ? Où es-tu ? Mais bien que Macy décelât quelques vagues mouvements subliminaux, rien d'autre ne vint manifester la présence de Hamlin en lui. Il examina les sculptures de près. Le « connaisseur » relevant ses observations avec une certaine hauteur. Quelques semaines auparavant, pas plus, dans le bureau de Harold Griswold, la vue d'une seule œuvre de Hamlin l'avait assommé, et voilà qu'à présent il écoutait en tout esprit critique les résonances, observait les courbes subtiles des contours, exécutant son numéro d'appréciation artistique avec le maximum d'assurance.

Il y avait quelques jeunes dans la salle, probablement en train de faire des études sur Hamlin. Ils semblaient le reconnaître. Ils regardaient son visage, puis son écusson de Réhab, puis de nouveau ses traits, les sculptures, et échangeaient ensuite des coups d'œil intrigués. En murmurant. Et cela ne le troublait nullement qu'on le reconnaisse comme un zombie animé, la relique du grand artiste. Les jeunes n'osaient pas l'approcher. Macy leur adressa un sourire bienveillant. Je vous donnerais volontiers mon autographe si vous me le demandiez. Vous savez, c'est de ces mêmes mains que sont sortis ces chefs-d'œuvre.

Il était lui-même frappé de sa nouvelle aisance. Venir en ce lieu, confronter les travaux de Hamlin, tout prendre avec le plus grand calme. Peut-être pas si calmement, après tout. Il s'apercevait que la contemplation des sculptures amenait peu à peu en lui cette affreuse et déprimante nostalgie, ce désir d'accéder au temps passé durant lequel son corps avait donné naissance à ces sculptures. Son vrai passé. Comme il commençait à l'estimer. Ce qui signifiait que le sien propre était insatisfaisant, insuffisant, dénué de substance, inadéquat. Comme s'il en était venu à penser, comme Hamlin, qu'il n'était que pure invention, une irréalité aberrante et monstrueuse que l'on avait ajoutée à la vie authentique de Nat Hamlin. Il souhaitait donc avoir la connaissance de cet autre temps. Qui étais-je quand j'étais lui ? Comment ai-je pu créer ces œuvres ? Quel effet cela faisait-il d'être Hamlin ? Un mauvais moment. L'influence insinuante et corrosive de Hamlin en moi, qui me sape, même quand il se tait. Si bien que je me suis mis à douter de moi-même. Si bien que je me suis mis à me mépriser. Et à crever d'envie d'être lui. C'est le chemin de la reddition ; il faut que je m'en détourne.

Lissa également paraissait troublée par cet ensemble d'œuvres de Hamlin. Peut-être se rappelait-elle un passé plus heureux ? Les jours fous du premier amour. La sensation fulgurante d'avoir été choisie par Nathaniel Hamlin, pour sa couche, et pour son atelier. Un monde de levers de soleil sans fin devant elle. Toutes les routes largement ouvertes. Et en être tombée à ce point. Quel contraste. Macy voyait la tristesse se répandre sur son visage. Une erreur de lui avoir infligé la contemplation de l'art de Hamlin ? Ou peut-être n'était-elle écrasée que par la foule qui se promenait dans le musée ? Je pense qu'il vaut mieux nous en aller maintenant.

Le milieu de la matinée. Lundi, Macy qui travaille ferme. Griswold venait de lui attribuer une autre information. Les statistiques des niveaux préliminaires de charisme pour les élections de 2012 n'étaient arrivées que tard dans la nuit ; faisons un article sur tous les candidats, dressons le tableau des chiffres d'impulsions, des relevés d'hormones, les profils d'acceptation, tous les travaux polyvalents, d'accord ? D'accord. Alors, au boulot. Les assistantes aux recherches couraient follement en tous sens. Leurs jolis seins roses dansaient. Des piles de documents, Fredericks qui s'arrêtait un instant pour avancer des suggestions plates et inutiles. Loftus entrait, ployant sous une charge de graphiques et de calques colorés pour les soumettre à son approbation. Les heures passant très vite, l'esprit totalement pris par une activité objective.

Et puis une interruption imprévue. Quelqu'un en bas pour vous voir, monsieur Macy. Pas de rendez-vous. Une visite pour moi? Qui? L'image de Lissa, mal vêtue, obsédée, piquant une crise dans le hall de réception. Je vous en prie, il faut que je le voie, une question de vie ou de mort. Je vais claquer! Je vais exploser, laissez-moi monter! Une scène lamentable. Mais son visiteur n'était pas Lissa. C'était un certain Dr Gomez.

La panique. Gomez ici? Hamlin va me tuer!

Après la première vague de peur, un peu de réflexion. Hamlin l'avait averti de ne pas se rendre au Centre de Réhabilitation, ni de téléphoner à ses médecins, exact? Mais c'était le médecin qui venait le trouver. Etait-ce sous-entendu dans la menace? Un point à controverse. De toute façon, Hamlin ne paraissait pas soulever d'objection. Macy attendit un long moment dans l'anxiété, à l'affût d'un signal de l'intérieur, une pression sur le cœur, un pincement de nerfs, quelque interdiction de faire l'imbécile. Rien. Il sentait pourtant la présence de Hamlin comme un poids considérable et généralisé dans ses entrailles, mais il ne reçut pas d'instructions particulières quant à la façon de recevoir le Dr Gomez. Peut-être Hamlin tient-il à savoir ce que Gomez va me dire? Peut-être n'est-il pas encore complètement remis du coup que lui a porté Lissa? Bref! Dites au Dr Gomez qu'il peut monter.

Gomez, sorti de son milieu habituel, lui parut différent. Au Centre, entouré de ses phalanges d'ordinateurs et de toute sa pharmacopée électronique, Gomez était dynamique, formidable, indomptable, vulgaire avec assurance. En entrant dans l'élégant bureau de Macy, il parut presque humble. Il se glissa d'un air hésitant par la porte à glissière. Vêtu d'un costume d'affaires trop moderne dans les verts et les rouges, beaucoup trop jeune pour lui, au lieu de son habituelle tenue monochrome du laboraire. Il paraissait plus petit et plus rondouillard que dans son propre domaine. Son épaisse moustache tombante était sale et appelait une retouche aux ciseaux. La faiblesse trahie par la forme de son menton prenait en quelque sorte plus d'importance en ce lieu. A dix pieds de distance, leurs regards se croisèrent. Gomez s'humecta les lèvres. Comme il était inattendu de le voir sur la défensive !

Macy entama la conversation : « J'imagine que vous avez finalement décidé de me croire.

— Nous discutons sans arrêt de votre cas depuis trois jours », répondit Gomez, la voix rauque. « Mais il me fallait des renseignements de première main. Et comme vous ne vouliez pas venir à nous...

— Je ne pouvais pas.

— Ne pouviez pas », se reprit Gomez en hochant la tête. Les sourcils froncés. Pas contre Macy. Contre lui-même. Avec une détresse apparente. Venir ici ce jour était un geste de haute importance. Le petit crâneur de toubib dévorant sa propre honte. Il reprit, d'une voix mal assurée : « Je préférais ne pas risquer de vous téléphoner. Au cas où cela aurait laissé trop de temps à l'ancien moi pour organiser des réactions négatives. Est-ce que ma présence ici cause des répercussions ?

— Pas encore.

— Si cela se manifeste, dites-le-moi et je m'en irai. Je ne veux pas vous mettre en danger.

— Ne vous inquiétez pas, Gomez, je vous avertirai immédiatement si quelque chose se produit. » Macy chercha si Hamlin s'agitait. Calme complet. « Hamlin n'a guère été actif depuis la nuit de jeudi.

— Mais il est toujours là ?

— Il est là, pas de doute. Malgré vos triomphantes affirmations qu'il ne lui était pas possible de revenir.

— Nous commettons tous des erreurs, Macy.

— Celle-là, c'en a été une de première grandeur. Je vous ai demandé de me faire subir un électro-encéphalogramme. Vous avez refusé, j'avais seulement des hallucinations, j'inventais tout simplement, il n'y avait pas une seule chance au monde que Hamlin fût intact et refît surface. Et puis vous avez déclaré...

— C'est bon. Ne revenons pas là-dessus pour le

moment. » Il épongea la sueur de son front. « Je m'intéresse à la thérapeutique de votre cas, et non à l'attribution des responsabilités. Quand cela a-t-il commencé ?

— Le jour même où j'ai quitté le Centre. Quand j'ai rencontré la fille, l'ancien modèle de Hamlin, sa maîtresse, celle à qui vous avez parlé deux fois au téléphone.

— Mademoiselle Moore.

— Oui. Nous nous sommes littéralement jetés l'un contre l'autre dans la rue. Je vous ai déjà raconté tout cela. Elle ne cessait pas de m'appeler Nat, sans tenir compte de mon écusson... vous vous rappelez ?

— Je me rappelle.

— Je l'ai revue, lundi dernier. Elle m'a dit qu'elle avait des difficultés et qu'elle me demandait mon aide. Je ne voulais pas m'en mêler et j'ai tenté de m'éloigner d'elle. Elle m'a bombardé d'un double jet de télépathie. Ce qui a complètement réveillé Hamlin, achevant l'ouvrage qui avait commencé quand...

— De la télépathie ?

— Perception extra-sensorielle. La communication entre les esprits, vous savez bien.

— Je sais. Cette fille est donc télépathe ?

— C'est ce que je cherche à vous faire comprendre.

— Vous la saviez télépathe et aussi qu'elle appartenait au passé de Hamlin, et que vous aviez pour instructions en conséquence de ne pas la voir, et néanmoins vous vous êtes arrangé pour la rencontrer et...

— *Je ne savais pas* qu'elle était télépathe. Après il était trop tard. Et d'ailleurs ce n'était pas une raison suffisante pour l'éviter. Vous ne m'avez jamais parlé des télépathes, docteur. Je ne savais même pas qu'il existait de telles personnes, pas de vrais télépathes, qui se baladaient dans la ville de New York. »

Gomez ferma les yeux. « Très bien. Je commence à me faire une idée. Nous nous trouvons apparemment devant un cas de rétablissement de l'identité déterminé par un stimulant télépathique. Par toutes les merdes !

Une possibilité théoriquement infinitésimale ! Mais qui se serait jamais attendu à rencontrer un cas authentique de... pas un seul ouvrage sur la question... pas de tests, pas de précédents, pas de renseignements...

— Un jour, vous pourrez pondre un article remarquable à mon sujet », fit amèrement Macy.

« Epargnez-moi vos sarcasmes. Vous croyez que cela me fait plaisir, cette histoire ? » Les traits gras de Gomez reflétaient un chagrin sincère. « Bon. Elle a donc réveillé Hamlin. Ce qui signifie ? Exposez-moi tous les symboles.

— Il me parle.

— A haute voix ?

— Dans ma tête. Une voix silencieuse, mais qui ne le paraît pas. A deux reprises déjà, il a tenté de s'emparer de mes centres d'expression vocale. Mais tout ce qu'il peut émettre, ce sont des sons incohérents, et je réussis à le repousser. Il a également une fois pris possession des muscles de ma joue droite. Je l'ai forcé à lâcher prise. Deux ou trois fois, il m'a causé des chocs physiques, une secousse, me jetant à terre. Mardi dernier, quand je suis parti pour le Centre de Réhabilitation, il m'a organisé une petite attaque cardiaque, en me disant qu'il m'en collerait une plus sérieuse si je persistais à vouloir gagner le Centre. Ce ne sont pas de foutues hallucinations, Gomez. J'ai eu des entretiens avec lui, de longues conversations parfaitement rationnelles. Il a des idées très ambitieuses. Il m'invite constamment à lui permettre de me supprimer pour qu'il soit en mesure de récupérer son corps.

— Il est évident que nous ne pouvons pas le laisser faire.

— Il est évident que vous n'y pouvez foutre rien. Si je vous laissais entreprendre n'importe quel acte hostile envers lui, il me tuerait. C'est comme si je portais une bombe dans le corps.

— Il bluffe.

— Vous en paraissez rudement certain », fit Macy.

« Si votre corps meurt, il mourra avec. Quoi qu'il soit

devenu, il ne saurait survivre à la décomposition de vos cellules cérébrales.

— Il ne pourrait pas non plus survivre à une nouvelle session au Centre de Réhab. Voilà pourquoi il est prêt à prendre n'importe quelle mesure pour m'empêcher de m'y rendre, jusques et y compris nous supprimer tous les deux. Si je vais vous voir, il meurt. Pourquoi ne me tuerait-il pas, et lui aussi du même coup ? Ou du moins peut-il m'en menacer, sachant que cela suffira à me retenir d'aller au Centre. »

Gomez étudia la situation. Il ne sembla pas aboutir à des conclusions immédiates.

Macy reprit : « Je vais vous dire ce qui va se passer. De deux choses l'une. Il m'assommera et s'emparera du corps, ou je trouverai le moyen de le démolir pour qu'il ne puisse plus me faire de mal.

— Vous vous livrez à des jeux dangereux, Macy. Venez au Centre. Je connais beaucoup mieux Hamlin que vous. Il ne mettra pas sa menace à exécution, il ne ferait jamais rien qui puisse vous causer vraiment des dommages. Vous tuer signifierait la décomposition et la ruine de son propre moi physique, le dernier vestige réel de Nat Hamlin au monde. Il n'en ferait rien. Il a toujours été très fier de son corps.

— Mes couilles ! Je ne marche pas. Il m'a dit de rester à l'écart de vous, je me tiendrai à l'écart.

— Nous ne pouvons pas vous laisser en liberté avec la personnalité d'un criminel convaincu dominant partiellement votre cerveau », déclara Gomez.

« Alors que comptez-vous faire ? Ordonner que l'on m'arrête ? Il me tuera. Je le crois quand il me l'affirme. Voulez-vous en courir le risque ? Ce n'est pas de votre propre vie qu'il s'agit, Gomez. Et vous avez déjà commis une sacrée bévue dans cette affaire. »

Les pointes de la moustache frémissent. La langue remue entre les dents et les lèvres. Gomez est coincé. Macy le regarde fixement, de l'autre côté de la table. Il sent les martèlements de son cœur. Serait-ce Hamlin qui revient à lui ? Ou simplement l'effet d'un flot d'adrénaline ?

Gomez se décide enfin : « Nous allons devoir vous placer sous surveillance. Les problèmes juridiques, la présence en vous d'un criminel en puissance. Mais nous garderons nos distances. Nous ne vous mettrons pas en péril.

— Comment saurez-vous si je suis en péril ou non ?

— Un signal », proposa Gomez. « Attendez. » un froncement de sourcils. « Disons que si Hamlin vous menace, vous vous frappez de la main droite sur l'épaule gauche. Comme ceci.

— Comme ceci ? » Clac !

« Cela nous indiquera qu'il faut battre en retraite, pour éviter de le provoquer. Et quand vous désirerez que nous quittions totalement le voisinage, c'est-à-dire quand vous vous sentirez en extrême danger, frappez-vous aussi l'épaule droite de la main gauche. Comme ceci.

— Comme ceci. » Clac ! Clac ! Quelle idiotie ! « Et si nous choisissions aussi un mot de passe ?

— Je m'efforce de vous venir en aide, Macy. Ne faites donc pas le malin.

— Avez-vous quoi que ce soit d'autre à me dire, ou puis-je à présent retourner à mon travail ?

— Encore un signal, si cela ne vous dérange pas.

— Celui qu'emploient les gosses à l'école pour demander la permission d'aller aux chiottes ?

— Celui qui nous indiquera que Hamlin est en sommeil et que nous pouvons vous emmener sans danger. Admettez-vous que ce soit une situation éventuellement possible ? Alors, très bien. Ce nous serait une bonne occasion de vous empoigner pour essayer de l'exorciser en vitesse et à jamais. Mais seulement quand vous nous donnerez le signal.

— Lequel ? »

Gomez resta un instant songeur. En pleine concentration. Tous ces trucs de boy-scout devaient vraiment absorber toute son attention. « Les mains jointes derrière la nuque. Comme ceci.

— Comme ceci », dit Macy en l'imitant. « Vous

direz à vos gorilles de ne pas mélanger les billes, j'espère ?

— Gardez vous-même les signaux en tête et nous nous occuperons de notre part de l'affaire », répondit Gomez. Il prit la direction de la porte. Puis il se retourna en secouant la tête. « Un cas de possession démoniaque, voilà ce que c'est. Bon sang de merde ! Le dix-septième siècle qui revient au grand galop. Mais nous allons arranger cela, Macy. Nous vous devons une vie sans ennuis, une vie sans toutes ces complications. » Il s'immobilisa sur le seuil. « Si vous tenez à savoir ce qui serait bon pour vous, au fait, je vous recommande de cesser vos relations avec Mlle Moore. Vous vivez avec elle, n'est-ce pas ?

— Plus ou moins.

— On vous a cependant fortement conseillé de ne vous mêler de rien de ce qui est lié à l'identité antérieure de votre corps. Et particulièrement de ne pas ramasser les maîtresses d'autrefois de Nat Hamlin, télépathes ou non.

— Dois-je la faire sortir à coups de pied dans le derrière ? C'est un être humain. Elle a ses problèmes. Elle a besoin de secours.

— Elle est également la cause de tous vos problèmes personnels. Je parierais à dix contre un que vous ne seriez pas harcelé par Hamlin si vous n'aviez eu aucun rapport avec elle.

— C'est facile de me le dire maintenant. Mais *j'ai* Hamlin sur le dos et je me sens des responsabilités envers elle aussi. C'est une épave. Il lui faut une ancre, Gomez, quelqu'un qui l'empêche de partir à la dérive.

— Qu'est-ce qu'elle a ?

— Les perceptions extra-sensorielles. Cela lui fait perdre la tête. Elle recueille des voix... la moitié du temps, elle ne sait plus qui elle est... elle doit se cacher des gens, s'en protéger... la télépathie va et vient, au hasard, elle n'en a aucun contrôle conscient. C'est une malédiction.

— Et voilà ce qu'il vous faut ? » demanda Gomez.

« Vous êtes vous-même un individu si solidement campé que vous pouvez côtoyer ainsi de la dynamite ?

— Ce n'était nullement mon idée, vous pouvez le croire. Mais à présent que je suis lié avec elle, je ne vais pas la flanquer à la porte. Je désire l'aider.

— De quelle façon ?

— Peut-être existe-t-il un moyen de désactiver cette perception qu'elle a. Cela lui brûle l'esprit. Qu'en pensez-vous, Gomez ? Serait-ce possible ?

— Je ne sais absolument rien de la perception extra-sensorielle. Je suis un spécialiste de la Réhabilitation.

— Qui saurait ?

— J'imagine que je pourrais découvrir s'il existe dans la zone métropolitaine des hôpitaux spécialisés dans ce genre de cas. Il doit bien y avoir un département de neuropsychiatrie qui s'amuse avec les perceptions de cet ordre. Et si elle déteste tellement cela, pourquoi n'est-elle pas allée consulter quelqu'un ?

— Elle a peur de se laisser farfouiller dans l'esprit. Peur de finir par perdre toute sa personnalité si l'on tente de la débarrasser de la télépathie.

— Merde ! Vous prétendez vouloir l'aider, et deux secondes après, vous me dites qu'elle a peur qu'on l'aide. C'est de la folie, mon garçon. Cette fille est un véritable poison. Mettez-la dans un hôpital.

— Dites-moi où l'envoyer », répondit Macy. « Je verrai si j'ai envie de la faire soigner. Et si elle y consent. » Il adressa soudain un sourire farouche à Gomez et se plaqua la main droite contre l'épaule gauche. Un instant après, il fit le mouvement inverse. Gomez le regardait fixement, sans cligner les paupières, sans faire le moindre geste. « Eh bien, empoté ! » lança Macy. « Vous avez déjà oublié vos propres signaux ? C'est celui qui vous indique de quitter le voisinage ?

— Est-ce que Hamlin a commencé à vous menacer ?

— Ne restez pas planté là à me poser des questions stupides. Vous avez reçu le signal. Décampez. Filez. J'ai du boulot. Laissez-moi en paix, Gomez.

— Pauvre bougre », fit Gomez. « Quelle vilaine affaire. Pour nous tous. » Il s'en alla. Macy se prit la tête entre les mains. Une douleur derrière chaque oreille. Une douleur derrière le front comme si l'avant de son cerveau s'enflait et poussait contre les os. Pratiquer les signaux. Main droite à épaule gauche. Main gauche à épaule droite. Mains jointes derrière la nuque. Surveillance. Le bon vieux Centre qui me hante à son tour. Dieu. Dieu. Dieu. Il crut entendre le rire fantomatique de Nat Hamlin se réverbérer dans les creux de son esprit en déroute. Hé, es-tu éveillé, Nat ? As-tu écouté ce que m'a dit Gomez ? Tu m'écoutes maintenant ? Ils ont décidé de t'avoir, Nat. Tu as Gomez aux trousses. Pour finir le boulot qu'il a bâclé la première fois. La trouille, Nat ? Moi je l'ai, je te l'avoue sans difficulté. Parce qu'en mettant les choses au mieux, un seul de nous deux s'en sortira. Au mieux, un seul !

11

S'IL était réellement placé sous surveillance, il ne s'en apercevait nullement. Il accomplissait ses travaux habituels. Le lundi, le script du charisme était terminé. L'enregistrement se fit le mardi. En souplesse. Allers et retours entre l'appartement et le bureau, sans anicroche. Le mardi soir, de bonne heure, Hamlin, refaisant surface pour la première fois depuis le jeudi, eut un petit entretien agréable avec lui, sans rien dire de l'entrevue avec Gomez, ni de la tentative d'invasion avortée sous l'effet de la drogue, le jeudi. Loyauté pour loyauté, songeait Macy. Tu essaies de m'avoir par la ruse, j'essaie de te matraquer, mais nous ne parlons pas de ces sordides détails.

Hamlin avait choisi d'user de charme, évoquant un peu de sa vie et de ses moments de bonheur. Des fragments d'autobiographie remontaient en dansant sur la surface de contact entre leurs deux identités. Avec des sous-titres.

L'ARTISTE DECOUVRE SON TALENT

1984, l'année d'Orwell, la situation mondiale massivement désagrégée à la date prévue, bien que le désastre n'ait pas été aussi irrémédiable que l'avait imaginé ce fumier de pessimiste, et dans ce petit bourg, le jeune Nat Hamlin, âgé de douze ans, à peine pubère, plein d'ardeur renfermée et de besoins bouillonnants

176

mais sans objet précis. Quel bourg, où cela ? Occupe-toi de tes affaires. Le garçon est mince et grand pour son âge. Des doigts longs et sensibles. Le père veut qu'il devienne chirurgien. On gagne bien sa vie, fiston, surtout de nos jours, avec toutes ces psychoses qui flottent au vent. Tu ouvres le crâne, tu comprends, et tu plonges tes longs doigts sensibles à l'intérieur, et tu coupes ceci, tu fends cela, tu amputes ici, c'est trois mille dollars, s'il vous plaît, et tu places ton argent en valeurs sûres.

Le garçon n'écoute pas. Dans le grenier, il modèle des figurines dans la glaise. Il n'est jamais allé dans un musée, il ne s'intéresse pas à l'art. Mais presser et modeler la glaise lui cause un plaisir sensuel. Quand il s'y livre, il éprouve une sensation étrange et forte au bas du ventre en même temps qu'une délicieuse tension. Le grenier s'emplit de petites images grotesques. Mon garçon, ce n'est pas pour dire, mais tu vois le monde d'une drôle de façon. Tu as dû regarder des Picasso. Picasso, qui c'est ? Lui ? C'est un vieux con de Français qui gagnait un million de dollars par an à faire des trucs pareils. Sans blague ? Où est-ce que je pourrais en voir ? Et la visite au musée, à deux heures de distance du patelin. Picasso. Il travaillait pas mal, oui, oui. Mais je le vaux bien. Et moi, je ne fais que commencer.

PLAISIRS SOLITAIRES

La première grande œuvre orne maintenant le grenier. Trois pieds et demi de haut. Une interprétation d'une peinture de Picasso : une femme à deux visages, le corps tordu bizarrement sur son axe vertical, une sacrée difficulté pour un garçon de quatorze ans, si doué soit-il. Le créateur est étendu tout nu devant son œuvre. Avec des boutons sur les fesses. Une ombre de moustache. Un hommage à la muse. Il saisit de la main gauche son membre qui se dresse. Il l'agite, d'avant en arrière, d'arrière en avant. Quelques soupirs. Soixante secondes : pas loin de son propre record de vitesse. Il

baptise son chef-d'œuvre des jets de sa semence salée.
Soupirs.

FIN DE LA SUBLIMATION

Elle a les cheveux longs, soyeux, dorés, une coiffure
démodée, mais encore en vogue parmi les filles du
pays. Des lunettes sans monture, un pull-over de
cachemire, une jupe courte. Ils ont quinze ans. Il l'a
entraînée dans le grenier après lui avoir dit timidement,
bien qu'anesthésié de marijuana, qu'il était sculpteur.
Elle, c'est une poétesse dont le journal local publie
régulièrement les œuvres. Elle apprécie les arts. Dans
ce village de philistins. Eux deux contre tous. Regardez, j'ai pris cela chez Picasso, et voici mes premiers
travaux, et voici ce que je fais à présent. Comme c'est
étrange, Nat, et quel brillant talent. Et vous dites que
personne n'est au courant ? Presque personne. Qui
comprendrait ? Moi, Nat, je comprends. Je le savais,
que vous comprendriez, Hélène.

Et voulez-vous que je vous avoue une chose ? Je n'ai
jamais travaillé d'après un modèle vivant. Ce serait un
pas important dans ma carrière. Oh, non, je ne pourrais
pas, je ne pourrais tout simplement pas. Comprenez-
moi, je serais embarrassée à mort ! Mais pourquoi ?
C'est Dieu qui vous a donné votre corps. Regardez,
tout au long de l'histoire, les filles ont posé pour les
artistes célèbres. Et il le faut. Sinon, comment dévelop-
perai-je l'artiste en moi ? Elle hésite. Eh bien, peut-
être. Alors, commençons par fumer. Il apporte le
nécessaire. Elle tire deux bouffées chaque fois qu'il en
tire une. Elle glousse. Il est mortellement sérieux. Il lui
adresse un rappel. Oui, oui, oui. Vous êtes certain que
votre mère ne va pas monter ici ? Pas la moindre
chance, elle se fiche pas mal de ce que j'y fais.

Et alors. Les vêtements qui tombent. Son corps
incandescent. Il a à peine le courage de regarder.
Quinze ans et il n'en a jamais vu. En retard pour son
âge, trop de temps passé en solitaire dans le grenier. Le
pull, le soutien-gorge. Elle a les seins lourds, ils ne

178

pointent plus, une fois à nu, ils pendent un peu. Les pointes en sont très petites, à peine plus visibles que celles du garçon. Des fossettes au derrière. Les poils du ventre plus noirs que les cheveux et plus laineux. Elle a l'air tellement incomplète, faute de verge. Les joues enflammées. Voyons, mettez-vous comme ceci. Il n'ose pas la toucher. Il la fait poser en indiquant les mouvements par des gestes. Il souhaiterait qu'elle se tienne les jambes écartées : il ne sait pas trop à quoi cela ressemble, et il ne voit rien. Mais elle garde les genoux serrés. Pourtant, elle est tellement dans les vaps.

Il s'attaque à la glaise. Oui, oui. Il travaille avec fureur. Cependant, le fait de poser commence à exciter la fille. L'artiste devrait être nu, lui aussi, dit-elle. Ce serait plus juste. Il se contente d'en rire. Une idée absurde. Pourrais pas me concentrer si... Une demi-heure. Il ruisselle de sueur. Elle se déclare fatiguée de poser. On peut s'arrêter ? Ils s'arrêtent. Elles s'approche de lui. Elle prend la direction des opérations. Mets ta main ici. Et ici. Oh. Oh. Oh. Elle lui ouvre la braguette. Son membre est sur le point de cracher. Vite, viens sur moi. Oh. Oh, mon Dieu !

LA GRANDE VILLE

Un petit appartement. Ses œuvres préférées s'entassent par douzaines un peu partout. Le célèbre critique d'art vient lui rendre visite. Grand, sérieux, les cheveux argentés. L'artiste est lui aussi grand et sérieux. Pourquoi n'iriez-vous pas aux cours des beaux-arts ? demande le critique. Mon garçon, vous êtes déjà un maître ! Une main tripote paternellement l'épaule de Hamlin. Ce qu'il vous faut maintenant, c'est un marchand. Bien guidé, vous pourriez faire du chemin. Et comme vous êtes jeune. Encore du duvet sur les joues. Tout en parlant, le critique renommé caresse la joue duveteuse. En regardant le jeune artiste dans les yeux, avec intensité. Vous pourriez faire de moi ce soir l'homme le plus heureux au monde, dit le célèbre critique d'art, d'une voix tendre.

LA GALERIE

De petits ronds rouges collés sur toutes les étiquettes.
Vendu. Vendu. Vendu. Vendu. Un début de bon
augure. Les gens les plus distingués qui achètent. Le
marchand, triomphant dans sa chair grasse, lui donnant
des tapes dans le dos. A vingt-deux ans, le succès
immédiat. Maintenant les scènes se précipitent en
désordre, l'une brouillant l'autre, parfois deux à la fois,
comme sur un écran double.

NAISSANCE DE LA PSYCHOSCULPTURE
AMOUR NON PARTAGE
LES SEDUCTIONS DE LA RICHESSE
L'ACTRICE BIEN CONNUE
SEUL AU SOMMET
LES TOURMENTS DE LA RENOMMEE
LE JOUR OU LE MUSEE A TOUT ACHETE
NOUVELLE RENCONTRE D'HELENE
QUINZE ANS APRES
LE VOYAGE AUTOUR DU MONDE
AU DIABLE L'ACCOUTUMANCE
A QUATRE ON EST EN COMPAGNIE,
A CINQ ON EST UNE FOULE
JE M'APPELLE LISSA

Et la caméra qui accélère, comme une roue en folie.

L'ANTIGONE
LA MIGRAINE
LA DEPRESSION NERVEUSE
LE PREMIER VIOL
LA TERREUR LE TRANSFORME EN MONSTRE
LA QUERELLE AVEC SA FEMME
ACHEVEMENT DE L'ANTIGONE
LISSA JETEE AU BAS DE L'ESCALIER
DEMENT
VIOL SUR VIOL
PRIS

CONDAMNE
EFFACE
REVEILLE

Et les séquences s'entremêlent

SEUL AU PINACLE
FIN DE LA SUBLIMATION
LA GRANDE VILLE
LA GALERIE
LES PLAISIRS SOLITAIRES
L'ARTISTE DECOUVRE SON TALENT

De plus en plus vite. Des noms, des dates, des événements, des aspirations, tourbillonnant dans la soupe épaisse de la mémoire où tout se fond, où les détails disparaissent. Peut-être rien de tout cela n'est-il jamais arrivé.

« Bonne nuit, vieux pote. »

Lissa pleurait doucement toute seule quand il se coucha le mardi soir. Il lui toucha le bras, elle s'écarta de lui. Plus tard, elle lui dit combien elle était désolée de se montrer désagréable.

Le mercredi matin, en partant pour le travail, Macy crut voir une des " barbouzes " du Centre de Réhabilitation que Gomez avait dit vouloir affecter à sa surveillance. Un homme trapu, avec un ventre rond, debout dans l'entrée de l'immeuble d'en face, un journal à la main. Un échange de regards prudents. Chez Macy, l'ombre d'un sourire. Moi et mon ombre. Main droite à l'épaule gauche, hop ! Main gauche à l'épaule droite, hop ! Mains croisées derrière la nuque, hop, hop, hop !

Le soir, il proposa d'aller en ville dans une fumerie de luxe, mais Lissa n'en avait pas envie. Une soirée calme dans l'appartement, en compagnie de Brahms et de Chostakovitch. Ils n'allaient guère tarder à se coucher quand Lissa lui déclara qu'elle avait trouvé pour lui le moyen de se débarrasser de Hamlin.

« Comment cela ?

— Tu pourrais commettre un viol et t'arranger pour te faire prendre. Les autorités veilleraient cette fois à ce qu'il soit totalement effacé.

— Il me tuerait si on nous mettait en détention », répondit Macy. Une idée idiote. Une fille idiote. Commettre un viol et s'arranger pour être pris ! En lui, Hamlin éclata de rire. Lissa pleura de nouveau cette nuit-là, et quand Macy lui demanda ce qu'il pouvait faire pour elle, elle ne répondit pas.

Le mercredi, il n'eut pas grand travail au réseau... une demi-heure de retouches et de raccords sur un article qu'il avait enregistré la semaine d'avant. Il consacra le reste de la journée à se donner l'air affairé. Mais surtout, un autre week-end approchant, il tenta d'imaginer des distractions pour Lissa, pour l'arracher peut-être à ce repli sur elle-même qui se manifestait si souvent depuis relativement peu de temps.

Il avait le sentiment qu'il la perdait peu à peu. Qu'elle se perdait elle-même. Qu'elle allait à la dérive sur quelque mer sans mouvement, sans limites, recouverte d'un épais brouillard bleu. Elle n'était pas sortie de l'appartement depuis trois jours. Elle devait rester au lit, pensait-il, jusqu'à midi ou une heure, puis se mettre à fumer en écoutant de la musique, en feuilletant un livre, en rêvassant. Désemparée, flottante. Elle ne parlait presque plus. Elle ne répondait même plus à ses questions, sinon d'un grognement ou deux. La semaine précédente, Macy avait eu l'impression d'être cerné par les autres, avec Lissa pour partager son appartement et Hamlin pour partager son cerveau. Mais à présent, Lissa s'enveloppait dans un cocon de plus en plus épais et Hamlin lui-même restait replié, lointain. Si Macy connaissait bien la solitude, cela ne signifiait nullement qu'il l'aimât.

Pendant ce week-end, décida-t-il, nous irons explorer les merveilles du monde plus loin que notre propre porte. Louer un véhicule, aller à la campagne, à trois cents kilomètres, cinq cents même s'il le fallait pour découvrir des espaces verts non encore envahis par la foule. Pique-nique sur l'herbe, une petite clairière cernée d'arbres, des amours romanesques sous les branches murmurantes des pins odorants. S'il en existe encore. Et nous irons dans les restaurants de qualité. Je demanderai à Hamlin de m'en indiquer quelques-uns. Hé hé, m'entends-tu? Et pour samedi soir, la fumerie de luxe de Times Square, toute parée de lumières et de décorations étincelantes, où nous goûterons les hallucinogènes les plus modernes pour nous gorger deux heures durant de rêves intéressants. Peut-être aussi une visite à l'aquarium où Lissa pourra écouter subrepticement les lourdes pensées des morses et des baleines. Oh, un beau week-end, bien rempli! Récréer, revigorer et restaurer nos âmes vidées!

Mais quand Macy rentra chez lui, le soir, Lissa n'y était pas. Une impression de déjà vu : elle a agi de même jeudi dernier, n'est-ce pas? Une semaine écoulée et rien de changé. Toutefois, il observa une différence, en fouillant activement les placards. Elle avait emporté ses affaires. Cette fois, elle était partie pour de bon.

Le plus facile à faire était aussi le plus pénible. Rester tranquille, l'oublier, s'organiser la vie sans elle. Elle n'était que problèmes et tumultes, n'est-ce pas? Les complications fumeuses de la féminité, augmentées et multipliées, du fait de cette inexplicable télépathie. Qu'elle s'en aille. Qu'elle s'en aille. Une forte probabilité qu'elle revienne, comme la dernière fois. Mais cela lui était impossible. Du diable! Il fallait qu'il parte à sa recherche. A l'endroit le plus logique. Son appartement.

Une douce et agréable soirée de printemps.

Les étoiles dans toute leur splendeur au-dessus des tours. Des marchands de rêves troubles qui déambulaient dans les rues. Voilà, on descend dans le tube. Transfert sur la ligne de l'East Side. Sur la piste. Elle a dû sortir par ici. Les rues étroites, les bâtisses en décrépitude, survivantes de tous les soulèvements culturels. Des membres écailleux en érection sur le cadavre d'un passé aboli. Laquelle de ces baraques habite-t-elle? Elles se ressemblent toutes. Des ombres mystérieuses qui passent furtivement dans les ruelles. Visiter ce quartier, c'est faire un voyage dans le passé. Un quartier d'actes douteux et d'espionnage insondable. Un Istanbul, un Lisbonne de l'esprit, incrustés dans la matière tremblante de New York. J'ai bien l'impression que c'est ici. Je vais entrer.

Une liste des occupants? Ne me faites pas rire.

Macy cherchait à percer du regard la pénombre jurassique de la caverneuse entrée. Il aperçut loin de lui une silhouette courbée, difforme, qui boitillait vers lui tandis qu'il avançait avec précaution. Puis le choc de se reconnaître : c'était lui-même qui venait. Ce qu'il voit, c'est l'image de Paul Macy dans un miroir craquelé et déformant qui garnit le mur du fond. Rire. Applaudissements. A six étages, cette hostellerie fournit des récepteurs d'holovision qui montrent tous le même programme. Lissa? Lissa? Elle logeait au cinquième, n'est-ce pas? Je vais monter. Frapper à sa porte, si je la trouve. Ou alors je questionnerai les voisins. Mlle Moore, la fille aux cheveux roux, qui est restée absente à peu près une semaine? L'auriez-vous vue ici ce soir? Pas moi, mon gars, j'ai rien vu du tout. Allons, l'escalier. Où aurait-elle pu s'enfuir ailleurs qu'ici? Dans son nid. Dans son ermitage.

Il fit une halte au quatrième palier. Est-ce que les sbires de Gomez l'auraient suivi jusque-là? Nul doute. Ils le surveillent de près. Peut-être montent-ils sans bruit derrière lui, se refusant à le perdre de vue. Il était fort possible qu'en ce moment même quelque infirmier du Centre de Réhabilitation fût à un ou deux étages au-dessous, immobile, attendant que Macy poursuive son ascension. Et à chaque pas que je fais, il en fait un aussi. Et quand je m'arrête, il s'arrête. Et cela jusqu'en haut. Cramponné à la rampe, Macy se pencha dangereusement sur le puits d'escalier, pour voir. Dans cette obscurité, c'était impossible. Est-ce qu'une tête ne s'était pas retirée vivement, là en bas? Vérifions. J'attends une minute, puis je passe de nouveau la tête. Là. Mais ce n'est pas encore une certitude. Et puis, merde! Je me fous pas mal qu'ils me suivent ou pas. Montons. Un pas. Un pas. *Stop*. Ecoute. Cette fois, j'ai la certitude d'avoir entendu quelqu'un derrière moi. Réconfortant de savoir qu'ils veillent sur moi, où que j'aille. Plus haut.

Il fit de nouveau halte sur le palier du cinquième. Une double rangée de portes qui se perdait à l'infini. Lissa est peut-être derrière l'une d'elles. Peut-être vaudrait-il mieux l'avertir d'une façon quelconque qu'il vient la chercher. Peut-être qu'alors elle sortira dans le couloir. Je n'aurai pas à frapper à toutes les portes. Une profonde inspiration d'air. Pour envoyer l'appel mental le plus intense dont il soit capable, dans l'espoir qu'il sera sur la bonne longueur d'onde. *Lissa. Lissa. C'est moi, Paul, en haut de l'escalier. Je viens te chercher, mon petit. M'entends-tu, Lissa?*

Aucune réponse, de nulle part.

Bon. Maintenant, on regarde. Il se mit en marche dans le couloir, examinant les portes anonymes. Dans un pareil taudis, on n'inscrit pas son nom sur une plaque. Il ne se rappelait plus du tout la situation du logement. Quelque part au fond du couloir, loin de l'escalier en tout cas, mais cela laissait encore des douzaines de portes au choix. En voici une qui me paraît possible. Il allait frapper, mais se retint. Timidité? Peur? Avec tous ces sauvages habitants de la vieille construction, si étranges. Peut-être ne parlent-ils même pas l'anglais. Et moi qui arriverais juste à l'heure de leur dîner misérable. Et pourtant, si je n'essaie pas, je ne la retrouverai jamais.

Il se prépara à frapper. Non. L'holovision faisait son tintamarre à l'intérieur. Cela ne pouvait pas être elle. Je vais plus loin. Ici? Mais ils cuisinent quelque chose là-dedans. De la pieuvre au curry. Des beignets d'araignées. *Lissa? Lissa? Où êtes-vous?*

Des pas dans le couloir derrière lui.

Quelqu'un accourt dans sa direction.

Un fier-à-bras. Un surineur. Son poursuivant dans l'ombre de l'escalier Macy voulut pivoter pour faire face à son agresseur, mais avant qu'il eût terminé son mouvement, l'autre était sur lui, lui prenant les bras, les relevant, l'immobilisant. Un homme de haute taille, aussi grand que lui. Ils luttaient en silence, dans l'ombre, en poussant des grognements. Un genou vint s'appliquer au creux des reins de Macy, qui, ayant réussi à se libérer un bras, cherchait à accrocher l'oreille, l'œil, ou n'importe quelle partie du corps de son adversaire. Avant la lame du couteau. Avant le pistolet-assommeur.

D'une poussée, Macy réussit à plaquer l'autre au mur du couloir, durement, toute sa force passée dans son épaule, mais il sentit alors que son bras encore maintenu était replié en arrière plus qu'à l'angle limite. Un terrible élancement de douleur. Macy, au désespoir, se mit à cogner de l'épaule. Il s'efforçait de heurter du crâne la tête de l'autre pour l'abattre peut-être d'un coup heureux. Rien à faire. Rien à faire. Le combat se poursuivait farouchement. Inutile de crier au secours, bien sûr ; qui aurait ouvert sa porte en un pareil lieu ? Bang et bang et bang. Se défendre exigeait la mise en œuvre de toutes ses ressources. Une concentration totale. Tous deux avaient le souffle court. Je me défends mieux qu'il ne s'y attendait, c'est un fait ! Nous sommes à égalité. Une veine pour moi qu'il soit seul. Si je pouvais seulement me dégager la main et lui écraser la tête contre le mur... Et alors... à l'instant le plus frénétique du combat... une convulsion interne.

Hamlin.

Qui intervenait.

Le temps se mit en stase, si bien que Macy fut en mesure d'observer chaque phase de la victoire d'une façon paresseuse, détachée. Hamlin, qui rassemblait ses forces depuis déjà plusieurs jours, profitait à présent de la bagarre, de la concentration de Macy sur les difficultés de la lutte, pour s'emparer des centres moteurs de leur cerveau commun. Arrachant les connexions à deux mains, les rétablissant à sa propre guise. Macy culbutait dans un abîme du temps. Et Hamlin poursuivait avec régularité et efficacité ce qui devait être une prise de possession soigneusement calculée. Jambe droite. Jambe gauche. Bras droit. Bras gauche. La paralysie s'installait, une gelée inattendue en été. Macy coulant de plus en plus profondément. Aucun moyen de se défendre ; son flanc gauche n'était pas protégé et l'ennemi franchissait la barricade. Plus bas, plus bas, plus bas. Très froid, maintenant, le silence total. Qu'était devenue la surveillance de Gomez ? Main gauche à épaule droite. Main droite à épaule gauche. Danger extrême. Bah ! A quoi cela aurait-il servi ? Macy se rendit compte que lui-même et Gomez avaient totalement oublié de convenir d'un signal important, celui qui aurait signifié : *à l'aide, il s'empare de moi !* De toute façon, il n'y avait personne pour l'aider en cet instant. Main droite à épaule gauche. Main gauche à épaule droite. Danger extrême. Je tombe. Je tombe.

Il me tient.

12

IL était submergé dans une mer vitreuse d'un vert uni.
Totalement englouti, dans l'incapacité de remonter à la
surface. Au-dessus de sa tête, une plaque massive,
imperméable, incassable, lui fermait l'accès à l'air. Il
étouffait, les poumons sur le point d'éclater, la tête
pleine de battements. Des sensations de lourdes pulsations dans les mollets, une enflure des orteils. Au-
dessous de ses pieds ballants, un abîme sans fond, noir,
dense. De très loin, au-dessus de lui descendaient
quelques filets de lumière vaguement vert et or. Des
images floues, indistinctes, du monde supérieur. Toutes
les perceptions réfractées et déformées et transformées.
Ses mains poussaient désespérément contre la couche
vitreuse au-dessus de lui. Qui ne cédait nullement. Oh
Seigneur, je dois être en enfer ! Comment puis-je
respirer ? Comment m'a-t-il fait cela ? Comment vais-je
m'en sortir ? Je dois être en train de couler, lentement,
toujours plus bas. Des poissons aux mâchoires solides
pour nettoyer mes os. Il sentait le mouvement des
courants, des rivières de la mer, qui le ballottaient au
passage. Il frissonnait. La terreur l'envahissait. C'est
donc bien cela. Il m'a eu. Il m'a. Je suis à l'intérieur de
lui.

Marcy éprouva un pincement aigu de perte, de
dépossession. Ç'avait été si bon de vivre dans le monde.
Le soleil, les gens, le rire, et même les incertitudes et
les tensions. Être en vie, du moins. Et puis se trouver

rejeté, évincé, déshérité. Il m'a tout enlevé alors que je n'étais pas prêt à m'en aller. Ce n'est pas juste. Et maintenant? La souffrance en ce lieu, les soupirs, les étouffements, la peur.

Cependant, il survécut à la première vague de terreur et s'aperçut qu'elle n'était pas suivie d'une autre. Il retrouva le calme. Peu à peu, Macy se mit à préciser et définir la connaissance qu'il avait de son nouvel état. Il se rendit compte que, tout en ne pouvant pas remonter à l'air, il ne coulerait pas plus bas, et qu'il ne fallait pas prendre au pied de la lettre son sentiment de noyade. Toute cette imagerie marine, il le comprenait soudain, était purement métaphorique. Il était à la vérité submergé, il pendait en effet entre quelque part et ailleurs, mais il n'était plus qu'un réseau électrochimique mincement étalé dans les replis de ce qu'il était bien forcé pour le moment de considérer comme le cerveau de Nat Hamlin. C'était Hamlin qui tenait les commandes, en haut. Macy occupait une ou plusieurs circonvolutions indéfinissables. Il ne voyait pas. Il ne sentait pas. Il ne parlait pas. Il n'entendait pas. Il ne pouvait pas bouger. Il n'était plus qu'une abstraction, une identité désincarnée. Il était même douteux d'affirmer qu'il vivait encore, à proprement parler.

Maintenant que le premier choc était passé, il était surpris que la perte de son indépendance ne le rende pas désespéré. De la surprise, oui. De l'irritation, de la contrariété, oui. (Avec quelle adresse Hamlin avait-il su le manœuvrer!) De l'effarement, oui. (Quelle étrange chose que d'être pris au piège ici. Claustrophobie. Arriverai-je jamais à en ressortir?) Mais pas de désespoir. Pas même de peur. Hamlin ne s'était-il pas trouvé dans la même situation, ne l'avait-il pas supportée, puis dominée, pour enfin s'en échapper? Alors pourquoi pas moi?

La tentation était naturellement forte d'accepter la situation avec paresse, en toute passivité. De se dire que de toute façon il n'avait jamais eu vraiment droit à une existence réelle. Qu'il valait mieux pour tous les intéressés, maintenant que le renversement des moi avait eu lieu, de rester lové dans cette sorte de matrice. De laisser paisiblement Hamlin posséder le corps qu'il détenait par droit de naissance? Mais la tentation ne mordait guère sur Macy. Tout facile qu'il parût d'adopter une existence végétale, il préférait une vie plus active. Un corps à lui. Sa brève expérience du goût de la vie lui avait creusé l'appétit d'en connaître davantage.

Après tout, songeait-il, je n'ai même jamais eu de commencement. A peine quelques semaines d'indépendance après ma sortie du Centre. Et en plus, avec *lui* pour me tourmenter sans cesse. Et maintenant, cette situation. Mais je vais lutter. Je le pousserai dehors, comme il l'a fait pour moi. Il se peut que je ne sois pas né, au sens propre du terme, mais j'étais réel et je désire rentrer dans l'existence.

Il entreprit d'examiner avec patience les moyens dont il pouvait disposer. Etait-il possible d'établir une liaison sensorielle? Voyons. Rassemblons toutes nos capacités de concentration. Si nous regroupons notre énergie — comme ceci — et que nous la dirigeons volontairement dans une voie choisie — comme ceci — avons-nous le contact avec quoi que ce soit? Non. Non. Des ténèbres vitreuses, voilà tout. Et pourtant... là... qu'y a-t-il? Un nodule, une poignée. Que nous pouvons saisir. A laquelle nous pouvons appliquer une pression interne subtile. Oui! Et alors nous percevons. Le flot de sensations en direction de l'intérieur. Mais que percevons-nous! Notre environnement.

Oui, tout comme le disait Hamlin, on arrive à une sorte de perception par personne interposée de l'image du cerveau dans lequel on se trouve. Si seulement tu avais été plus attentif au Centre quand on s'efforçait de t'enseigner un peu d'anatomie physiologique pour t'expliquer ce que l'on faisait à ta tête! Les vésicules synaptiques. Le sinus synaptique. Les dendrites du cytoplasme. Les terminaux des cylindraxes. Les organelles, les filaments, les tubulures. Les mitochondries. Le corps calleux. La commissure antérieure. L'écorce cérébrale. Le système centrencéphalique. Des mots.

Des mots. Ce torrent énigmatique de noms sans signification précise pour lui. Mais néanmoins un rien de compréhension qui se fait jour. Tu fouilles, tu t'insinues, tu apprends une ou deux choses. Et l'obscurité se fait moins dense.

Macy envoya un filament de lui-même dans un couloir étroit et humide, au bout duquel il découvrit une paroi rose animée de pulsations, sur laquelle était posée un plaque dorée, ressemblant à un nid d'abeilles. La pointe du filament s'inséra dans un des alvéoles et il en résulta un petit éclat de lumière. Un progrès, non ? Maintenant, on subdivise le filament et l'on plante les extrémités ici, et ici, et ici encore. Eclair et éclair et éclair. Subito presto, le contact est établi ! Un bouquet brillant de données sensorielles. Jusqu'à présent, tout ce qui parvient reste indifférencié. Il peut s'agir de la vue, de l'ouïe, du toucher, de l'odorat, de n'importe quoi. Mais du moins y a-t-il des arrivées. Nous allons donc continuer. Macy qui sonde infatigablement. Qui cherche de nouveaux chemins d'exploration. D'autres rayons d'abeilles ; qui lance de plus en plus de filaments qui se ramifient dans les fentes. D'où des explosions lumineuses plus nombreuses.

En sortira-t-il jamais quelque chose de sensé ? Tu t'efforces d'obtenir une image de télévision et tu n'arrives qu'à des fonds sombres sur lesquels brillent des points phosphorescents éparpillés, un petit point par-ci par-là. Des petites boules hérissées d'informations trop passagères pour être intelligibles. Pas encore. Mais après tout, rien ne te presse. Tu n'as aucun sentiment de l'écoulement du temps. Mets-y une heure, ou une minute, un siècle, ou un an. Tôt ou tard, tu établiras une bonne liaison. Il s'agit seulement de... Tiens ! Qu'est-ce que c'était ? Un éclair de cohérence ? Venu et reparti. Mais c'était une perception complète. Auditive ou visuelle ? Tu ne peux pas encore les distinguer, mais tu sais que tu as reçu le renseignement dans son ensemble, même si tu n'as pas été en mesure de le comprendre. Disons que c'était une phrase complète. Sujet, verbe, complément, adverbes, adjectifs, explétifs, ponctuation, subordonnées, que Hamlin a lue ou entendue ou prononcée à haute voix. Ou disons que c'était un balayage du réservoir optique de Hamlin, comprenant tout l'apport visuel d'un cinquantième de seconde. Ou encore une flèche de pensée abstraite traversant la conscience de Hamlin du nord-ouest au sud-est. Ce n'est pas encore le moment de tenter d'établir un rapport quelconque entre de tels messages de hasard et ton propre réservoir de souvenirs. De façon à évaluer. De façon à interpréter. De façon à distinguer la vision du son ou de la connaissance. Ainsi. Et encore ainsi. Nous étendons notre réseau de fils télégraphiques sur des kilomètres et des kilomètres de désert et il finit par nous apporter des messages intelligibles.

Tels que :

Une sensation de mouvement. Secousse, secousse, secousse, enjambée, enjambée, enjambée. Hamlin se rend quelque part.

Une impression de position. Hamlin se tient debout.

Une sensation d'activité musculaire. Hanches et cuisses en action, la plante des pieds frappant le sol. Hamlin est en marche.

Un sentiment d'environnement. Lumière brillante. Soleil ? Une chaleur et une humidité générales. Le matin ? Une matinée d'été ? Des bruits de rue. Il marche dans une rue.

Une sensation de vision, qui prend de la netteté par à-coups, qui devient claire à présent. Des immeubles de bureaux, des piétons, des véhicules. Une rue de l'Ancien Manhattan ?

Une promenade comme s'il était assis sur les épaules de Hamlin, les jambes passées autour de son cou ; Macy ressentait une violente angoisse dans cette discontinuité, ce manque de transitions adéquates. Au moment où il avait perdu conscience, ce corps était dans un couloir de taudis en train de se bagarrer avec un agresseur inconnu, tard le soir. Maintenant il était en marche en plein jour dans une rue animée. Combien de temps s'était-il écoulé ? Quel avait été le résultat du combat ? Quelles blessures le corps avait-il subies, le cas échéant ? Où se rendait maintenant Hamlin ? Macy n'était en mesure de répondre à aucune de ces questions à l'aide des seules ressources dont il disposait pour le moment. Cependant, il pouvait toujours essayer de les accroître.

La prochaine étape, la plus logique, se dit Macy, c'est de me brancher sur la conscience de Hamlin. De façon à pouvoir le déchiffrer, peut-être même l'entraver, sinon lui reprendre le contrôle total. Un tentacule dans le cortex cérébral. Mais où est-il, le cortex ? Macy n'avait d'autre moyen que de revenir à sa tactique d'essais et d'erreurs, puis de rectifications, par tâtonnements. Mais pas de chance. Impossible de saisir les commandes des opérations mentales de Hamlin. Ses efforts n'aboutirent qu'à fournir à ses réserves de mémoires quelques couches agitées et troubles d'événements anciens. Sur l'écran de perception consciente de Macy flottait un nuage de particules souillées de l'expérience de Hamlin, des viols de sortes diverses, des séductions, des triomphes artistiques, des décisions financières, des traumatismes remontant à l'enfance, le tout dérivant dans la boue. Alors que les apports sensoriels continuaient d'indiquer un Hamlin marchant allègrement dans la rue ensoleillée.

Maintenant, et pour la première fois, Macy connaissait des moments de désolation. Un sentiment de découragement. Une compréhension de cette irréelle captivité. La reconnaissance de la défaite inévitable et définitive. Je devais bien m'attendre qu'il m'attrape et me boucle ici. Un moi plus fort que le mien. Plus rusé. Il a vécu trente-cinq ans et moi seulement quatre. En plus, une mentalité de criminel. Il sait comment se défendre. Je ne pourrai jamais lui faire autant de mal qu'il m'en faisait. Jamais je ne m'en sortirai.

Mais tout en se lamentant sur son sort, Macy continuait machinalement à rechercher le bon branchement, allant de-ci de-là, s'enfonçant souvent dans des impasses pour se heurter à des murs, mais il recommençait. Et soudain il réalisa la jonction avec la ligne qu'il

193

avait tant cherchée et en tira un courant paralysant et étourdissant, mais en définitive satisfaisant le jus essentiel, le flot renversant, le puissant ampérage de l'âme sans entraves de Hamlin.

... D'abord aller voir Gargantua presque arrivé encore dix minutes savoir où c'en est de l'achat et de la vente mes prix doivent avoir vachement monté maintenant je parie qu'il se sont dit Hamlin est mort ces suceurs de bites alors plus de production Hamlin alors on double le prix toutes les semaines et alors pourquoi pas pourquoi pas pourquoi pas et ensuite à l'atelier tout barricadé de planches clouées je parie rien que pour jeter un coup d'œil naturellement faudra me faire passer pour Macy ce qui posera quelques problèmes pourrai même pas dire la vérité à Gargan tout de suite mais quelques allusions une foutue masse de chair mais intelligent le bougre il est malin il devinera mais il y a un ou deux dollars à se faire pour son gros cul alors dira rien donc petit voyage sentimental à l'atelier comme à un sanctuaire mon propre sanctuaire probablement plein de poussière les Ostrogoths et les Vandales ont tout bousillé peut-être que j'étais pas un mec tellement agréable mais je respectais le bien d'autrui sauf tous les cons si on estime qu'un con constitue un bien personnel et d'ailleurs j'étais cinglé beaucoup mieux maintenant purifié par l'adversité la tête claire et enfin débarrassée de Macy l'ai collé à sa place le pauvre merdeux pas de personnalité du tout rien qu'une construction un bonhomme en plastique d'accord c'était pas sa faute mais c'était pas la mienne non plus la survivance du mieux adapté vous comprenez Darwin c'était pas un con et ensuite j'irai voir Noreen pour la beauté du coup faudra faire attention avec elle la garce est parfaitement foutue de me dénoncer mais peut-être pas après tout je l'ai fait jouir comme personne d'autre même si à la fin on s'était un peu refroidi néanmoins ça fait partie des risques du mariage surtout quand on épouse un génie officiellement reconnu un membre de l'élite internationale de la production artistique tellement d'intensité que ça arrive à déborder me voilà presque chez

Gargantua je crois à moins qu'il ait changé de galerie quatre ans merde toute cette merde d'univers change en quatre ans toutes les cellules du corps changent en quatre ans pas vrai ou bien en sept ans en tout cas on n'est plus pareil et Gargan vend sans doute sa camelote à Philadelphie à Chicago à Karachi maintenant qui sait mais on le saura assez vite Dieu que c'est bon rien que de marcher de nouveau dans les rues de respirer l'air de rejeter les épaules en arrière et ce soir on trouvera un petit trou sympa pour y tremper bisouquette oui vraiment quatre ans sans tirer un coup c'est un sacré bout de temps pour un homme de mes capacités artistiques et physiques et peut-être qu'à Darien je trouverai Noreen, toute prête à me faire plaisir ou une des autres Dieu cette pute de Lissa je crois qu'elle le ferait avec n'importe qui même avec Macy en pensant que c'est vraiment avec moi qu'elle baise bien entendu mais je n'en veux pas je ne la veux pas à moins d'un million de kilomètres de moi elle est trop dangereuse quel coup de poignard elle m'a collé dans la tête l'autre fois je ne la veux plus jamais jamais jamais je me demande quelles œuvres je ferai dès que je me serai remis dans le vent faudra que ça soit bon si je ne peux pas maintenir ma qualité aussi bien rendre mon corps à Macy mais je crois que je m'y remettrai assez vite pour commencer par des petites productions qui me redonneront mon sens de la perspective et la perspective de mon sens et alors on verra et de toute façon l'important c'est que je sois de retour.

— Mais tu m'as toujours, Hamlin.

— *Macy. Oh, merde, Macy! Je croyais ne plus entendre parler de toi avant un bout de temps.*

— Désolé de te décevoir.

— *Pourquoi ne t'uses-tu pas simplement? Te dissoudre. Te laisser absorber par les phagocytes crâniens »,* suggéra Hamlin. « *De toute manière, tu es foutu. Ta nébuleuse existence a pris fin, Macy. Admets-le et disparais.*

— Le Centre de Réhabilitation a oublié de me programmer pour l'autodestruction.

— *Mais je n'ai nul besoin de toi.*

— Seulement moi, oui », dit Macy.

« *A quoi es-tu bon ? Quelle valeur pourrait-on t'accorder dans le monde ? Aux yeux de qui ?*

— J'ai une valeur immense pour moi-même. Je suis le seul moi que je possède. Et je veux continuer à vivre. Je vais te battre, Hamlin. Je vais te refoutre dehors et cette fois, tu sera aboli. Attends et tu verras.

— *Je t'en prie, arrête, tes bourdonnements me font mal au crâne alors que la journée est si belle.*

— Je te donnerai autre chose que des maux de tête. »

Les menaces qui ne sont que du vent sont inutiles. Macy voulait démontrer de façon sensationnelle sa capacité de harceler Hamlin. Lui rendre la monnaie de sa pièce, du temps où les rôles étaient inversés. Lui pincer le cœur, lui coincer un paquet de muscles faciaux, lui fermer les yeux, le faire pisser dans son froc. Le secouer, mais, naturellement, sans causer de dommage au corps qu'ils se partageaient. Seulement il en était incapable. La capacité de harcèlement de Macy était voisine de zéro. Le mieux qu'il pût faire était de se brancher sur les apports sensoriels de Hamlin et de lui lancer des messages directement dans le cerveau. Des bourdonnements. Mais pas le moindre contrôle sur les secteurs moteurs. Pas de prise sur le système autonome. Il n'était guère que le passager qui n'avait pas la moindre idée de la place de l'accélérateur ou des freins, pas même du contact des phares. Pendant ce temps, Hamlin, sans la moindre difficulté, contourna l'angle d'une bâtisse et pénétra dans le vestibule d'une boutique aux vitres de verre dépoli sur la porte sombre de laquelle dansaient les mots *Omnimum Galleries Ltd* en globules flottants dans des tubes luminescents. A l'intérieur, une batterie d'appareils protecteurs le baigna d'une lueur qui le sondait. Une porte intérieure finit par glisser de côté et il entra dans la galerie, sans même s'arrêter pour regarder les trésors d'art contemporain qui s'y étalaient. Il demanda à la fille assise au bureau : « M. Gargan est-il ici ?

— Avez-vous un rendez-vous, monsieur ?

— Je ne crois pas. Mais il me recevra.

— Voulez-vous me donner votre nom ? »

Là, Hamlin eut une hésitation. Macy recueillit les vagues brûlantes de son mécontentement. Un dilemme, oui. Au bout d'un temps, Macy se décida : « Je m'appelle Paul Macy. » Tout en jetant un coup d'œil significatif à son insigne de Réhab. « Mais dites-lui bien que j'étais Nat Hamlin autrefois.

— Oh. » Le souffle un peu coupé. Une agitation confuse, un petit choc qui embarrassa la fille et la fit rougir jusqu'aux seins, découverts comme c'était la mode. Elle se reprit rapidement. Un doigt bagué sur l'interphone. « M. Macy demande à vous voir, Monsieur Gargan. Paul Macy. Antérieurement M. Nat Hamlin. »

D'un bureau intérieur vint un rugissement qui n'avait nul besoin d'amplificateurs. Hamlin se trouva introduit immédiatement. Une pièce sphérique, couverte de moquette noire haute et dense à 360 degrés dans toutes les dimensions, un homme d'une corpulence invraisemblable allongé mollement contre la paroi incurvée de gauche, sa main épaisse suspendue au-dessus d'un tableau de commandes hérissé de boutons endiamantés. Il ne se leva pas à l'entrée de Hamlin. Un océan de graisse, plis et replis de chair retombant les uns sur les autres. Les traits à peine distincts dans la masse : de petits yeux porcins, un ridicule nez retroussé, des lèvres minces et pincées de puritain. Et de cette énormité, une voix d'homme ténue et flûtée : « Par la verge de Dieu lui-même, que faites-*vous* ici ? Vous n'êtes pas censé venir ici, Nat !

— Cela vous dérange ?

— Si cela me dérange ! Si cela me dérange ! Vous savez bien que je vous adore ! Seulement tout cela m'échappe un peu. On vous a emmené pour la Réhab ;

j'ai cru que c'en était fini de vous. Bref, quand en êtes-vous sorti ?

— Au début de mai. Je serais venu vous voir plus tôt, mais j'avais de nouveaux problèmes.

— Vous paraissez normal. Vous parlez normalement. Vous ressemblez tout à fait à votre moi d'avant. Mais vous portez l'insigne. Vous êtes devenu quelqu'un d'autre, n'est-ce pas ? Quel est votre nom maintenant ?

— Paul Macy.

— Me plaît pas. Manque de couilles.

— Ce n'est pas moi qui l'ai choisi, Gargantua. »

Le gros homme tira sur ses bajoues. « Je vous appelle Nat ou Paul ?

— Il vaut mieux Paul.

— Paul. Paul. Eh bien, on essaiera. Asseyez-vous, Paul. Bon Dieu, quel nom de tantouze ! Asseyez-vous quand même. » Hamlin s'assit. Macy, simple spectateur de l'intérieur, démuni de possibilités, en fit autant. Ecoutant chaque mot prononcé, mais dans l'incapacité d'intervenir. Comme un film qu'il aurait vu sur un écran. Il avait déjà aperçu ce gros homme, le propriétaire de la galerie, à la dérive dans les décombres de la mémoire de Hamlin ; mais il paraissait à présent encore beaucoup plus gras. Cet homme et Hamlin s'étaient enrichis tous les deux grâce au génie de l'artiste. Pour le moment, Hamlin s'étirait voluptueusement. En pleine et indiscutable possession du corps récupéré. Le tapis noir semblait avoir une épaisseur de trente centimètres : souple et élastique. Gargan effleura l'un des contacteurs du tableau et la pièce tourna en silence d'une quinzaine de degrés. Le côté de Hamlin monta et celui de Gargan s'abaissa. Macy eut une faible impression de vertige. L'homme gras gisait complaisamment étalé, à se masser le ventre. Peu après, il éructa et demanda : « Est-ce que le cadre vous plaît ici ? Ou alors avez-vous oublié l'ancien ?

— Je me le rappelle, Gargan. Ici, c'est formidable. On dirait un bordel royal de Babylone. Une galerie pour sybarites, hein ?

— Nous avons une bonne clientèle.

198

— En pleine prospérité. Et vous avez pris du poids, n'est-ce pas ? Beaucoup de poids, si je ne me trompe ?

— Beaucoup. Deux ou trois cents livres depuis qu'on ne s'est vu.

— Vous êtes beau.

— Je le crois.

— Mais où diable prenez-vous la patience de manger autant ?

— Oh, je ne perds pas de temps à trop manger. J'ai fait régler chirurgicalement mon lipostat. On a modifié toute mon équation corps-graisse-glucose. Je consume lentement, mon ami, très lentement. La nourriture qu'il vous faut pour prendre quarante grammes me donne une livre. Et je grossis de jolie façon, plus joliment tous les jours. Je veux dépasser les mille livres, Nat ! Ou plutôt Paul. Il faut que je vous appelle Paul.

— Oui, c'est mieux.

— Mais tout cela est insensé. » Gargan remua à peine, tournant le cou d'une petite fraction. « Comment pouvez-vous vous souvenir de moi ? Pourquoi la Réhab ne vous a-t-elle pas effacé ?

— Elle l'a fait.

— Mais quand vous parlez, on dirait absolument...

— Je suis un cas particulier. Ne posez pas tant de questions.

— Je vous écoute, Nat.

— Paul.

— Paul.

— Tâchez de faire un peu plus attention avec mon nom, s'il vous plaît. Je suis un homme tout neuf. Le coupable de viols, répugnant et antisocial, qui a causé des dommages si irréparables à tant d'innocentes femmes, a été détruit avec humanité, Gargantua, et jamais plus il ne foulera la terre.

— Je pige. Où habitez-vous ?

— Loin dans le haut de la ville. Provisoirement. Je peux vous donner l'adresse si vous voulez.

— Oui. Et le numéro de téléphone.

— Je n'y resterai pas longtemps. Dès que j'aurai

rassemblé un peu d'argent, je me trouverai un logement plus à ma convenance.

— Est-ce que vous travaillez déjà ?

— Comme commentateur à l'holovision », répondit
Hamlin. « Peut-être m'avez-vous déjà vu ? Aux nouvelles du soir ?

— Je veux dire *travailler*.

— Non. Je n'ai ni matériel ni atelier. Je n'ai même
pas encore eu le temps d'y penser sérieusement.

— Mais bientôt ?

— Oui, bientôt. » Macy sentit que les lèvres de
Hamlin s'incurvaient en un sourire rusé et malicieux.
« Aimeriez-vous être mon représentant quand je m'y
remettrai, Gargan ?

— Quelle question ! Vous savez bien que nous
sommes liés par contrat.

— Mais non », fit Hamlin.

« Je peux vous le montrer. Attendez que je presse le
bouton de rappel. » Les doigts boudinés de Gargantua
se levèrent au-dessus de la rangée de boutons. Il allait
en manœuvrer un quand Hamlin tendit la main et
l'arrêta.

« Vous aviez un contrat avec Nat Hamlin », dit-il.
« Hamlin est mort. Vous ne pouvez pas représenter son
fantôme. Mon nom est Paul Macy, et je cherche un
marchand. Cela vous intéresse ? »

Le visage de Gargantua paraissait encore plus enflé.

« Vous le savez bien.

— Quinze pour cent.

— L'ancien contrat portait trente pour cent.

— L'ancien contrat a été signé il y a vingt ans. La
situation n'est plus la même. Quinze. »

De longs tiraillements de bajoue. « Je ne prends
jamais à moins de trente.

— Vous le ferez pourtant si vous tenez à ce que je
vous revienne. » La voix était maintenant très détachée. « Tous les contrats de Hamlin sont devenus
légalement caducs quand sa personnalité a subi la
destruction. Je ne suis lié en rien et à rien. En outre, je

200

manque de fonds et il faut que je me reconstitue un capital en vitesse. Quinze. A prendre ou à laisser. »

Un éclair sournois et hostile apparut dans les yeux de Gargan. « Nat Hamlin était un maître en renom avec une liste d'œuvres achetées par les musées plus longue que ma verge. Paul — comment déjà ? Macy ? — Paul Macy n'est personne. J'avais une liste d'attente pour des Hamlin, pour tout ce qu'il produirait. Pourquoi les gens achèteraient-ils des Macy ?

— Parce que je suis tout aussi bon que Hamlin.

— Qu'en savez-vous ?

— J'en suis certain. Il se peut que les affaires soient lentes à démarrer, jusqu'à ce que la rumeur se répande, mais quand le public se rendra compte que Macy vaut Hamlin, qu'il est peut-être même meilleur parce qu'il a souffert un enfer de plus et en a profité, les gens viendront vous dévaliser. Vous vous ferez une drôle de pelote. On passe le marché à quinze ou on laisse tomber ?

— Je veux d'abord voir le travail de Paul Macy avant de proposer un contrat », répondit lentement Gargantua.

« Le contrat d'abord, ou vous ne verrez rien.

— Bah ! Les artistes ne sont pas, en principe, des rapaces. C'est pourquoi ils ont besoin des marchands qui se conduisent en enfants de putes à leur place.

— Je peux être moi-même un enfant de pute », dit Hamlin. « Ecoutez, Gargantua, ne tournons pas autour du pot. Vous savez qui je suis et vous connaissez la qualité de mes œuvres. J'ai eu une sale passe et j'ai besoin d'argent, et de toute façon, à ce point de ma carrière, il serait ridicule de ma part d'abandonner trente pour cent à mon agent. Etablissez-moi un contrat et avancez-moi dix mille dollars pour m'installer un atelier. Et cessons d'ergoter.

— Et si je n'accepte pas ?

— Vous êtes deux douzaines de marchands presque dans le même pâté de maisons.

— Tous prêts à sauter sur l'occasion de passer contrat avec un nommé Paul Macy, j'imagine ?

— Ils sauraient qui je suis en réalité.

— Croyez-vous ? Le processus de réhabilitation est censé être parfait, à toute épreuve. Supposons que tout cela ne soit qu'une bonne blague ? Supposons que vous soyez bien Paul Macy et qu'une personne quelconque vous ait enseigné à ressembler à Nat Hamlin dans sa façon de s'exprimer ? Et que vous ne soyez venu que pour m'extorquer des fonds en vitesse ?

— Mettez-moi à l'épreuve. Posez-moi n'importe quelle question sur la vie de Hamlin. » Macy sentait maintenant la détresse de Hamlin. Un flot d'adrénaline. Les pores qui se dilataient. Les parties génitales contractées.

« Je n'aime pas les jeux de hasard », déclara Gargan. Il pressa un bouton d'un geste négligent ; la pièce s'inclina de l'autre côté. Les intestins de Hamlin basculèrent. Le marchand reprit : « Vous n'avez aucun moyen d'action, l'ami. Pas un marchand bien réputé ne ferait confiance à un Réhab reconstruit qui prétendait posséder les mêmes talents que son ancien moi. Alors, c'est moi qui dis " à prendre ou à laisser ". Je vous signerai un contrat, Paul, parce que je suis sentimental et que je vous aime bien, que je vous adorais autrefois, du moins, et je vous avancerai même de l'argent pour redémarrer. Mais je ne veux pas avoir la main forcée. Vingt-cinq pour cent, pas un sou de moins.

— Vingt.

— Vingt-cinq. » Un bâillement prodigieux. « Vous commencez à m'ennuyer, Paul.

— Ne crânez pas. Rappelez-vous à qui vous parlez. Pensez au talent de l'homme qui est devant vous. Dans un an, vous regretterez amèrement d'avoir repoussé mon offre. Vingt pour cent, Gargantua.

— Vingt-cinq. »

Hamlin était à présent tout à fait bouleversé. Son orgueil avait cédé ; ses glandes internes fonctionnaient trop abondamment. Macy, qui n'avait pas cessé de sonder les passages des liaisons nerveuses, crut avoir trouvé une prise convenable, et songea que le moment était propice pour une tentative de reprise du corps. Il poussa fort. Il plongea. Toutes griffes dehors pour attaquer le central cérébral. Mais rien à faire. Hamlin le chassa comme il eût fait d'un moustique et dit à haute voix : « Faisons un compromis. Vingt-deux et demi et je suis à vous. »

Une heure de route banale dans une voiture de location amena Hamlin à son ancienne propriété dans le Connecticut. La voiture faisait de son mieux pour s'arranger de la conduite inepte de Hamlin, fait surprenant. Il manipulait la barre de direction maladroitement, avec des brusqueries, s'efforçant souvent de vaincre le cerveau gyroscopique du véhicule, dérangeant constamment la délicate homéostase qui maintenait la voiture dans la voie qui lui était réservée. Macy, de son poste d'observation intérieur, surveillait la conduite de Hamlin avec des sentiments plutôt mêlés. Il était clair qu'après quatre ou cinq années d'inactivité, Hamlin avait perdu toute l'habileté qu'il avait pu avoir antérieurement, et qu'il s'en inquiétait car il lui était venu à l'idée que pendant cette absence il avait peut-être également perdu ses autres talents. Il se montait donc tout seul jusqu'à une concentration frénétique, serrant la barre entre ses mains moites et s'efforçant d'obtenir psychiquement le contrôle total de la voiture. Macy comprit qu'il pouvait jouer des peurs de Hamlin, grandir encore sa détresse. *Tu crois être revenu à la vie, Nat, mais rien ne t'est revenu sinon ton égoïsme et ta grossièreté. Tu as perdu tous tes talents manuels. Tu ne pourrais même plus faire des découpages en papier, et encore bien moins des chefs-d'œuvre de musée*. Et ainsi de suite. Un travail de sape sur la confiance en soi de Hamlin, en s'attaquant à son argument essentiel quand il avait chassé l'occupant synthétique de son corps. Macy lui faisait relâcher sa surveillance du système nerveux central, pour le préparer à la culbute. *Tu te prends toujours pour un grand artiste ? Seigneur, tu ne sais même pas conduire ! Le Centre de Réhab t'a réduit en miettes, Nat, et tu ne seras jamais plus tout entier.*

Ensuite, quand Hamlin serait bien embrouillé et pris de panique, Macy pourrait tenter l'assaut décisif.

Le processus était d'ailleurs déjà en cours. Les vapeurs des tensions de Hamlin filtraient jusqu'à l'intérieur de la forteresse de Macy. L'odeur grasse de la peur et du doute. Vas-y, donne-lui une poussée, il est devenu vulnérable. Mais ce plan ne reposait sur rien. Macy le savait. Il n'avait pas encore découvert les leviers qui lui permettraient de jeter Hamlin à bas de son trône. Et même s'il les avait tenus, il n'aurait pas risqué une tentative aux environs de 200 km/heure ; si précise que fût l'homéostase de la machine, elle n'était pas programmée en conduite automatique et, pendant la lutte qu'ils se livreraient, Hamlin et lui, elle pouvait franchir l'accotement ou heurter un mur ou se précipiter dans le flot de véhicules en sens inverse.

Aussi Macy resta-t-il passif tandis que Hamlin parcourait la grand-route, puis guidait de façon plus sûre le véhicule par les chemins de campagne tortueux sous leur voûte de feuillage, jusqu'au lieu où il avait autrefois vécu. Il rangea la voiture à quatre cents mètres de la propriété. Puis il quitta la petite route et s'engagea avec précaution dans le bois. C'était l'été, cela saisissait le cœur. Les feuilles étaient si vertes, si neuves. Des fleurs d'un blanc et d'un jaune éclatants. Des oiseaux et des écureuils. Des fougères arborescentes. Un lieu où l'on avait su contenir la marée urbaine, la mer de béton et de pollution, les attaques qui éteignaient les espèces vivantes. Un avant-poste de la vie naturelle, conservé pour les très riches.

Et là-bas, derrière ce bouquet de bouleaux d'un blanc éblouissant, la demeure. Des murs altiers, en grosses pierres gris-brun prises dans l'ancien mortier gris. Des fenêtres à vitraux plombés reflétant le soleil de midi. Le cœur de Hamlin frémissant, bondissant. De vieux souvenirs en une ronde folle. Regarde, regarde ! La mare, le ruisseau, la piscine. Absolument conforme à la description donnée par Lissa, absolument identique aux images vues par Macy dans le cerveau de Hamlin quand ce dernier évoquait l'endroit. Et l'atelier en annexe, où s'étaient ébauchés et terminés tant de chefs-d'œuvre. Où tant de miracles s'étaient accomplis.

« Pourquoi es-tu venu ici ?

— *Un pèlerinage. Un voyage sentimental.*

— C'est la maison d'un autre à présent.

— *Pourquoi ne vas-tu pas te faire foutre, Macy ?*

— Je me soucie de ta santé. Tu ne peux pas rôder comme cela par ici. Il se peut qu'il y ait des chiens de garde. Des caméras qui surveillent tout. Sais-tu ce qui t'arrivera si tu es pris ? »

Hamlin ne répondit pas. Il se faufilait en direction de l'atelier et Macy perçut un vague plan d'effraction d'une fenêtre pour y pénétrer. Hamlin paraissait compter retrouver l'endroit intact, avec tous les appareils complexes de psychosculpture dans l'état où il les avait laissés. Folie. L'atelier servait probablement de serre à quelque béate bonne femme de la bourgeoisie. Hamlin continuait d'avancer sous le bosquet en bordure du ruisseau. Qu'il essaie, qu'il essaie seulement. L'alarme va se déclencher et les lieux seront bourrés de flics dans les dix minutes. Une folle poursuite à travers bois. Les chiens cybernétiques au museau camus flairant les traces de pas sur les feuilles de l'an dernier et convergeant sur les ondes thermiques du fuyard. Celui-ci encerclé, pris au piège, empoigné. Identifié comme le reconstruit Paul Macy, mais la police, renseignements pris chez Gomez et Cie, apprendrait bien vite que Macy avait été tourmenté par une renaissance de son identité antérieure. Et alors ? De prompts remèdes. Pan ! Les aiguilles dans le bras. Hamlin effacé pour la deuxième fois.

Et sa menace de détruire leur corps partagé en cas de difficulté ? Non, se disait Macy, il ne peut pas. Pas tant qu'il aura la maîtrise du cerveau conscient. Un homme n'arrive pas à bloquer son cœur par un simple effort de volonté. Il le pouvait quand il occupait la place où je suis, branché sur toutes les liaisons nerveuses, mais il ne le peut plus. Hamlin mourra donc une seconde fois et le corps survivra. Pour moi. Vas-y, Nat, rampe et rampe et rampe, fais irruption dans l'atelier, déclenche le signal d'alarme, fais venir les chiens, remets-moi donc sur la voie de la vie dans l'indépendance. Oui, je t'en serai si reconnaissant !

Mais qu'est-ce donc que je vois sortir de la piscine ? La béate bonne femme elle-même ! Vénus dans sa coquille. Une femme dans les quarante-cinq ans, grande, non pas potelée, mais bien en chair, les cheveux foncés, une longue taille cambrée, les cuisses un peu fortes, un visage aimable mais inexpressif. La craquette cachée par un minuscule slip ; les seins nus, bien ronds, probablement un peu moins haut accrochés que dans sa jeunesse. Elle écarquille les yeux de surprise à la vue de Hamlin qui s'avance vers elle.

Prompte réaction d'adrénaline chez Hamlin aussi. Dilatation des pupilles, accélération du cœur, raidissement de la verge. Pas étonnant qu'il soit excité. La situation propice au viol. En plein jour, hors la ville, une femme seule, à peine vêtue, un homme sort du bois. La jeter par terre, une main sur la bouche, lui écarter les jambes, la pénétrer. Se reboutonner et filer allègrement. Une encoche de plus sur ton pistolet !

« Hahaha ! Toujours le même. Tes vieilles conneries.

— *Ne m'emmerde pas !* » aboie Hamlin. Il fait un effort, retrouve son équilibre sexuel, son attitude courtoise. Il lui adresse un sourire sexo-sociable et incline poliment la tête. Tout est en ordre. « J'espère ne pas vous avoir fait peur, madame. » D'une voix suave.

« Pas terriblement », répond-elle en portant les yeux alternativement sur le visage et sur l'insigne de Réhab. Elle est un peu embarrassée mais nullement inquiète. Elle ne cherche pas à se couvrir les seins malgré la provocation en puissance de sa quasi-nudité. L'aplomb enjoué des couches supérieures. « Veuillez m'excuser si je me trompe affreusement, mais n'êtes-vous pas... n'étiez-vous pas...

— Nat Hamlin, oui. Qui vivait ici. Mais je m'appelle maintenant Paul Macy.

— Menteur !

— Je vous ai immédiatement reconnu. Comme c'est

aimable à vous de nous rendre visite ! » Elle ne se rend évidemment pas compte qu'il est inadmissible qu'un Réhab revienne sur les lieux que fréquentait son moi antérieur. Ou alors elle s'en fiche. « Je suis Lynn Bryson, au fait. Il y a deux ans que nous habitons ici. Mon mari est chirurgien, spécialiste de l'oreille. Puis-je vous offrir un rafraîchissement, monsieur... euh... Macy ? Ou quelque chose à fumer ?

— Non, je vous remercie, madame Bryson. Vous avez racheté la propriété à la... veuve de Hamlin ?

— Oui, à Mme Hamlin. Une femme si fascinante ! Naturellement, elle ne voulait plus rester ici, avec de si poignants souvenirs de toutes parts. Nous sommes devenues très amies pendant la période des transactions.

— J'ai entendu dire le plus grand bien d'elle », fit Hamlin. « Bien sûr, je ne me la rappelle nullement. Vous le comprenez ?

— Evidemment.

— Le passé de Hamlin est pour moi livre clos. Mais vous comprendrez que j'éprouve une certaine curiosité à l'égard des gens de son entourage ainsi que des endroits où il a vécu. Comme s'il était en quelque sorte un de mes ancêtres qui aurait connu la célébrité. Alors j'ai eu l'impression qu'il fallait que j'en sache davantage sur son compte.

— Naturellement.

— Est-ce que Mme Hamlin vit toujours dans les parages ?

— Oh, non, elle est à présent dans le Westchester. A Bedford City, je crois.

— Remariée ?

— Oui, bien sûr. »

Le couteau se retourne dans les tripes de Hamlin.

« Sauriez-vous par hasard le nom de son nouveau mari ? » D'un ton posé, dissimulant toute trace de tension.

« Je pourrais sans doute le retrouver », dit la femme. « Un nom juif, quelque chose comme Klein, Schmidt, Katz. Un nom court, à consonance germanique. Il s'occupe de théâtre, peut-être un producteur ? En tout cas, un homme très bien. » Son sourire s'épanouit. Ses yeux détaillent le corps de Hamlin avec une sensualité toute prête. Comme si elle n'eût nullement objecté à quelques outrages. Une façon de pénétrer dans l'intimité du défunt grand artiste par personne interposée. Si elle avait deviné ses idées ! En l'air le bout de tissu plastique autour de son ventre, la culbute dans l'herbe, les grasses cuisses blanches bien écartées et boum ! « Voudriez-vous me suivre ? » demanda-t-elle d'un ton détaché. « J'ai son nom à la maison. Et de toute façon, vous serez content de la visiter. Ainsi que l'atelier. Savez-vous que nous avons conservé l'atelier de M. Hamlin dans l'état exact où il était quand il... avant qu'il... quand ses difficultés ont commencé...

— Vraiment ? » Un bond de fauve à l'intérieur. Un puissant stimulant. « Tout est resté intact ?

— Mme Hamlin ne désirait rien emporter qui ait appartenu à son mari, alors nous avons eu tout cela avec la maison. Et alors nous avons pensé, eh bien, tout comme on montre la maison de Rembrandt à Amsterdam, ou celle de Rubens à... Anvers, je cois ? Nous laisserions intact l'atelier de Nat Hamlin, non pas pour le faire visiter au public, bien sûr, mais comme une sorte de monument, de sanctuaire, et si quelque savant ou quelque admirateur de Hamlin souhaitait le voir, eh bien, nous le lui permettrions. Et bien entendu, il y aura les générations futures. Vous me suivez ? » Avec le sourire, elle pivote et traverse la pelouse à grandes enjambées. Ses fesses charnues ondulent, ondulent, ondulent. Hamlin, en sueur, chargé d'adrénaline, les suit. La vieille et familière maison de pierre. L'annexe trapue mais spacieuse. Elle agite la main avec enjouement. « L'entrée de l'atelier est de l'autre côté du... » Hamlin se dirigeait déjà vers cette porte. « Oh, je vois que vous le saviez déjà. » Mais comment se fait-il qu'il le sache ? Elle ne laisse cependant percer aucune trace de soupçon. « Je vais chercher le nouveau nom de Mme Hamlin ainsi que son adresse, et je vous retrouve dans deux minutes à... »

L'atelier. Exactement tel qu'il l'a laissé. A gauche de la porte, la grande fenêtre rectangulaire. La lumière entre à flots. Face à la fenêtre, l'estrade de pose avec les microphones, les lentilles de balayage, les sondes, et même les derniers repères qu'il a tracés à la craie sur le sol. Sur le mur de droite, son pupitre de commande, leviers, poignées, boutons et cadrans qui auraient certainement intrigué Rembrandt ou Rubens et même Léonard de Vinci. Les écouteurs. Le système de réglage de l'ionisation. Les fiches déconnectées. L'écran de données. La plume lumineuse. Le générateur sonique. Quel amas de matériel ! Au fond l'autre petite pièce, l'annexe de l'annexe, avec des tas de choses encore, rouleaux de fil métallique, pieds télescopiques, mottes de glaise, le grand électropantographe, le photomultiplicateur, l'intensificateur d'image, et d'autres objets que Hamlin ne parut pas reconnaître. Il errait, l'air perdu, parmi tout cela. Macy recueillait ses sombres pensées. L'artiste était apeuré et même effaré par la complexité de l'atelier. Il s'efforçait de se faire à l'idée qu'en un temps, il avait manié ces objets comme s'ils avaient été pour lui une seconde nature. A quoi donc servait ceci ? Et ceci ? Merde ! Comment tout cela marche-t-il ? Je ne me rappelle absolument rien.

« La Réhabilitation t'a plus démoli que tu ne t'en rends compte, Nat.

— *Ta gueule. Je pourrais tout reprendre en main en trois heures.* » Mais avec une note de fierté qui sonnait faux. Des courants puissants d'incertitude émanaient de lui. Hamlin détacha un morceau de glaise et se mit à la pétrir. Elle était un peu sèche après tout ce temps. La glaise. Et lui aussi s'était rouillé. Les doigts ne répondaient pas. Sculptons donc Mme Bryson. Voyons. Nous faisons un long rouleau de glaise comme ceci, et nous... Non. Aussitôt les proportions étaient erronées. Hamlin se mordilla la lèvre. Il rectifiait son début intuitif. Elle est grande, oui, et large de hanches, et il nous faudra un peu plus de glaise ici, pour les roberts.

« Laisse tomber, Nat, tu n'as plus de talent.

— *Va te faire foutre, Macy. Tu n'es qu'un ignare.* »

Cependant Hamlin était dans l'incapacité de dissimuler son malaise à son passager. Il tripotait la glaise, la mutilait, commettait des fautes à cette tâche élémentaire du modelage, et s'efforçait néanmoins de donner à ce qu'il avait en main la forme qu'il concevait en esprit. Durant ce moment de tension, Macy établit de nouveaux branchements et, pour la première fois, obtint une mesure de contrôle sur le système nerveux central de Hamlin. *Ping !* En effleurant les neurones. Le coude de Hamlin eut une secousse. Le tube de glaise se plia en deux sous l'effet de cette soudaine et accidentelle convulsion. *Ping !* Encore un frémissement. Hamlin l'engueulait maintenant en silence, hurlant de fureur, si l'on peut dire. Macy jouissait de sa réussite. Il continuait de tirer sur les synapses de Hamlin tandis que ce dernier tremblait de plus en plus de rage et de déception. La statuette de Mme Bryson, à peine ébauchée, n'était plus que débris. Hamlin jetait des coups d'œil inquiets sur son propre matériel, qui lui semblait si inconnu, si terrifiant. Il se répétait qu'en quatre ans et demi, on peut bien oublier une quantité de simples trucs superficiels et mécaniques, mais que l'on ne perd jamais le vrai talent, le don essentiel inné, l'ensemble de perceptions et de pénétrations qui constituent la matière réelle à laquelle l'artiste applique l'habileté qu'il a acquise.

« Continue, Nat, ne cesse pas de te le répéter, tu pourrais même commencer à y croire bientôt.

— *Fiche-moi la paix. Fiche-moi la paix. Je pourrais réapprendre toute cette mécanique en une demi-journée !*

— Bien sûr que tu pourrais, mon joli cœur. Qui en a jamais douté ? »

Encore un pincement dans la moelle pour Hamlin, et un coup dans l'autonome, et un choc dans le périphérique. Oui ! Je commence vraiment à m'y retrouver ici-dedans ! Tout comme il a fait en moi. Mais c'est une autre paire de manches. Je l'aurai. Et jusqu'au trognon ! Hamlin exécutait une danse de cinglé, en tressautant autour de la pièce, tandis que Macy s'en amusait. Hamlin ne paraissait pas en mesure de se concentrer suffisamment pour entreprendre des représailles : on eût dit que les vibrations émises par tout le matériel de psychosculpture le laissaient étourdi et déséquilibré. N'arrête pas de cogner, se conseilla Macy. C'est peut-être l'occasion pour toi de reprendre le dessus. Ping et ping et ping ! Les bras qui battent follement. Les genoux qui flageolent. Je crois que je pourrais maintenant lui faire salir son caleçon. Ce serait un beau point à marquer du point de vue psychologique, mais pourquoi me mettre dans la merde si jamais je reprends les commandes ?

Et alors Hamlin se mit à riposter. Avec une fureur froide, repoussant une fois encore Macy au second plan. Chassant de son esprit les distractions que lui causait l'atelier devenu terrifiant, afin de rétablir sa discipline intérieure. Là. Là. Là. Macy constata qu'il n'avait pas encore assez de pouvoir pour vaincre l'autre, bien qu'il apprît sans cesse qu'il gagnât de la force. Plus tard. Une autre fois. Pour le moment, il me tient.

« L'atelier n'est-il pas *absolument fascinant,* monsieur Macy ? »

Un gazouillis idiot, un joyeux trille de contralto. Entre Mme Bryson. Un morceau de papier à la main. Ce n'est pas accidentellement qu'elle a perdu son slip et elle arrive en folâtrant, nue comme un ver, toute frétillante sur ses pieds plats. Les yeux étincelants, les seins soulevés en attente. Un triangle noir épais et frisé. Les tétons pointés. L'odeur chaude d'une garce en chaleur qui se répand dans l'air tiède. Nous ne nous choquons guère de la nudité ici, vous voyez, monsieur Macy. Les vêtements, c'est si primitif, non ? Et peut-être va-t-elle porter rapidement la main au bas du ventre de l'homme, faire sortir le dard, se renverser sur le plancher parmi les appareils du grand artiste. Pour se faire prendre par son simulacre. *Ohohoh.* Mais non, pas cette fois, chère madame. « J'ai eu du mal à retrouver le nom et l'adresse de l'ex-Mme Hamlin », dit-elle. « C'était rangé avec l'acte d'achat de la propriété, vous savez, mais j'ai tout retourné et voici...

— Oui », bafouilla Hamlin. Un besoin suraigu de quitter ce lieu. La gorge sèche ; le visage empourpré ; les yeux perdus. Il lui faut se défendre à la fois contre les assauts lancés de l'intérieur par Macy et contre les muettes railleries de son matériel à l'extérieur. La touffe noire et la fente de la femme ne l'intéressent plus du tout. L'inattendu de cette atmosphère écrasante dans le local l'a rendu totalement impuissant. S'échapper, vite. Il saisit le morceau de papier dans la main de la femme frappée de stupeur. « Mercibeaucoupfautquejeparteimmédiatement. » Il passe rapidement devant elle en direction de la porte. Elle a soudain sur le visage un masque rigide d'étonnement et de colère. Elle sait qu'elle ne sera pas satisfaite. L'enfer ne connaît pire furie qu'une femme dédaignée.

Elle paraît dix ans de plus. Des rides profondes des joues au menton. Les tétons qui mollissent, les épaules qui tombent. Toute cette nudité gaspillée pour lui. Elle tend le bras et agite les doigts comme pour le retenir. Aucune chance. Hamlin est parvenu à la sortie. Il sort dans l'éclat de midi. Poursuivi par les filaments fantômes de la libido féminine. « Vous n'êtes pas si pressé de repartir ! » lui crie-t-elle.

Hamlin ne répond pas. D'un coup d'œil en arrière, il la voit devant la porte de l'atelier, une garce oisive, riche et nue, au seuil de l'âge moyen, ahurie de le voir en panique, stupéfaite qu'il ait refusé le don de son corps. Il est lui-même effaré de cette panique. Il a la tête qui tourne. Macy fait de son mieux pour empirer la situation, tirant à la fois sur tous les cordons nerveux. Hamlin pousse un glapissement mais garde le dessus et poursuit sa course. Course. Course.

De nouveau dans la voiture qui cahote vers l'ouest à travers plusieurs comtés, Macy se demandait s'ils survivraient à ce voyage. Les petites routes n'ont pas de bandes protectrices, aussi les mécanismes d'homéostade du véhicule étaient-ils annulés pour la plupart. Si jamais l'auto quittait la route, rien ne l'empêcherait d'aller s'écraser contre un des chênes massifs qui l'attendaient.

Et Hamlin était dans un état effrayant. Follement cramponné à la barre. Les yeux vitreux et fixes. Les mâchoires contractées. Il conduisait seulement sur ses réflexes, n'utilisant qu'une minuscule plaque de tissu cérébral pour mener la machine alors que dans le reste de son esprit tourbillonnaient follement les événements de la dernière demi-heure. La voiture allait d'un bord à l'autre de la route étroite, franchissant la ligne centrale, roulant sur les accotements.

La plupart des défenses de Hamlin étaient abaissées, mais comme auparavant, Macy n'osait pas tenter l'invasion dans un véhicule en mouvement. Il se tassait dans le cerveau de Hamlin comme dans un abri de montagne et avait provisoirement débranché sa connexion visuelle, car la route mouvante vue par les yeux de Hamlin lui donnait le mal de mer. C'était mieux ainsi. Rester dans le silence solennel d'un sombre petit port. Tout autour de lui se produisaient les éclairs et les explosions de la détresse de Hamlin. La visite de son ancien atelier l'avait durement secoué. En se promenant parmi ses instruments, ses appareils perfectionnés, Hamlin n'avait pas semblé les distinguer les uns des autres, se rappeler leur fonction. Macy se demandait pourquoi. Le phénomène de la Réhabilitation avait-il endommagé irrémédiablement la personnalité de l'artiste ? Ne restait-il réellement rien de ce Nat Hamlin original sinon un bouquet de vieux souvenirs, un lot d'attitudes et d'expressions verbales, des tics et des fantaisies de l'esprit ? Le sculpteur, l'homme de génie avait-il été détruit sans espoir de recomposition et son retour n'était-il donc qu'une illusion ?

D'autre part, songeait Macy, il se pouvait que la fatigue continue du contrôle de leur corps partagé ait durement entamé l'énergie psychique du sculpteur. Toute la journée, des indices avaient démontré que l'emprise de Hamlin n'était pas très solide et lui échappait un peu plus d'heure en heure. Dans la matinée, en marchant allègrement dans la rue pour gagner la galerie de Gargan, en posant son ultimatum au gros marchand, pendant tout ce marchandage acerbe... Hamlin avait paru en pleine possession de lui-même, mais à la fin de l'escarmouche avec Gargantua, il avait commencé à donner des signes de fatigue, et le mal qu'il avait eu à conduire de la ville à son atelier du Connecticut avait révélé encore un amoindrissement de sa puissance.

Et puis il y avait la désastreuse visite de l'atelier. Un affaiblissement continu. Les accus qui se vidaient et pas le temps de les recharger. Il devait en coûter à Hamlin de fantastiques efforts pour manœuvrer ce corps, blessé comme il l'avait été par les experts de l'effacement de la Réhabilitation. Macy savait fort bien qu'il n'était pas lui-même en état de reprendre le corps, qu'il s'en fallait même de beaucoup. Mais l'instant pouvait ne plus trop tarder, au train dont allaient les choses. Cela venait. Cela venait. Ou se faisait-il des illusions ?

Il se rebrancha sur la vision. La voiture cahotait toujours dans les chemins de campagne. Hamlin se tenait raidement assis, perdu dans ses contemplations, ne faisant que très peu attention. Horrifiant. Le corps ne vaudrait plus une merde pour eux deux si Hamlin bousillait le véhicule. Ce leur serait certainement fatal à tous les deux. Cependant Macy restait pour le moment impuissant à réagir devant cette situation. Il effaça de nouveau la scène, par besoin d'évasion. Il plongea en profondeur, s'enfonçant dans les couches de la mémoire de Hamlin. Là, il avait accès à tout, à toutes les scènes emmagasinées de la vie active de son moi antérieur. Les échecs et les triomphes, surtout des triomphes. Les femmes. Les critiques. Les coupures de presse. Les expositions individuelles. L'argent, l'accu-mulation des biens. Toute la gloriole en surface. Et pourtant, sous le mince vernis de la carrière à suivre, Macy distinguait en Hamlin l'impulsion artistique authentique, l'avidité de donner corps à sa vision. Il fallait bien reconnaître cette qualité à Hamlin. Il avait été salaud, il l'était encore, mais il poursuivait un rêve, il lui avait conféré une réalité, il l'avait apporté au monde. Il y a ceux qui font et qui donnent, et ceux qui prennent et consomment, et Hamlin avait fait et donné.

Macy l'enviait sur ce point. Qui sont les vrais humains parmi nous, en définitive, sinon ceux qui créent, donnent et enrichissent ceux qui les entourent ? Quels que soient leurs mobiles. Ils le font pour l'argent, pour la glorification de leur moi, ou pour toute autre raison sans valeur, *mais ils le font*. Ils possèdent quelque chose qui vaut la peine d'être réalisé et ils le réalisent. Hamlin était de ceux-là.

Moi, je suis un des consommateurs, songeait Macy. Par la faute de Gomez et Cie, j'imagine : ils auraient pu faire de moi un personnage de valeur. Leur propre création artistique, la justification de leur science. Mais naturellement ce n'est pas pour cela qu'on les paie. Uniquement pour garnir d'êtres humains normalement fonctionnels des corps rendus vacants. Gomez n'est pas un artiste, c'est un médecin, et il ne saurait se dépasser lui-même quand il procède à une reconstruction. Si je suis de second ordre, c'est que mes créateurs sont également de second ordre.

Contrairement à ce salopard de Hamlin. Dont le côté sinistre était aussi visible : l'écrasement intérieur, l'arrachage des amarres. Rôdant dans les rues tranquilles. L'artiste transformé en bête de proie. Chacun des viols, proprement étiqueté et catalogué dans les archives. Et pas seulement le viol, d'ailleurs. Pas seulement l'enfoncement de l'Objet Contondant X dans l'Orifice Récalcitrant Y, mais aussi toutes les idées associées, la périphérie, la dérision, la moquerie, les fantaisies, les perversions, les ordures. Même en une époque qui admet presque tout, il subsiste des abominations. Il fallait que Hamlin fût devenu dément. La gamine de douze ans aux yeux écarquillés, forcée de regarder sa jolie et jeune maman blonde sucer la verge du grand artiste : quel genre de cicatrices cela peut-il laisser sur un psychisme en cours de développement ? Et toutes ces sodomisations. Une piste de sphincters déchirés à travers quatre Etats. Sans même prendre la précaution d'un peu de vaseline. C'est du sadisme, Hamlin. Sorti de ton esprit dépravé.

Mais jusqu'à quel point étais-tu réellement fou ? N'étais-tu pas parfaitement conscient et averti de ce qui se passait, et n'y prenais-tu pas du plaisir ? Si. Et toutes ces ordures n'étaient-elles pas latentes en toi de tout temps ? Si. D'accord, quelque chose a réveillé la bête en toi. Soudain est venu dans ta tête le Temps du Monstre, et tu es parti à réaliser toutes les fumeuses rêveries que tu nourrissais depuis ton adolescence étriquée et solitaire. D'accord ? D'accord. Et tu as soigneusement classé le tout pour en jouir par la suite. Pas étonnant que tu aies été condamné à la destruction. Seigneur, je me sens devenir répugnant rien qu'à fouiller dans ce magma. Créateur de chefs-d'œuvre. Fournisseur de visions inégalées. Et en dessous, ton rire satanique. Raconter au tribunal que tu étais cinglé, que tu étais sous l'emprise d'impulsions irrésistibles, d'obsessions, mais était-ce exact ? Peut-être pensais-tu créer ainsi une nouvelle forme d'art plastique, fait non plus de peinture, de glaise, de plastique ou de bronze, mais de corps féminins pénétrés et saignants, une sculpture abstraite composée de douzaines de victimes, conformément à une idée que toi seul avais pu concevoir. Mon Dieu ! Quel cas typique tu faisais pour l'élimination mentale !

Macy se rendit compte que la voiture ne bougeait plus. Il se rebrancha en hâte sur les perceptions visuelles.

Ils étaient rangés sur la place centrale d'une ville faubourienne de dimensions moyennes, entourée de boutiques dans le style Tudor-Westchester, avec poutres apparentes, murs blanchis à la chaux ; les poutres fraîchement vernies luisaient dans la lumière ambrée de la fin d'après-midi. Hamlin avait passé la tête par la portière ; il demandait à un agent de police — *à un policier* — où se situait Lotus Lane. Un flot rapide de renseignements. Tourner à gauche à la hauteur du pylône de l'ordinateur, suivre Colonial Avenue jusqu'à la Route 4480, tourner à droite au clignotant jaune,

216

longer dix... non, douze pâtés de maisons, arriver ainsi au parc industriel et rouler jusqu'à la fumerie — un sourire, nous avons même cela chez nous ! — virer à gauche dans la Route 519, où toutes les rues transversales sont marquées, vous ne pouvez pas manquer Lotus Lane. Sur la gauche.

Merci, monsieur l'agent. Et on repart. A gauche, à droite, à droite, à gauche. De nouveau les petits chemins tranquilles. Hamlin tendu. Mais il n'a pas de mal à suivre les instructions. A gauche, à droite, à droite, à gauche. La fumerie, le quartier résidentiel, Cypress Road, Redbud Drive. Oak Pond Road, Lotus Lane. Lotus. Numéro 55. Une maison en stuc bien entretenue, vieille de vingt à trente ans, avec un dôme de perspex et des fenêtres ovales d'une matière opaque et brillante. Un écriteau sur le devant : KRAFFT. Hamlin se présenta devant le « scrutateur » de l'entrée. Puis, de l'intérieur, par l'intercom, une voix chaude et ferme en un mezzo bien modulé demanda : « Qui est là ?

— Paul Macy.

— Paul Macy. » Une nuance de doute. « Paul Macy ? Oh, mon Dieu, mon Dieu ! Vous n'auriez pas dû venir ici !

— Je vous en prie », reprit Hamlin. « Quelques minutes seulement. Pour causer. »

Un instant de silence dans l'intercom. Puis, d'un ton hésitant : « Eh bien, j'imagine... Très bien. Mais c'est probablement une grave erreur. » Deux secondes encore et la porte commença à s'ouvrir. Au même instant la main gauche de Hamlin s'éleva vers son col. Dans le but — Macy le sentit — d'arracher de son vêtement l'insigne si reconnaissable de la Réhab. Macy bloqua le mouvement d'une farouche décharge nerveuse, dont la précision le surprit lui-même. Hamlin, le bras immobilisé à mi-chemin, se raidit, puis laissa retomber le bras le long du corps tout en lançant une silencieuse mais féroce imprécation à l'adresse de Macy. La porte s'ouvrit. Dans l'arche de l'entrée se tenait une femme d'une beauté extraordinaire, d'une allure exceptionnelle. Grande, arrivant presque à l'épaule de Hamlin, mais mince, l'ossature délicate, un visage fin aux traits légers, des yeux vifs, chargés d'ironie, une cascade de cheveux noirs et lisses, des lèvres gonflées et spirituelles, un menton volontaire, le cou long et souple. Une aristocrate. Paul jugea qu'elle avait trente et un à trente-deux ans.

« Pourquoi êtes-vous venu ici ? » demanda-t-elle.

« Pour vous voir, Noreen.

— Noreen ? » Les lèvres se tordirent de dégoût. « Serions-nous assez intimes pour nous appeler par nos prénoms ?

— Les formalités sont ridicules. Nous avons été mariés en un temps », répondit Hamlin.

« J'ai été mariée à Nathaniel Hamlin. Dieu me le pardonne ! » Elle regardait avec insistance l'insigne de la Réhab. « Votre nom est Paul Macy et j'ai à la maison toute une pile de renseignements et documents indiquant qu'en aucune manière Paul Macy ne peut être l'héritier ni le représentant de l'ancien Nat Hamlin. Je ne vous connais donc pas. Et je ne vous ai jamais connu.

— N'en soyez pas si certaine. Vous ne m'invitez pas à entrer ?

— Mon mari est absent.

— Qu'est-ce que cela fait ? Suis-je une sorte de bête sauvage ? Je ne ferai pas de saletés sur le parquet, Noreen. Vous pouvez m'accueillir. »

Elle ébaucha un petit haussement d'épaules et esquissa un bref signe d'acquiescement. « D'accord. Mais pour quelques instants seulement. »

La maison était petite mais meublée avec une coûteuse élégance. Le regard de Hamlin parcourut rapidement les murs, observant au passage deux masques de cauchemar venus de la Nouvelle-Guinée, une figurine africaine, une peinture ahurissante en forme de tesseract, et trois petits ensembles de cristaux magnifiques. Macy aurait aimé s'attarder pour examiner le tesseract, mais il était prisonnier des yeux de Hamlin et celui-ci continua de pivoter jusqu'à ce que son regard se pose sur une de ses propres œuvres, une exquise image de Noreen, au fini de porcelaine, nue, en demi grandeur. De petits seins haut pointés, les reins évasés, et, sortant du nuage de haut-parleurs volants montés dans les cheveux sombres, un ronronnement sensuel chargé de menaces, à cent périodes, qui réagissait aux impressions du spectateur. Hamlin se tourna de Noreen vers Noreen. « Je me demandais si vous l'aviez gardée », dit-il.

« Pourquoi pas ? Elle est superbe. » Des ombres sur son visage. « Vous vous en souvenez ?

— Je me souviens de beaucoup de choses.

— Mais la Réhab...

— Ne parlons pas de cela. Qui est votre nouveau mari ?

— Sy Krafft. Je ne pense pas que vous le connaissiez. » Un silence. Comme si elle repassait en mémoire leur conversation pour y apporter un rectificatif. « Je ne pense pas que *Hamlin* l'ait connu. Il organise des tournées de spectacles. C'est un homme charmant et cultivé. » Un nouveau silence. « Comment vous êtes-vous procuré mon adresse ?

— Je suis allé à l'ancienne maison. La nouvelle propriétaire m'a donné votre nom et votre adresse.

— Le Centre de Réhabilitation m'avait affirmé que je n'aurais jamais plus d'ennuis de votre part.

— Est-ce que je vous cause des ennuis ?

— Vous êtes·ici », dit-elle. « C'est déjà suffisant. Que me voulez-vous, Monsieur Macy ?

— Ne m'appelez plus Macy. Vous savez bien qui je suis. »

Elle s'éloigna de lui, avec beaucoup d'art, si bien qu'elle paraissait seulement se déplacer dans la pièce et non battre en retraite. On eût dit un oiseau se préparant à prendre son vol. Elle reprit à voix basse : « Je ne m'attendais nullement à cette visite. Ils m'avaient affirmé que vous aviez disparu à jamais.

— Ils ont commis une erreur.

— La Réhab ne commet pas d'erreurs. J'ai vu votre corps après qu'on en eut brûlé votre esprit. Non, vous n'êtes pas Nat. Vous êtes Macy, le nouveau, et vous cherchez à me jouer un tour, mais je vous assure que cela n'a rien de drôle.

— Je suis Nat Hamlin. Son fantôme hante la terre.

— Vous êtes Paul Macy.

— Hamlin.

— Impossible.

— Tu es si belle, Noreen. Cela fait combien ? Cinq ans, et tu n'as pas du tout changé. Cela me fait bander rien que de me retrouver dans la même pièce que toi. Est-ce que tu tournes encore des films ?

— Je crois qu'il est temps de vous retirer.

— Tu m'aimes toujours, n'est-ce pas ? Je le sais, je le sais, tu es mal à l'aise de me voir ici, tu es inquiète et tendue parce que tu crains que M. Sy Krafft nous surprenne, mais tu me désires toujours autant. Je pourrais te le prouver. Je pourrais te glisser ma main entre les cuisses et elle en ressortirait mouillée. J'ai toujours eu la faculté de sentir une femme en chaleur, Noreen.

— Vous êtes fou, qui que vous soyez. Je vous demande de vous en aller.

— Et je t'aime moi aussi, encore plus qu'avant. Ecoute, ne me joue pas la comédie, ne me sors pas ton glacial je-vous-demande-de-vous-retirer. Je suis *revenu*, Noreen. Ne me demande pas comment j'y suis parvenu. Je suis là. Je vivrai sous le nom de Paul Macy, mais c'est moi, le vrai moi qui est devant toi, et je vais bientôt me remettre à l'œuvre. J'ai déjà eu une entrevue avec Gargantua. Il me signe un contrat, il me fournit l'argent pour installer un atelier. Je vais me rétablir très sagement. Plus de viols. Rien de tout cela. Je serai un bourgeois rangé, M. Paul Macy. M. Personne, mais en dedans, je serai Nat Hamlin. Et tu viendras me voir, n'est-ce pas ?

— J'irai vous voir en prison, oui.

— Tu me verras dans mon atelier. On parlera du bon temps qu'on a connu avant que je bousille tout. Tu te rappelles en 2002, ou 3, quand on commençait à sortir ensemble ? On s'étendait sur le sable, et on ne pouvait pas s'en empêcher, on le faisait là, à découvert. Et tu avais du sable dans la chatte, pas vrai Noreen ? Ce n'était pas tellement confortable, mais quand même, tu aimais ça. Et après. Les autres fois. Je les ai toutes en tête. Ils m'ont vachement secoué à la Réhab, mais ils ne m'ont pas détruit. Ils se sont pourtant donné du mal, mais ils ne m'ont pas anéanti. » Il fit un pas vers elle. La gorge sèche, le bout des doigts froid. Son membre devenait de plus en plus dur. « N'aie pas peur de moi. Je t'aime. *Je t'aime.* Je ne te ferais de mal pour rien au monde. Cesse de reculer. Ecoute, ce sera notre secret, toi et moi, le monde me prendra pour Macy, tu continueras d'être Madame Sy Krafft, avec ta jolie petite maison, des gosses — as-tu des enfants ? — tout ce que tu voudras, mais par ailleurs ce sera toi et moi de nouveau, Nat et Noreen, dans mon atelier.

» Je ferai un nouveau nu de toi. Grandeur nature. Il sera meilleur que l'*Antigone*. Tu te rappelles comme tu étais en colère que j'aie choisi Lissa plutôt que toi pour l'*Antigone* ? Mais on commençait à s'éloigner l'un de l'autre à l'époque. J'ignorais où était le meilleur pour moi. Il m'a fallu traverser l'enfer pour l'apprendre. Mais à présent... Tu poseras pour moi. Merde, je vois déjà ça. Toi, debout là. Tes jolis petits nichons. Dix électrodes sur toi. Et moi au clavier jurant comme un charretier. En te reformant, en immortalisant ton corps et ton âme. Une heure de travail, une heure de baisage, une heure de travail, une heure de baisage. Oh, bon sang, Noreen ! Cesse de me regarder fixement comme ça !

— Je vais appeler la police. Quand ils vous auront repris, Nat, ils vous supprimeront définitivement. Ils ne vous feront même pas repasser par la Réhab. Ils vous hacheront menu et vous jetteront dans la cuvette des toilettes.

— Non. Une balle d'argent dans la tête. Un pieu planté dans le cœur.

— Je les appelle, Nat.

— Attends. Non, je t'en prie. Je ne voulais pas te faire peur. Je suis venu pour te dire combien je t'aime.

221

J'ai connu l'enfer, Noreen, littéralement, et maintenant, j'en ressors, je vais de nouveau vivre. Et il fallait que je vienne à toi. Pourquoi avoir peur ? Dis-moi que tu m'aimes.

— Je ne vous aime plus, Nat. Vous me répugnez. »
Hamlin se mit à trembler.

« Bravo ! » s'écria-t-il. « Bravo ! Bravissimo ! » Il se mit à applaudir. « Quelle actrice ! Quel feu dans ta voix ! Quel ton d'acier ! » Il l'imita : « Je ne vous aime plus, Nat. Vous me répugnez. » Des applaudissements furieux. « Rideau. Fin de l'acte II. Et maintenant, dis-moi la vérité, Noreen. Combien tu me désires. Tu as peur, certes, tu te souviens de l'époque où j'étais fou, où je commettais toutes ces affreuses actions, mais il faut aussi te rappeler l'autre moi, celui que tu aimais, celui que tu as épousé, tout ce que nous avons fait ensemble, les pays que nous avons visités, les gens, nos fantaisies au lit, même les plus étranges, toi et moi et Donna dans le même lit, et toi et moi et Alex, hein, Noreen ? L'amour. La confiance. La passion. » Il tendit la main vers elle. « Allons, viens. Viens. Où est la chambre à coucher ? Ou alors ici même, sur le plancher. Laisse-moi te prouver que tu continues à me désirer. D'accord ? Pourquoi pas ? Tu t'es ouverte pour moi plus de cinq cents fois, plus de huit cents. Alors une fois de plus, cela ne te coûterait rien. »

Il criait à présent. Elle perdait peu à peu son sang-froid. Elle semblait terrifiée ; en s'écartant de lui, elle se cognait aux meubles. Il fonça. Il la saisit par le poignet, l'attira à lui. La douce odeur de son corps de femme se mêlait à celle de la sueur causée par la peur. Elle avait les yeux vitreux de terreur. « Noreen », marmonna-t-il. « Noreen, Noreen, Noreen. » Les syllabes perdaient toute signification pour se fondre en de simples sons. Il avait le crâne en feu. Mâchoires contractées par la douleur. Ses mains saisissaient les vêtements. Les déchiraient. Les petits seins ronds jaillirent à la vue. Oh, Seigneur, qu'ils sont doux ! Il les prend dans ses mains, il serre. Elle le frappe de ses poings, sur la bouche, sur le nez, sur les oreilles. Il lui a passé un bras autour de la taille : l'autre main, après avoir dénudé les seins, se porte au bas-ventre de Noreen. Pour voir si elle mouille. Pour lui démontrer combien elle a tort de se refuser à lui. Il gronde. Comme dans les jours anciens, les mauvais jours anciens. Hamlin la bête. Hamlin le Minotaure connu. La femme fragile se débat entre ses bras. Elle a un nuage rouge devant les yeux. La sueur lui coule sur les flancs. Noreen donne des coups de pied, hurle, griffe.

Maintenant, songea Macy, et il poussa de toute sa force. Hamlin tomba de son perchoir, tomba en gémissant dans l'abîme. Un instant de désorientation, d'une durée infinie. Qui suis-je ? Que suis-je ? Où suis-je ? Il lâcha la femme qu'il tenait. Elle s'écroula sur le sol ; il chancela en arrière et se heurta au mur où il resta appuyé, haletant, épuisé. Du sang lui coulait du crâne.

Mais tout était pour le mieux. Il avait repris les commandes. Il était Paul Macy, et il dominait de nouveau.

13

Partir de là, et en vitesse, c'était le plus important pour le moment. Mais tout d'abord, faire la paix. Quelques gestes rassurants. Noreen Hamlin Krafft gisait au sol, le regardant de ses yeux hébétés, un filet de sang coulant de sa lèvre inférieure enflée, les cheveux en désordre, des taches rouges sur ses seins blancs, là où Hamlin les avait serrés. Demain, ce seraient des bleus. Elle ne bougeait plus. Elle attendait avec résignation le prochain assaut. Elle se pliait au mauvais sort. Il dit, d'une voix bizarrement étouffée et mal placée : « Tout va bien à présent. Je lui ai repris la suprématie. Je suis Macy. Je ne vous ferai aucun mal.

— Macy ?

— Oui, Paul Macy, le reconstruit de la Réhabilitation. Ils ont raté l'œuvre de destruction de Hamlin, qui continue à se promener en liberté dans mon cerveau. Il a réussi à s'emparer des centres moteurs et vocaux du corps hier soir. » Hier soir ? Ou la semaine dernière ou le mois dernier ? Depuis combien de temps Hamlin était-il le maître, en fait ? « Mais il est de nouveau enfoncé, il ne veut plus vous causer de difficultés. Pendant qu'il se débattait contre vous, j'ai eu la possibilité de reprendre le dessus. » Il l'aida précautionneusement à se relever. Il se demandait si elle n'était pas en état de choc. Elle n'essayait même pas de se couvrir. Le bout de sa langue se promenait sur la coupure de sa lèvre. Il lui parla : « Je suis vraiment désolé que vous ayez eu à subir tout cela. Etes-vous gravement blessée ?

— Non, non. » Elle le regardait fixement. Elle s'efforçait de s'adapter à cette brusque transformation. Docteur Jekyll et Mister Hyde. « Seulement secouée. » Elle remit de l'ordre dans ses cheveux, de ses mains tremblantes, puis tenta de se cacher les seins. Et toujours elle écarquillait les yeux. Avait-il donc changé de visage ? L'éclat démentiel de Hamlin avait-il disparu de ses propres yeux ? Il comprenait qu'elle avait du mal à comprendre ce qui s'était passé. Ces modifications d'identité : s'il en était venu à les accepter comme partie intégrante de sa condition humaine, elle devait de son côté les trouver insolites, incroyables, bizarres. Peut-être s'imaginait-elle qu'il avait été Macy tout au long de la rencontre et qu'il lui avait joué des tours de cinglé. Ou qu'il était encore Hamlin ?

Il reprit : « Mieux vaudrait ne rien dire de cette scène à quiconque. Ni à la police, ni à votre mari, à personne. Je m'efforce de faire éliminer définitivement Hamlin avant qu'il ait pu vraiment causer du mal, mais cela pose des problèmes et toute intervention policière me rendrait les choses encore plus difficiles. Vous allez comprendre. Il représente pour moi un danger constant, et si je m'adresse aux autorités, il se pourrait qu'il détruise ce corps… » Il se tut. Elle ne paraissait pas le suivre. « Je vous prie seulement de ne rien dire. D'accord ? Si c'est en mon pouvoir, je m'arrangerai pour qu'il ne vous arrive plus jamais rien de semblable. M'entendez-vous ? »

Elle fit un signe de tête indifférent. Elle allait et venait à présent, pour apaiser sa peur. Le moment était arrivé pour lui de partir. Sur le seuil, il se retourna : « Encore une question, cependant ? Pouvez-vous me dire quel jour nous sommes ?

— Quel jour », répéta-t-elle, d'une voix sans timbre. Comme s'il lui eût demandé le nom de la planète sur laquelle ils étaient.

« Oui, s'il vous plaît, dites-moi la date, c'est important. »

225

Elle haussa les épaules. « Le quatre juin, je crois.

— Vendredi ?

— Oui, vendredi. »

Il la remercia d'un ton grave et sortit. Il avait le corps raide et se dirigeait sans grâce vers la voiture, en battant spasmodiquement des bras, en roulant les épaules. Il était évident que lui et Hamlin avaient des idées différentes quant à la coordination physique, et ses muscles, après avoir reçu les ordres d'un autre esprit pendant environ dix-huit heures, se montraient récalcitrants à reprendre le mode de déplacement de Macy. Ce n'était pas surprenant : les manières de Hamlin étaient la norme pour ce corps, alors que celles de Macy lui avaient été imposées du dehors. Il se concentra pour reprendre le contrôle complet. Une sacrée veine que Hamlin n'ait été le maître que depuis la veille au soir, depuis la bagarre dans le couloir de l'immeuble où habitait Lissa. Macy avait craint d'être resté inconscient durant une semaine ou plus avant de refaire surface ce matin. Auquel cas il lui aurait fallu remonter la piste sans fin des faits et méfaits de Hamlin.

Mais non. Il semblait bien qu'il fût resté éveillé pendant presque toute la période de domination de l'autre, et qu'il n'eût perdu que les huit premières heures après la prise de possession. C'était assez réconfortant. Où Hamlin était-il donc allé pendant ces huit heures ? Très probablement chez moi, pour se reposer un peu. Et l'attaque par le bandit ? Sans doute rien de bien grave. Macy tâta sa poche. Plus de portefeuille. Bon. Il avait donc dû s'écrouler au moment où Hamlin l'avait assailli et le voleur l'avait détroussé. Ensuite Hamlin s'était relevé et était reparti indemne. Le portefeuille n'était pas une grande perte. Papiers d'identité, cartes de crédit... tout cela était remplaçable, et sans utilité pour le voleur. Macy lui-même n'en ayant pas besoin tant qu'il conservait un pouce avec une empreinte. Hamlin avait bien réussi à louer une voiture rien qu'avec l'empreinte de son pouce, pas même du sien, du *mien*. Ou mettons du *nôtre*. Mais c'est à moi qu'incombent les frais. Macy avait vaguement pitié de son agresseur du couloir, qui vivait à un sinistre niveau de la société où l'argent comptant était essentiel à la vie. Belle affaire pour lui que de barboter un portefeuille de « cadre », d'un homme dont l'empreinte du pouce suffit pour tout achat, un portefeuille où il avait trouvé tout au plus cinq ou six dollars. Après tout, tant pis.

La démarche plus aisée à présent, Macy parvint à la voiture et posa le pouce sur la plaque de porte. Elle s'ouvrit en glissant. Il s'installa aux commandes et saisit avec précaution la barre. La perspective de conduire l'effrayait. Subitement. Il avait appris à conduire au Centre deux ans auparavant, mais il n'avait guère eu l'occasion de pratiquer depuis un certain temps ; en outre, il y avait toujours le risque de voir Hamlin refaire surface et lui causer des ennuis sur la grand-route. *Je l'ai frappé plutôt violemment en reprenant le dessus, mais quand même...*

— *Hamlin ? Est-tu éveillé ?*

Pas de réponse des profondeurs. Cependant Macy sentait la présence de son autre moi : un très faible écho montant d'une abîme, comme les cris de quelque djinn en colère qui se retrouve enfermé dans une bouteille

— *Bon. Reste comme ça. Je n'ai pas besoin de tes émissions pendant que je conduis.*

Si seulement j'arrivais cette fois à maintenir le foutu bouchon sur le flacon !

Il posa le pouce sur le contact et le véhicule, ayant examiné l'empreinte et constaté qu'elle était bien celle du propriétaire provisoire, se mit en marche. Macy relâcha prudemment le frein. Il roula précautionneusement en avant. La voiture réagit bien, comme une grande bête grondante sous le harnais. Dans quelle direction, New York ? Les ombres étirées de l'après-midi. Le soleil à mi-hauteur dans le ciel sur sa droite. Choisis une direction, n'importe laquelle. Il parvint à sortir du quartier résidentiel, coupa la route à deux conducteurs en s'engageant sur la vaste chaussée, se fit engueuler comme il le méritait, et découvrit un panneau vert sur blanc lui indiquant où était la ville. En avant. Vers l'appartement. Un voyage difficile. Il s'en tira bien.

Il espérait trouver Lissa l'attendant, affalée sur le lit avec son amusant abandon, à écouter de la musique, les cheveux emmêlés, l'odeur de la marijuana dans l'air. Il s'était déjà imaginé tombant lourdement sur elle, se cachant la tête entre ses seins. Quelle idée ! L'appartement vide, désert depuis une vingtaine d'heures à peine, avait la tristesse d'une catacombe de cinquième ordre. Se débarrasser des vêtements froissés et sentant la sueur. Une douche. Se raser. De vagues pensées de dîner. Le dernier repas qu'il se rappelait avoir pris était le déjeuner du jeudi. Maintenant, c'était l'heure du dîner, le vendredi. Hamlin s'était-il occupé de ravitailler le corps pendant les dix-heures de son règne ? Macy n'avait pas tellement faim. Tous ces changements d'identité, cela aurait ruiné n'importe quel appétit. Bizarre. On aurait plutôt cru que de telles fatigues mentales consommaient une quantité d'énergie. Mais un verre serait peut-être le remède.

Il se versa un whisky bien tassé et se laissa choir tout nu dans un fauteuil. Un peu d'alcool lui tomba sur la cuisse. Des gouttes brunes et fraîches sur ses poils blonds. Il n'éprouvait aucun sentiment de triomphe pour avoir chassé Hamlin des commandes. A quoi bon se retrouver le maître ? D'ailleurs, qui était-il donc pour avoir tant besoin de vivre ? Il sentait grandir en lui l'impression écrasante d'être arrivé au bout du fil. Paul Macy, né en 1972 à Idaho Falls, dans l'Idaho, son père ingénieur de la propulsion, sa mère maîtresse d'école, ni frères ni sœurs.

Faux. Faux. Fausse merde. Je ne suis né nulle part. Je sors d'une éprouvette. Je suis un golem, un zombie, une construction distraite. Sans amis, sans famille, sans but. Au moins *lui* était réel. Il aurait baisé sa petite sœur, il aurait volé ses jouets à un bébé, mais il avait une identité, une personnalité qu'il avait acquise en vivant. Et un don artistique.

Qu'en dis-tu, Hamlin ? Tu veux reprendre tout cela ? Pourquoi m'obstiner à me mettre en travers ? Peut-être as-tu raison : je devrais sans doute te laisser gagner.

Hamlin ne répondit pas. Seuls les faibles échos, *de profundis*. Il devait hiverner, usé par tout ce qu'il faisait. Eh bien, qu'il aille se faire foutre. Il ne vaut rien. Il a l'âme remplie de poison. Du diable si je vais lui céder la place, génie ou pas. Le monde a bien assez de grands artistes. Il n'y a qu'un seul Paul Macy, pour ce que cela vaut. Ce serait le bon moment pour aller au Centre de Réhab, pendant que Hamlin est dans les pommes. Me le faire extraire une bonne fois pour toutes. Et s'il refait surface ? Et s'il me colle cette attaque cardiaque dont il m'a menacé ? Qu'il aille se faire foutre ! Qu'il le fasse si cela lui chante. Alors on sera tous les deux morts. *Pax vobiscum*. Nous dormirons du sommeil éternel, lui et moi. N'importe quoi vaut mieux que la situation actuelle. Avec un hochement de tête solennel, Macy tendit le bras vers le téléphone.

La sonnerie retentit avant qu'il eût achevé son geste.

Lissa, songea-t-il. *Qui va me demander où j'étais passé, qui a envie de revenir !*

Joie. Impatience. Il fut étonné de l'intensité de son désir que ce soit Lissa au bout du fil. Qu'est-ce que tu chantais, avec tes histoires de mort ? Tu veux vivre. Il avait à s'occuper d'une personne. D'une personne qui s'occuperait aussi de lui. Ils avaient besoin l'un de l'autre.

« Allô ? » fit-il vivement.

Le visage foncé du docteur Gomez apparut sur l'écran vert. L'ange de la mort lui-même. Quand on parle du diable...

« J'ai tenté de vous joindre toute la journée », dit Gomez. « Foutre de foutre ! Où étiez-vous donc ? »

— En voiture dans les environs de la ville. N'étiez-vous pas censé me faire constamment surveiller ?

— Nous avons perdu votre piste.

— Vraiment ? » demanda durement Macy. « Alors je serai le premier à vous en informer : Hamlin m'a possédé hier soir et il a gardé le commandement jusqu'à la fin de cet après-midi. »

Le visage de Gomez exprima l'exaspération. « Et qu'est-ce qu'il a fait ?

— Des visites, à son marchand, à son ancien atelier, à son ancienne femme. Qu'il était en train de violer quand j'ai repris le contrôle.

— Vous voulez dire qu'il est toujours psychopathe ?

— En tout cas, il prend toujours son pied en maltraitant les femmes.

— C'est bon. C'est bon. C'en est foutrement trop, Macy. Vous envahir, se balader dans la campagne, je vais envoyer le fourgon vous prendre. Ne bougez pas et si Hamlin fait une nouvelle tentative, chassez-le d'une façon ou d'une autre. Vous serez en sécurité au Centre, sous sédatifs dans une heure et demie, et ensuite...

— Non.

— Comment, non ?

— Restez loin de moi si vous tenez à ce que je continue à vivre. Je vous le dis, Gomez, c'est une brute. S'il vous croit sérieusement à ses trousses, il m'arrêtera le cœur.

— Cette peur est irraisonnée.

— Elle est toujours assez raisonnable pour moi.

— Macy, je vous assure qu'il ne ferait pas une chose pareille. Nous avons laissé traîner les choses déjà trop longtemps, et nous allons faire du bon travail pour la destruction de Hamlin, et je vous donne l'assurance...

— Vos assurance, vous pouvez vous les foutre au cul, Gomez. C'est de *mes chance de survie* qu'il s'agit, et on les mettrait en loterie ! *Ma survie.* Je refuse de me livrer à vous. Quelle autorité avez-vous de me ramasser sans mon consentement ? Avez-vous un mandat du tribunal ? Non, Gomez, non. Tenez-vous à l'écart. »

Gomez resta un moment silencieux. Une lueur de ruse passa dans ses yeux ; il tenta de la dissimuler aussitôt, mais Macy l'avait déjà perçue. A la fin, Gomez reprit son ton je-sais-que-cela-va-vous-faire-mal-amis-c'est-pour-le-bien-de-tous : « Vous vous rendez bien compte que votre sécurité n'est pas la seule

230

chose dont nous ayons à tenir compte. Un tribunal a jugé que la société doit être protégée contre Nat Hamlin. Dès l'instant où vous m'avez signalé que Hamlin n'avait pas entièrement disparu, j'ai eu obligation de le saisir pour exécuter convenablement la sentence. Bon. Et alors vous m'avez dit que vous vous sentiez en danger, vous m'avez demandé de vous laisser tranquille en attendant que nous ayons trouvé une parade sûre, et je vous ai accordé toute liberté. C'était contre toutes les règles, mais j'ai cédé. Par amitié pour vous, Macy. Le croyez-vous ? Par amitié. Par souci de votre santé. Et depuis lundi nous nous acharnons à trouver une façon de procéder qui ne vous mette pas en danger. Mais voilà que vous m'apprenez que Hamlin a réellement repris le contrôle de son corps pendant un temps, un temps suffisant pour qu'il se soit livré à des violences sur une personne humaine. Bon. L'amitié a ses limites. Pouvez-vous garantir que Hamlin ne va pas de nouveau s'emparer de vous dans une demi-heure ? Pouvez-vous garantir qu'il ne va pas se remettre à baiser les ménagères solitaires dès demain ? *Il faut* que nous lui mettions le grappin dessus maintenant, Macy, *nous devons* le supprimer.

— Même si cela comporte du danger pour moi ?

— Même si cela comporte du danger pour vous.

— Je vois », dit Marcy. « Vous vous dites on s'en fout ! De toute façon, je ne suis qu'une construction artificielle et si je suis effacé, c'est bien dommage pour moi. L'important, c'est de prendre Hamlin. Rien à faire, docteur. Je ne vais pas jouer la victime innocente d'une balle perdue dans votre petite guerre avec Hamlin. Restez loin de moi.

— Macy... »

Macy raccrocha. L'image de Gomez diminua sur l'écran puis disparut comme une photo aspirée dans un tourbillon. Macy vida son verre et le laissa tomber sur le plancher, puis il se mit à chercher des vêtements. Il comprenait très bien que cette conversation avec Gomez avait apporté une modification importante et périlleuse à sa position. L'homme de la Réhab l'avait averti qu'ils allaient venir prendre Hamlin sans tenir compte des risques que cela comportait pour quiconque habitait le corps. Naturellement, il pouvait gentiment attendre le fourgon. Se laisser emmener au Centre. Courir le risque que Gomez réussisse à effacer Hamlin avant que celui-ci ait tué *Macy*. Mais quel énorme risque que celui-là ! Il connaissait Hamlin. Ce n'était pas pour rien qu'ils s'étaient partagé un même cerveau pendant des semaines. Et il savait que si Hamlin remontait à la surface pour se trouver au Centre, en cours de préparation pour une nouvelle destruction, il exploserait de fureur destructive. Samson faisait crouler les colonnes du temple. Si Hamlin ne pouvait plus avoir le corps, il s'arrangerait pour que personne d'autre ne l'ait non plus. Il aurait donc été insensé de se livrer à Gomez, surtout à présent. Il avait perdu tout son fatalisme d'un moment auparavant. Il ne voulait pas mourir, ni même en courir le risque. Il ne savait guère quoi attendre de la vie, mais quand même. Il lui fallait se sauver. Il serait contraint de devenir un fugitif.

La nuit venait. Tout se noyait dans une pâle clarté, grise, étrange. La porte latérale, dans la ruelle. En quittant l'immeuble, Macy regarda dans toutes les directions. Il se sentait vaguement ridicule. Ces trucs de cape et d'épée. Ridicules. Si mélodramatiques. Mais si Gomez avait mis un homme en surveillance à la porte principale ? Il délirait un peu, maintenant : ils vont me faire chercher par les yeux volants, donner l'alerte dans dix Etats, surveiller tous les aéroports. Et où aller ? Seigneur, où puis-je bien aller ? Macy eut envie de rire. Quel lamentable fugitif ! Qu'est-ce que je vais faire ? Camper dans Central Park ? Me nourrir d'écureils et de glands ?

Il songea à se rendre dans la maison croulante où avait vécu Lissa. Double avantage : il avait une chance de l'y trouver, sa seule amie, sa seule alliée, et en tout cas, l'endroit était un trou si malodorant et répugnant qu'il échapperait sans doute aux méthodes perfectionnées de recherches par ordinateurs du temps moderne.

Se cacher profondément dans ce souterrain pourrissant avant l'ère de la technologie. Mais cela comportait également un énorme inconvénient. Gomez, qui connaissait Lissa, qui se douterait que Macy irait se terrer chez elle, y installerait certainement des espions. Pour l'attendre. C'était donc trop risqué. Mais alors où aller ? Il n'en savait rien.

Il se dirigea vers le nord. En longeant les immeubles sombres, en s'efforçant de ne pas attirer l'attention. Une épaule plus haute que l'autre comme si cela devait lui dissimuler le visage. Au hasard vers le nord tandis que la nuit tombait. Ou peut-être pas tellement au hasard. Il se rendit compte que ses pas lui faisaient remonter Broadway, franchir le pont, passer dans Manhattan-Nord. Vers le seul autre point de sa boussole, les environs de l'immeuble du réseau.

Soudain, il eut faim. Il se rappela le restaurant populaire où Lissa l'avait emmené, où il avait subi le choc télépathique de son appel, qui lui avait mis le cerveau en feu. Et la voix de Hamlin, très claire, quelque part au-dessus de son épaule gauche : « Comment oses-tu l'abandonner ainsi, espèce de salaud ? »

C'était donc là que Hamlin s'était vraiment manifesté pour la première fois. Très bien. J'y vais.

Se croyant en appétit, il chargea abondamment son plateau, viandes, légumes, pain. Mais une fois assis à l'une des longues tables, il s'aperçut qu'il n'avait plus envie de rien. Il grignota un peu. Le regard perdu, il avait rompu le contact avec la réalité. Comme c'était reposant. Je pourrais rester assis comme cela à jamais. Une main le toucha à l'épaule. Un petit coup bref, un temps, un autre coup. Pourquoi les gens ne me laissent-ils pas en paix ? Peut-être un des flics de Gomez ? Si je feins de ne pas m'en apercevoir, il va peut-être partir. Il tenta de s'enfoncer davantage dans son isolement. Encore une poussée, plus insistante. Une voix rauque et dure. « Hé, vous ! Ne pourriez-vous me regarder un instant ? Vous êtes camé ou quoi d'autre ? » Macy revint à regret à la réalité. Une fille grasse, une odeur rance sous sa robe grise, se tenait près de lui. Un visage plat comme celui d'une Mongole, mais la peau d'un blanc malsain, les yeux non bridés. Elle lui annonça : « Il y a en haut une fille qui a besoin de votre aide. C'est bien vous.

— En haut ? Une fille ?

— Pour vous, oui. Je vous connais. Vous êtes venu ici il y a deux ou trois semaines avec elle, la rouquine, cette Lisa. C'est vous qui êtes tombé, de tout votre long et sur la figure, il a fallu qu'on vous porte dehors, moi, la fille et le chauffeur du taxi. Lisa, qu'elle s'appelle.

— Lissa », rectifia Macy en clignant les paupières.

« Lisa ou Lissa, je n'en sais rien. Ecoutez, elle vous a aidé, alors maintenant c'est votre tour de la secourir. »

Un vague souvenir. Debout devant le pupitre du crédit du restaurant, l'autorisant à porter dix dollars à son débit pour le dîner, la première fois, et une fille grasse au visage plat qui attendait derrière lui en reniflant avec mépris. Avait-il payé trop cher ? Ou trop peu ? Cette fille, précisément.

« Où est-elle ? » demanda Macy.

« Je vous l'ai dit. En haut. Elle est arrivée hier, elle pleurait en abondance, toute une affaire. Elle a fini par s'évanouir. On lui a pris une chambre, et elle y est encore. Veut pas manger. Veut pas parler. Vous devez la connaître, alors montez vous en occuper.

— Mais où cela ? Vous avez dit en haut ?

— L'hôtel populaire coopératif, idiot ! » répondit la grosse fille. « Où serait-elle ? En quel autre endroit ? » Et elle s'éloigna à grands pas.

14

LA coopérative populaire, idiot! Où aurait-elle pu aller, sinon? Il abandonna son plateau bien garni, sortit et examina les alentours. Bien sûr, le restaurant s'accompagnait d'un hôtel. Ou vice versa. Ils se partageaient l'immeuble. Une façade nue, carrelée en vert. Une entrée distincte pour l'hôtel, un escalier roulant, le bureau au premier étage. Dans un hall au plafond bas, vaste et désert, beaucoup trop violemment éclairé, un écran fournissait des renseignements succincts sur les occupants actuels des appartements. Les sourcils froncés, Macy vérifia d'abord la colonne sous la lettre *M*. Moore, Lissa? Elle n'y figurait pas. Il jeta un coup d'œil sous *L*. Oui, il y était fait mention d'une « Lisa », rien de plus, pas de nom de famille, entrée le 3 juin à 11 heures du soir, chambre 1114. Il y a une fille en haut qui a besoin de vous. Et comment monter?

Une porte s'ouvrit sur sa gauche et un aveugle en sortit, se déplaçant rapidement et sûrement parmi les tables, fauteuils et autres obstacles. Le sonar installé dans le bandeau autour de son front faisait bing, bing, bing. Une veste fauve, un pantalon jaune, un visage épais, les yeux mi-clos dont on ne voyait que le blanc. « Je vous demande pardon », fit Macy, « mais pourrez-vous me dire où est le conduit de montée! » Sans s'arrêter, l'aveugle pointa par-dessus son épaule droite et répondit : « L'ascenseur est par là », puis il disparut par une porte à la droite de Macy. Celui-ci s'approcha de l'autre porte. L'ascenseur. Onzième étage. Pression sur le bouton correspondant !

Chambre 1114.

Pas d'interphone ni de scrutateurs, simplement une porte en bois. Il frappa, sans obtenir de réponse. Il recommença. « Lissa ? C'est moi, Paul. » Pan-pan. Silence. Alors qu'il restait planté là, incertain, une fille sortit de la chambre d'en face, dans le couloir, une fille maigre, osseuse, nue et s'en fichant pas mal, une serviette sur l'épaule, les côtes saillantes, les hanches pointues, de petits seins dressés. « Vous cherchez Lisa ? » demanda-t-elle, et sur le signe affirmatif de Macy, elle ajouta : « Elle est à l'intérieur. Vous n'avez qu'à entrer.

— J'ai frappé. Mais elle ne répond pas.

— Non, elle ne répondra pas. Entrez tout simplement.

— La porte...

— Pas de serrures *ici*, mon garçon. » La fille lui adressa un clin d'œil et s'éloigna dans le couloir. Sa colonne vertébrale se dessinait durement sous la peau. Elle ouvrit une autre porte ; un bruit d'eau qui tombait à l'intérieur ; la salle de douches, se dit Macy. Pas de serrures, ici, mon garçon. Bon. Il essaya le bouton de porte du 1114 et, en effet, la porte était ouverte.

« Lissa ? » appela-t-il.

C'était ainsi qu'il avait imaginé que devait être une cellule de prison. Sa chambre au Centre de Réhabilitation était un palais par comparaison. Un lit bas et étroit... un lit de camp, en fait. Une petite chaise en plastique. Une petite commode, brune et trapue. Un lavabo écaillé, d'un blanc jaunâtre. Une fenêtre étroite aux vitres sales. Le sol nu ; des lumières crues. Lissa était également nue, tassée sur le lit, les genoux ramenés contre la poitrine, encerclés de ses bras. Elle paraissait maigre, presque frêle, comme si elle avait encore perdu huit à dix livres dans les trente-six heures écoulées depuis qu'il l'avait vue pour la dernière fois. Les cheveux sales et emmêlés, les yeux rougis à vif. La pièce puait la sueur. Les vêtements formaient un petit tas près de la fenêtre ; le placard, porte ouverte, était vide. Il y avait près du lavabo la grande valise verte en mauvais état dans laquelle elle avait apporté ses effets de chez elle chez lui et de chez lui ici. Les flancs en étaient rebondis. Elle ne s'était pas donné le mal de la vider. Quand il entra, elle tourna lentement la tête vers lui et le regarda sans le voir. Puis elle reprit sa position première, en contemplation devant la commode brune.

Macy contourna le pied du lit pour tenter d'ouvrir la fenêtre, mais il n'y avait pas de système d'ouverture. Il prononça de nouveau son nom ; elle ne parut pas l'avoir entendu. Il s'accroupit près d'elle et lui souleva un pied, à environ quinze centimètres ; il le regarda retomber lourdement, puis il glissa la main jusqu'au mollet. Elle avait la peau brûlante, elle se consumait de fièvre. Il monta encore la main jusqu'à la cuisse, juste au-dessous des poils frisés de couleur auburn. Il y enfonça les doigts, mais elle n'y fit pas attention. Il lui secoua la cuisse. Rien. Il lui caressa les seins, en prit un dans sa paume. Rien. Il frotta le pouce sur la pointe du sein. Zéro. Il lui passa la main, doigts ouverts, devant les yeux. Elle cligna une fois les paupières, distraitement. « Lissa ? » fit-il pour la troisième fois. Elle était partie, perdue, dans son cocon d'introspection. Hors d'atteinte. N'importe qui aurait pu lui faire n'importe quoi sans obtenir la moindre réaction. Comment percer jusqu'à elle ? Pas moyen. Pas moyen.

Il se planta devant la fenêtre, tournant le dos au lit.

Longtemps après, elle parla, d'une voix ténue et lointaine. « Les voix dans ma tête me rendaient folle. Elles rebondissaient contre les murs. Je ne pouvais pas rester. »

Il pivota pour lui faire face. Le visage était totalement dénué d'expression. Les yeux toujours fixés sur la commode. Ses paroles auraient pu être celles d'un ventriloque. « Ce n'était pas la peine de te sauver », dit-il, « Je m'efforçais de t'aider.

— Tu n'avais pas le moyen de m'aider. Et je ne pouvais pas non plus t'aider. Nous étions en train de nous détruire l'un l'autre.

— Non.

— C'est moi qui ai ouvert à Hamlin l'accès à ton cerveau.

— Peu importe. Nous avions besoin l'un de l'autre.

— Il fallait que je m'en aille », dit-elle. « J'étouffais, il fallait que je sorte. Alors je suis partie, alors je suis venue ici.

— Pourquoi ?

— Pour me cacher. Pour me reposer. » Des mots murmurés, des bruits de vent. « Va-t'en, maintenant, les voix reviennent. La pression monte. Tu ne sens pas ? La pression. La pression qui se renforce. »

Il lui prit la main. Une fièvre terrible. Les muscles du bras totalement relâchés. Comme de tenir un morceau de ficelle. « Tu es malade, Lissa, physiquement. Laisse-moi appeler un médecin. » Il n'était pas certain qu'elle l'eût entendu. Elle s'éloignait de lui en flottant, de nouveau. « Je vais appeler un médecin », dit-il. « Très bien ! »

Elle avait les yeux comme des boules de verre. Elle était à la dérive, emportée par le reflux. Il la secoua, il la dorlota, et lui parla. Zéro. Il prit un ton brutal. Un torrent insistant de paroles. L'inondant de mots, s'efforçant de l'amener à renouer un certain contact avec lui. Allons, sors-toi de là. Il lui parlait d'amour, de besoin, de second départ, de nouveaux lendemains, de partage des peines, de la suppression de l'apitoiement sur soi-même et de la vulnérabilité. De tout. Des paroles inspirées. De vieilles platitudes ensoleillées. Pourquoi pas ? Il fallait la toucher. Nous nous en irons loin et nous ferons un nouvel essai, toi et moi, moi et toi. Tout un monde de bonheur. Viens, Lissa, viens.

Tout en sachant qu'il la perdait, d'instant en instant. Il l'avait perdue. Elle était à un million de millions de kilomètres sur son planétoïde glacé. Pourtant il s'obstinait. Il tentait de lui insuffler sa propre énergie, de lui infuser la force de revenir sur terre et de se lever. Des visions d'espoir, des rêveries de santé et de joie. Un arc-en-ciel scintillant de la porte à la fenêtre de la chambre. Sans arrêt, la voix devenant rauque, colé-

reuse, désespérée, et Lissa n'y prêtant pas attention ;
elle était à présent comme prise dans la glace qui lui
faisait un tombeau, on ne la voyait que par transparence. Il se fatiguait. Pourquoi s'acharner ? Elle ne
voulait pas l'entendre.

Il commençait à se fâcher sérieusement, à regretter
toute l'énergie qu'elle tirait de lui. Et pourquoi ces
efforts énormes ? A quoi bon ? Tout ce qu'il lui
donnait, la fièvre le dévorait. Elle était le canal par
lequel toutes ses ressources se précipitaient inutilement
dans une mer sans fond. Et maintenant la voix de la
tentation élevait le ton en lui, lui conseillant de la
quitter pendant qu'il en était encore temps, de se frayer
son difficile chemin dans la vie, tout seul, sans la porter
sur le dos.

Tu ne lui dois rien. Tu as assez de difficultés comme
cela. Et la plupart te viennent d'elle. Pourquoi ce désir
« donquichottesque » de la sauver et de la remettre en
bon état ? Laisse-la couler. Laisse-la brûler. Laisse-la
geler. Laisse-la bouillir. Va-t'en. Elle t'a dit de partir,
alors file. Cette morne fille usée avec son incroyable
maladie, sa perception extra-sensorielle. Ses voix
bavardes et coléreuses. Le collier de crasse sur son cou.
Ses yeux vides et vitreux. Va-t'en.

A quoi Macy répondait sans lâcher la main moite de
Lissa qu'il n'écouterait aucun conseil défaitiste, qu'il
n'allait pas l'abandonner à présent. Il s'entêtait à la
faire sortir de sa transe, il la suppliait de ne pas se
laisser aller. Je suis ici : puise de la force en moi. Que je
sois ton protecteur et ton soutien. Il songeait à l'arracher du lit et à l'emporter hors de la chambre, sous la
douche, où l'eau fraîche et bienfaisante la laverait de
cette léthargie. Il resterait nu près d'elle sous le déluge
purificateur.

Eh bien, allons-y. A la douche. Avec un grognement,
il la prit par les épaules, mais son corps était un poids
mort et il eut soudain une boule de feu dans la poitrine,
un bandeau d'acier ardent en travers du front ; il se
rendit compte qu'elle l'avait déjà trop vidé, qu'il n'avait
plus la force de la soulever. Il la laissa retomber et

s'écroula en travers d'elle, tout haletant. Il avait les yeux humides, sans savoir si c'était de douleur, de désespoir, de déception ou de fureur. La sauver était une tâche qui le dépassait. Il était trop faible. Trop épuisé. Trop creux. Il avait donné tout ce qu'il avait à donner, cela n'avait pas suffi et maintenant il n'avait plus rien. *Peut-être que si je me repose... Peut-être, dans un petit moment.*

Mais il savait que ce n'était que sottise. Il était à bout. Il ne se remettrait pas si vite. Et il savait aussi à présent qui l'avait tenté de s'en aller avant d'avoir atteint son but, car il sentait en lui la présence pressante qui montait, s'étendait, se précisait, la présence obscure de son autre moi sortant de sa retraite, lui envoyant des murmures sans paroles, le berçant, l'invitant à céder.

Vais-je le combattre ? Le puis-je ? Il le faut. Il le faut. Macy se prépara à la résistance. Il fouilla dans les replis de son âme pour y trouver des réserves de force oubliées. Mais il craignait qu'il fût déjà trop tard, que la prise de possession fût déjà en cours. Il éprouvait une sensation bien connue, un chatouillement à la nuque, des picotements et une légère tension de l'épiderme. Les doigts invisibles étaient à l'œuvre, lui caressant les lobes du cerveau, les circonvolutions et les sillons. L'invitant à céder. Oui. Oui. La tentation. La fin des ennuis et des tourments. *Non,* déclara Macy, *je ne te permettrai pas de m'avoir.*

Il s'efforça de se remettre debout, mais il ne réussit qu'à rouler de sur le corps de Lissa pour s'allonger près d'elle. Elle paraissait sans connaissance. Un sommeil au-delà de tout rêve. *Comme elle a l'air en paix ! Et je pourrais aussi dormir de ce sommeil.* Allons, disait la voix secrète sans formuler de mots, laisse-moi t'envelopper, laisse-moi te remplacer. Laisse-moi le passage. *Non ! Tu ne m'auras pas !*

Et Macy tendit toute sa pensée vers Lissa, la cherchant, lui demandant de s'allier à lui. Eux deux contre lui. *Nous pouvons le frapper, nous pouvons le détruire.* Lissa restait à des millions de kilomètres. Sur son planétoïde de glace. La froide lumière du lointain soleil se réfléchissait sur les parois du glacier. Le tentateur disait : tu vois, tu n'as rien à espérer d'elle. Le moment est venu. Ecarte-toi de mon chemin. Sois réaliste, Macy, sois réaliste !

Macy ne demandait pas mieux que d'être réaliste. Où irai-je ? Comment lutterai-je ? Qui serai-je ? Et il comprenait combien ses espoirs étaient minces. Il était incapable de se sauver lui-même. Il n'avait pas été conçu pour subir de pareilles tensions. On l'avait expédié en ce second voyage chargé d'un impossible fardeau. Etait-il dans ce cas surprenant que le voyage ait été raté ? Mettons-y fin. Cessons le combat. Il se reposerait, il se fermerait à la lutte et à l'espoir, il se rendrait. Il y avait trop de choses contre lui. Dehors l'attendaient Gomez, le fourgon, les longues et froides aiguilles, les produits, tout le mécanisme de la destruction. A l'intérieur rôdait Hamlin. Près de lui gisait cette fille démolie. Très bien. Je cède. Je ne combattrai plus.

« Alors ôte-toi de mon chemin et laisse-moi devenir toi », dit Hamlin.

Le mélange des moi commençait. La solution, la fusion. Paul Macy, Nat Hamlin. Je suis lui. Il est moi. Un maelström. Aveuglé par les débris tournoyants qui retombaient sur eux de leurs passés entrelacés. Un holocauste d'événements disloqués. Jeanie Grossman sous les neiges du Mont Rainier. Et la fille aux longs cheveux, raides et soyeux. Ecoute, tout au long de l'Histoire, les filles ont posé pour les grands artistes. Permettez-moi de vous montrer nos tableaux, madame, de vous expliquer les avantages particuliers de notre encyclopédie. Pourquoi suivriez-vous les cours des beaux-arts ? Mon garçon, vous êtes déjà un maître ! Membres de la classe 93, soyez les bienvenus sur le campus de l'UCLA. Hé, non, inspecteur ! Abaissez cette arme ! Je me rends, bon Dieu ! Je me rends ! Je vous suivrai sans difficulté. Ce n'est pas une affaire d'opinion, c'est une question de seuils de tension. Les ampères n'ont pas d'opinion. La tension ne ment pas. Les résistances ne s'amusent pas à vous jouer des tours

pour des raisons tactiques. Nous nous occupons objecti-
vement des faits. Et les faits objectifs me disent que Nat
Hamlin a été effacé. Un, deux, un, deux. Fièrement
dans la foutue rue. Ta nouvelle carrière. Ta nouvelle
vie. *Shqkm. Vtpkp. Smss! Grgg!* Accusé, levez-vous.
Nathaniel James Hamlin, vous avez entendu le verdict.
Ne me faites pas marcher. Je sais que vous êtes Nat
Hamlin. Vous paraissez en bonne santé, Nat. LES
TOURMENTS DE LA GLOIRE. LE JOUR OU LE
MUSEE A TOUT ACHETE. JE M'APPELLE
LISSA, Non! Revenez! Paul! Paul! *Nat!* Paul Hamlin.
Nat Nacy. Nous devenons un. Nous nous fondons l'un
dans l'autre. Je serai toi et tu ne seras rien. Et la paix
viendra enfin.

Lissa! *LISSA!*

Le ciel s'assombrit brusquement, et, sans avertissement, des éclairs jaillirent, le tonnerre se déchaîna, et
une épée flamboyante s'abattit pour séparer les hémisphères cérébraux l'un de l'autre. Entre les deux, un
abîme infranchissable, et Macy vit de l'autre côté
Hamlin, frappé, perdu, qui errait dans une prairie
brûlée et noircie où les éclairs l'entouraient de toutes
parts. Ce coup inattendu et féroce avait coupé toute
liaison entre eux à l'instant même de la fusion. Je suis
Paul Macy. Il est Nat Hamlin. Et le déchirement des
éclairs. Le ciel parcouru de traits d'un blanc éblouissant. Est-ce Lissa, là-haut? Oui, oui, oui. C'est elle qui
lance les traits. Crac! Crac! Hamlin tente de les
esquiver. A travers l'abîme arrive l'odeur de la chair
qui brûle. Il est blessé. Il se déplace plus lentement.
Crac! Elle l'a encerclé de feu de tous les côtés. Et
maintenant, Hamlin se met à résister. Il brandit le
poing; il crie; il saisit les traits qu'elle lui décoche, et
les lui renvoie. Mais chaque riposte fait redoubler la
fureur des cieux. Elle vise à tuer. Les éclairs traversent
les pieds de Hamlin, les flammes lui mordent les talons.
Il sautille. Il danse. Il hurle de rage, puis de douleur.
Un éclair lui carbonise un bras; il ne peut plus rendre
les coups. Voilà qu'il se tortille sur le sol incandescent;

voilà qu'il hurle en demandant pitié. Mais il n'y aura pas de pitié. Lissa est devenue la déesse de la vengeance. Hamlin sera détruit.

Mais que se passe-t-il ? A l'instant du triomphe, elle se fatigue. Elle faiblit. Les traits perdent de leur intensité et Hamlin vit encore ! Elle demande du secours. *Paul, Paul, Paul.* Oui, répond-il, de sa place hors du champ de bataille. Hamlin s'et relevé. Il est affreusement défiguré, mutilé, abîmé, mais il conserve encore un certain pouvoir démoniaque, et c'est maintenant lui qui se déchaîne contre Lissa, qui s'efforce de la faire tomber à son propre niveau. Les craquements d'énergie montent dans le ciel. Au secours, Paul !

Et Macy s'ouvre à elle, lui laissant prendre en lui ce dont elle a besoin, il la réarme pour qu'elle puisse reprendre l'offensive. Elle se remet à lancer ses éclairs. Hamlin hurle de nouveau. Ses tentatives sont repoussées. Il ne peut plus lutter. Il se tort et se love en des convulsions terrifiantes. Lissa le transperce encore, et encore. Il brûle, il agonise. Le vent porte une odeur de chair calcinée. Le ciel est un rideau de feu blanc. Elle se dépense, elle se vide pour le supprimer. Elle le taille en pièces.

Hamlin bouge encore, mais ce ne sont plus que les tressautements galvaniques de ceux qui meurent. La prairie est un bûcher funéraire. Il brûle. Il rapetisse. Il a disparu. Le ciel s'apaise. Lissa n'est plus en vue. Un silence étrange s'est établi ; une petite pluie fraîche commence à tomber. L'air est doux. Plus d'abîme entre les régions du cerveau. Macy passe de l'autre côté. Il ne voit pas d'autre trace de Hamlin qu'une tache sombre sur le sol, une cicatrice noire dans l'herbe qui se remet à pousser rapidement pour la cacher. Et bientôt il ne subsiste plus une seule trace de destruction bien que Macy sache que sous le gracieux tapis d'herbe on pourrait trouver une couche de cendre, si l'on creusait. Il s'écarte de ce lieu. Il est affreusement seul. Lissa, appelle-t-il. Lissa ? Pas de réponse. Le silence règne. Il reste terriblement seul.

Au bout d'un temps, il s'assit, puis se leva avec précaution. Il gardait le sentiment qu'il était seul. Il ressentait de sourds battements dans le crâne, mais le combat ne semblait pas avoir eu d'autres effets sur lui. Sauf un. Hamlin s'était séparé de lui. C'était là une certitude : Hamlin était parti.

Il regarda Lissa. Elle était étendue comme avant, inerte, les yeux vitreux, isolée en elle-même. Sa peau nue luisait de sueur. Son air fiévreux avait disparu, et, en lui touchant le flanc, il constata qu'elle avait la peau nettement moins chaude. Mais il n'y avait pas que la fièvre qui l'avait quittée. Pour la première fois depuis qu'il la connaissait, Macy n'arrivait pas à discerner cette expression de tension terrible dans ses traits, son visage ne trahissait plus ce désespoir à peine contenu. Elle était calme. En elle comme en lui, les tempêtes intérieures avaient pris fin. Mais son calme était d'une espèce effrayante. Elle paraissait n'avoir plus d'âme, presque totalement absente.

« Lissa ? » fit-il. « M'entends-tu ?

— Lis... Lis...

— Lissa.

— Lis...

— Lissa, oui. Lissa, c'est toi.

— Lissa c'est toi. » Elle avait la voix aiguë, enfantine, flûtée, sans timbre.

« Non, non, je suis Paul. Tu es Lissa.

— Je suis Paul. Tu es Lissa. »

Il se rassit près d'elle. Il lui prit la main entre les siennes. Elle avait les doigts très froids. Elle ferma un instant les yeux ; puis ses paupières battirent, elle les rouvrit et le regarda d'un air heureux, mais sans comprendre, puis elle sourit. Il lui parla : « Tu t'es complètement consumée, n'est-ce pas ? Tu as épuisé toutes tes ressources pour me sauver. Et maintenant, il ne reste plus que l'enveloppe.

— L'enveloppe.

— Je me demande si la perception extra-sensorielle a également disparu ? Entends-tu toujours les voix ? Les entends-tu, Lissa ?

244

— Les voix. Les entends-tu. Lissa.

— Elles ne sont plus là, n'est-ce pas? Plus maintenant.

— Non », répondit-elle de façon inattendue. « Je n'entends pas. Rien. »

Cette réponse le fit sursauter. « Me comprends-tu à présent? Les voix sont-elles bien parties? »

Un sourire. Un papillotement des paupières. Un gloussement de bébé. « Les. Voix. Sont. Réellement. Parties. » Une fois encore, elle lui échappait.

Il chercha le téléphone dans la chambre. Il n'y en avait pas. Il alla ouvrir la porte et inspecta le couloir. Oui, il y avait un appareil. Quelqu'un s'en servait. Pour bavarder. Très bien, j'attendrai. Quelques minutes. Puis j'appelle Gomez. Envoyez le fourgon, je lui dirai, à la coopérative populaire de Manhattan-Nord, et vite. Pas pour moi. Pour elle, pour Lissa. Oui. Consumée, ne sait même plus son nom. Mais il reste quelque chose d'intact au fond d'elle. Pas grand-chose, mais peut-être assez pour que vous puissiez travailler, Gomez. Non, vous n'avez pas à vous inquiéter de moi. Tout va bien. C'est fini. Hamlin est parti, effacé à jamais, disparu vraiment. Une destruction totale. Mais la fille. Pouvez-vous la guérir, Gomez? Pouvez-vous lui redonner sa personnalité? Ce ne sera pas exactement une reconstruction. Vous n'aurez pas à implanter une nouvelle identité dans un corps plus ancien, simplement à remettre une ancienne identité à sa place appropriée. D'accord, Gomez? Vous le ferez? Bon. Bon. Et combien de temps cela prendra-t-il? Cinq ou six mois. un an? Peu importe. Faites-le.

Cinq ou six mois, novembre ou décembre. Macy se vit en attente devant le bâtiment principal du Centre de Réhabilitation. De la neige sur le sol, les branches des arbres chargées de blanc, le ciel d'un bleu hivernal. Et Lissa, rénovée, réparée, qui venait vers lui. Elle n'était plus télépathe. Une Lissa toute neuve, débarrassée de son don et de son tourment. Encore incertaine d'elle-même, à ses premiers pas, pour affronter le monde.

Bonjour, dirait-il. Bonjour, répondrait-elle. Un petit baiser maladroit. Boutonne ton manteau, dirait-il, il fait froid. J'ai une voiture. Elle aura l'air inquiet. Allons-nous en ville ? demandera-t-elle. Ma première journée dehors. J'ai des appréhensions. Tu sais ce que c'est, Paul, que de sortir de là. Bien sûr, répondra-t-il, je suis payé pour le savoir exactement. Mais tu t'en tireras très bien. De nouvelles gens, de nouvelles vies. Le second voyage. Paul et Lissa. Lissa et Paul. Moins notre vieil ami Nat. Un grand artiste a quitté le monde. Comme il fait calme sous mon crâne. Cinq mois. Six. Novembre. Décembre. Lissa ?

Elle gazouillait doucement et explorait son corps de ses mains, découvrant ceci puis cela, comme l'aurait fait un bébé. Il lui effleura la joue. Elle se tortilla de plaisir. Attends seulement, dit-il. Gomez t'arrangera de telle sorte que tu seras mieux qu'avant. Macy alla jeter encore un coup d'œil dans le couloir. Le téléphone était toujours occupé.

Allons, libérez la ligne, allez-vous-en ! Allez-vous-en ! Mais il ne le dit pas. Il resta dans l'embrasure de la porte, en attendant de pouvoir joindre Gomez, s'attendant aussi à moitié à ce que Hamlin surgisse de quelque part, mais Hamlin ne se manifestait pas. Parti. Parti. Mon autre moi, mon sombre jumeau. Il a abandonné le monde et j'occupe sa place. Macy en éprouvait presque un sentiment de culpabilité. Une très petite ombre de regret. Adieu donc, Nat, adieu à jamais, Mister Hyde. Et je vais m'avancer dans la vie sans ta compagnie. Je porterai ta peau, j'aurai ton visage. Je suis toi, Nat, et tu n'es plus rien.

Macy reporta les yeux sur Lissa. Elle était en train de baver. Tout comme j'ai dû baver moi-même, songea-t-il. Il y a quatre ans, quand j'étais encore très neuf. Il s'approcha d'elle pour lui essuyer le menton.

Tout va bien, lui dit-il, sans se donner le mal de parler à haute voix. Décembre, ce n'est pas tellement loin. Et alors, ce sera « bonjour » et nous prendrons un nouveau départ. Deux personnes ordinaires. Le voyage

246

numéro deux, le tien et le mien. Le second voyage. Peut-être le bon?

Il entendit le cliquetis du combiné dans le couloir. Le téléphone était enfin libre. Il ressortit pour appeler Gomez.

ROBERT SILVERBERG

LE LIVRE DES CRANES

Ils sont quatre : Oliver, Timothy, Eli et Ned. Ils ont un peu plus de vingt ans. Ils ont aussi le Livre découvert par Eli. Et une chance de surprendre le secret de l'immortalité. Ils traversent toute l'Amérique à la recherche du monastère de la Fraternité des Crânes — et aussi, de plus en plus, à la recherche d'eux-mêmes, de leur passé, de leurs blessures, de leur identité. Au bout de la route les attend l'épreuve suprême : ils devront contempler leur propre visage en face. Et y trouver la mort ou l'éternité. Ils ont exactement une chance sur deux.

ROBERT SILVERBERG

LA PORTE DES MONDES

Dan, jeune Anglais, s'embarque en cette année 1963 pour chercher fortune dans les Hespérides, ce double continent que nous appelons l'Amérique. C'est qu'il est né dans un monde où l'histoire a suivi un autre cours : conquise par les Turcs, l'Angleterre n'a colonisé ni l'Amérique ni l'Orient. La Tour de Londres voisine avec le Grand Palais du Sultan Mahmoud, la Mosquée d'Ali avec la cathédrale Saint-Paul, les janissaires avec les " horse-guards ". Et lorsqu'il débarque à Mexico, Dan va découvrir au fil d'aventures tragiques et comiques l'empire aztèque du xxᵉ siècle.

ROBERT SILVERBERG

LE FILS DE L'HOMME

Il est seul et nu. Il n'a pas de souvenirs. Le monde a disparu. Et voici qu'un oiseau lui défèque dessus. Ça crée une relation. A présent, il a faim. Quelqu'un arrive et lui demande sa faim. Tiens, la faim est passée. Alors l'autre lui demande de se donner. Carrément. Et l'autre est un homme. Non, c'est une femme. De qui se moque-t-on ? Il voit bien qu'il est comme un nouveau-né, et on lui dit qu'il est très ancien. Trop ancien pour savoir que la mort est morte. Et il fait l'expérience de son corps. Il le rend fluorescent. Il se donne des côtes d'acier et une échine d'ivoire. Il viole la stratosphère. Il recouvre sa planète, continent par continent. Il crée tout ce qu'il voit, mais il doit tout recommencer à zéro et ça fait mal.

FRANK HERBERT

DUNE

Sur Dune, la planète des sables, germe l'épice qui donne longétivité et prescience. A cause de l'épice, tout l'empire galactique du Padishah Shaddam IV tourne autour de Dune, âprement convoitée pour les nobles maisons du Landsraad et la Guilde des Navigateurs.

Leto Atreides, Duc et Cousin de l'Empereur, a reçu Dune en fief. Pour peu de temps. En 10191, il meurt assassiné. Mais son fils Paul, avec sa mère, trouve asile dans les repaires du peuple Fremen, indompté, invaincu, la lie de Dune pour certains, le sel de la terre pour d'autres. Paul grandit dans le désert et forge l'arme de sa vengeance.

Mais ne va-t-il pas dépasser son but, lancer les légions Fremen en une effroyable croisade ? Il a, dit-on, le pouvoir de connaître l'avenir. Aura-t-il celui de l'éviter ?

*Achevé d'imprimer en mars 1985
sur les presses de l'Imprimerie Bussière
à Saint-Amand (Cher)*

PRESSES POCKET – 8, rue Garancière – 75006 Paris.
Tél. : 634-12-80.

— N° d'édit. 2079. — N° d'imp. 365. —
Dépôt légal : mars 1985
Imprimé en France